COLLECTION FOLIO

Franz-Olivier Giesbert

L'affreux

Gallimard

Franz-Olivier Giesbert est né en 1949, à Wilmington, dans le Delaware, aux États-Unis, d'un père américain et d'une mère française. Il arrive en France à l'âge de trois ans. Après avoir collaboré à la page littéraire de *Paris-Normandie*, il entre au *Nouvel Observateur* en 1971.

Successivement journaliste politique, grand reporter, correspondant à Washington, chef du service politique, il devient directeur de la rédaction de l'hebdomadaire à partir de 1985. En 1988, il est nommé directeur de la rédaction du *Figaro*. Depuis 2000, il est directeur du *Point*.

Il a publié plusieurs romans dont *L'affreux* (Grand Prix du roman de l'Académie française 1992), *La souille* (prix Interallié 1995), *Le sieur Dieu*, *L'immortel*, *Le huitième prophète* et des biographies: *François Mitterrand ou La tentation de l'Histoire* (prix Aujourd'hui 1977), *Jacques Chirac* (1987), *Le Président* (1990), *François Mitterrand, une vie* (1996) et *La tragédie du Président* (2006).

1

Maman m'a souvent dit que j'étais fait pour la tragédie. Moi qui adore rigoler, c'est vrai, je déclenche
des catastrophes partout où je passe. Ça a d'ailleurs
commencé, dès le premier jour, avec les forceps du
docteur Baudroche.

C'était son premier accouchement. Il s'affolait.
Maman aussi. Il retroussait tout le temps ses
manches avec un air hagard et puis il retournait à
son travail en murmurant : « Saloperie de merde. »
C'était pour moi. Je n'étais pas né que je me faisais
déjà insulter. Je n'ai jamais eu de chance.

Maman hurlait si fort que le docteur Baudroche
a décidé d'appeler un collègue au secours. Mais il
n'y avait jamais personne aux numéros qu'il demandait. C'est le contraire qui aurait été étonnant. Ses
mains tremblaient tellement qu'elles étaient bien
incapables de composer les bons chiffres. Après
plusieurs tentatives, il a fini par jeter de rage l'appareil par terre, et maman, qui a toujours eu tendance
à exagérer, perdit les pédales.

« Je ne veux pas mourir, cria-t-elle en donnant
des coups de pied dans le vide.

— Calmez-vous, bordel ! brailla le docteur Baudroche avec l'autorité de la compétence.

— Je n'en peux plus, s'écria maman. Sauvez-moi, je vous en supplie ! »

C'est alors que le docteur Baudroche se mit au travail. Les pinces qui vinrent me chercher déformèrent mon crâne, m'écrasèrent un œil et laissèrent des bleus violacés sur plusieurs parties de mon corps. Il réussit même à m'esquinter un pied. Quand je sortis du ventre où je serais bien resté encore un peu si l'on avait demandé mon avis, j'avais donc la tête en forme de cacahuète et j'étais borgne. Sans parler des ecchymoses partout. Ni de la cheville tordue qui m'a laissé, depuis, un léger boitillement. J'étais comme un boxeur qui vient de perdre le match de sa vie.

« Montrez-le-moi, dit maman.

— Vaut mieux pas, répondit le docteur Baudroche. Je crois que ça vous ferait trop de peine.

— Mon Dieu, qu'est-ce que vous avez fait ?

— Rien, madame. Mais ça n'est pas une réussite. C'est tout ce que je peux dire. »

Maman pleura. Moi aussi, parce que le docteur Baudroche m'avait balafré, par mégarde, avec son bistouri, après avoir coupé, non sans difficulté, le cordon ombilical. Une infection est vite arrivée et, pour ne pas prendre de risque, il passa sur mon visage un coton imbibé d'alcool à 90°. C'est alors que j'ai commencé l'une des plus grandes colères de ma vie.

« Faites quelque chose, hurla maman. Il est en train de s'étrangler !

— Non. Tout va bien, madame.

— Docteur, vous voyez bien que cet enfant n'arrive plus à respirer !

— Ne vous affolez pas. Il est simplement en train de se faire la voix. »

Le docteur Baudroche repartit, avec ses gants, fouiller dans le ventre de maman à la recherche de la délivrance. Il ne la trouva pas. Il enfonça profondément son bras, trop profondément sans doute. Ses mains tiraient désespérément sur quelques-uns des organes de ma mère, probablement l'estomac et le foie, peut-être même les poumons, mais rien, jamais, ne venait.

«Je ne comprends rien, disait-il, suant. Y a pourtant bien quelque chose.

— Vous me faites mal, docteur, braillait maman.

— C'est pour votre bien, madame.»

Soudain, le docteur Baudroche crut avoir mis la main sur la délivrance. Il esquissa un vague sourire et il commença à tirer la chose, doucement, avec application. Une douleur inouïe déchira alors le ventre de maman. Elle se tordit, se redressa, poussa un cri primal et flanqua plusieurs coups de pied dans le bas-ventre du médecin qui tomba à la renverse en hurlant à son tour.

Maman a toujours nié avoir visé les organes génitaux du docteur Baudroche et je la crois bien volontiers. Lors du procès qui s'ensuivit, elle plaida non coupable et fut comprise du tribunal puisqu'elle fut acquittée. Le médecin fut même condamné aux dépens.

Ma mère n'a jamais compris que le docteur Baudroche lui ait intenté un procès. «Et toi, faisait-elle, qu'est-ce que tu pourrais dire avec ton œil?» Je crois qu'il faut se mettre à la place du médecin. Il avait subi un lourd préjudice car, dans l'affaire, il perdit un testicule dont il fallut l'amputer, et il n'est pas sûr qu'il ait gardé l'usage du second, malgré plusieurs opérations. Je le plains bien sincèrement.

Après que maman lui eut décoché ses ruades

dans les parties, le docteur Baudroche se tint pendant plusieurs minutes à quatre pattes sur le linoléum de la salle d'accouchement. Tout en proférant des insultes contre la terre entière et plus particulièrement contre ma mère qu'il traita notamment de chienne, il retira son pantalon et regarda à l'intérieur de son caleçon. Il y eut un silence puis un gémissement. Et il s'évanouit.

Le docteur Baudroche resta par terre jusqu'au petit matin. Rien ne dit qu'il fut inconscient tout au long. Il se peut qu'il ait été trop accablé par le spectacle qu'il avait vu dans son caleçon pour avoir seulement envie de se relever. Cette indisposition était sans doute regrettable pour maman. Mais c'était une bonne chose pour moi. Si le médecin n'avait pas été dans cet état, il aurait sans doute trouvé le moyen de m'abîmer davantage encore.

«Y a quelqu'un?» demandait maman en gémissant.

Mais il n'y avait jamais personne. C'était la nuit, et le silence, lourd comme du plomb, écrasait tous les bruits. Maman respirait de plus en plus mal. Un bref instant, elle crut qu'elle était en train de mourir. Elle commença à réciter son Pater, tourna de l'œil puis ressuscita.

Quand l'infirmière de service la découvrit, le lendemain matin, elle avait la bouche ouverte, de la bave autour, et elle était gluante de sueur. C'était une septicémie. Moi, j'avais l'air terrorisé et j'étais couvert de marques lie-de-vin des pieds à la tête. C'était le docteur Baudroche.

Maman, dont je tiens tous ces détails, s'en est sortie. Moi, je n'en suis pas encore sûr. On naît toujours avec une blessure. Après, elle s'agrandit ou elle se referme, ça dépend des gens et de leur destin.

Mon cas est particulier: à mon arrivée sur terre, je saignais déjà de partout. J'étais une grande plaie et rien d'autre. C'est pourquoi je me sens si seul et si faible, certains jours.

Le plus à plaindre, dans cette aventure, reste quand même le docteur Baudroche, l'autre grande victime de cet accouchement. Bien que je n'aie été coupable de rien, il semble qu'il m'en ait voulu. Quand l'infirmière l'eut remis debout, il me jeta un regard noir et, s'il faut en croire maman, c'est à mon intention qu'il laissa tomber, une nouvelle fois, avant de quitter la pièce: «Saloperie de merde.»

2

Je laisserai aux messieurs qui écoutent les gens allongés sur un divan le soin de trouver une explication mais je dois à la vérité de dire que je n'ai jamais été en avance pour mon âge. Je n'ai commencé à marcher qu'à deux ans et à parler qu'à trois. Mais à quatre ans, j'avais déjà d'importantes responsabilités : maman me fabriqua une petite sœur, Charlotte, pour laquelle je fis office de nurse autant que de papa, le sien étant, comme le mien, inconnu. Excepté de ma mère, cela va de soi.

Charlotte avait une légère malformation de l'oreille gauche : un lobe en forme de chou-fleur. C'était une bizarrerie qui la prédisposait aux cheveux longs. Seulement ma mère, qui a toujours eu l'esprit de contradiction, la coiffait très court. Elle disait que la boule à zéro lui allait bien parce qu'elle faisait ressortir ses grands yeux bleus, si grands et si bleus que tout le monde disait d'elle : « Cette fille fera du cinéma. »

Je n'avais pas une vocation de bonne d'enfant. Pendant les premiers mois, je laissai Charlotte macérer dans son jus et ses couches-culottes. Les nouveau-nés ne m'ont jamais intéressé et eux-mêmes ne s'intéressent à rien. Sauf à leur derrière, quand il est sale, et à leur biberon, quand il ne vient pas.

J'étais chargé de torcher, de changer et de nourrir Charlotte. Maman se réservait de lui donner le bain, tâche trop dangereuse, à ses yeux, pour être confiée à quelqu'un de mon âge. C'est à peu près tout ce qu'elle faisait. Mais elle avait une excuse. Quand elle revenait du travail, elle avait toujours la migraine. Elle mettait ses chaussons, prenait des cachets et rentrait la tête dans les épaules. Après ça, elle ne voulait plus entendre parler de rien, et surtout pas de moi. Je n'avais droit, au mieux, qu'à des borborygmes.

Bref, tout reposait sur moi. C'était tuant. Charlotte était si tyrannique que je ne pouvais rien faire. Même pas regarder la télévision. Je crois bien que je n'ai jamais pu voir intégralement un seul épisode de «Kojak», ma série préférée. Chaque fois, il fallait que Charlotte fasse une colère. Je me vengeais comme je pouvais. Quand elle piquait sa crise, je prenais un malin plaisir à la faire patienter, jusqu'aux premiers signes d'étranglement, avant de venir aux nouvelles. Je ne parle pas des biberons que je cassais sans arrêt, non par inadvertance, comme je m'employais à en convaincre ma mère, mais bien volontairement, parce que je supportais mal les cris de bébé. Je suis très sensible de l'oreille.

Mon enfer ne dura pas. Dès que Charlotte s'est mise à parler, j'ai commencé à sympathiser avec elle. C'est venu d'un coup et, depuis cet instant-là, elle n'a plus cessé de causer. Elle ne pouvait plus s'arrêter. Même le soir, quand je la couchais après lui avoir raconté une histoire et que la fatigue avait rapetissé ses yeux, elle avait encore des choses à me dire.

Elle m'écoutait quand même. Lorsque, de temps en temps, je pouvais en placer une, j'essayais de lui inculquer quelques-uns des principes que la vie m'avait appris, et qu'elle observa, pour la plupart :

Regarder des deux côtés avant de traverser la rue.

Tourner la tête quand on éternue pour que les microbes ne tombent pas dans l'assiette des autres.

Ne pas abuser des sucreries : ça ramollit le cerveau.

Sourire.

Ne pas marcher dans les crottes de chien.

Se brosser les dents chaque soir et ne rien manger après.

Ne pas arracher les ailes des mouches : ce n'est pas parce qu'elles se laissent faire sans rien dire qu'il faut les persécuter.

Manger des légumes, à cause des fibres.

Éviter de mettre ses mains dans les poches parce que ça les use.

Ne pas crier ni courir dans les églises.

Boire du lait parce que c'est bon pour les os.

Ne pas dire du mal des morts, car ils entendent tout ce qu'on dit.

Prier avant de se coucher.

Ne pas se curer le nez en public.

Ne pas accepter les bonbons des inconnus, ni leurs avances, et ne les suivre sous aucun prétexte.

Ne pas faire de messes basses sans curé.

Dire bonjour quand on vous le dit.

Ne pas tirer la langue.

Ne pas se gratter les grains de beauté, car ça donne le cancer.

Respecter tout ce qui vit, surtout quand c'est petit, sans défense ou en voie de disparition.

En somme, je crois que j'ai bien élevé Charlotte : maman elle-même l'a reconnu. Mais à six ans, quand je commençai à aller à l'école, il me fallut, non sans un certain pincement de cœur, la laisser entre les mains d'une nounou antillaise qui habitait dans le même immeuble que nous. C'était une souillon qui ne savait que gaver de nouilles ma pauvre sœur qu'elle plantait toute la journée, en compagnie d'une dizaine d'autres enfants, devant un vieux téléviseur en noir et blanc. Ils finissaient généralement par s'échapper et mettaient alors son appartement à sac.

L'après-midi, quand je venais récupérer Charlotte, je faisais donc toujours bien attention en ouvrant ou en refermant la porte de la nounou. Derrière, c'était plein de cartons, de jouets, de gâteaux, de sacs, de pieds, d'enfants. «Dame Dada» — c'est comme ça que ma sœur l'appelait — était le plus souvent dépassée par les événements. C'est sans doute pourquoi elle avait la bouche ouverte et un regard de détresse. «Je vais finir par rendre mon tablier», répétait-elle, et pourtant elle ne portait pas de tablier.

De retour à la maison, je jouais pendant des heures avec Charlotte en attendant maman. Je l'aimais tellement, la petite, que je lui laissais toujours le beau rôle. Elle était le gendarme, le papa ou le cow-boy. Moi, j'étais le voleur, la maman ou l'Indien. Elle me tapait dessus avec la balayette. Elle montait à califourchon sur mon dos. Elle s'essuyait les crottes de nez sur mon visage. Elle me recrachait à la figure, en pouffant, ses bouchées de petit pot. J'en redemandais toujours. Je découvrais, avec ravissement, l'art de se soumettre aux petits.

3

Charlotte décida, un jour, qu'elle était un oiseau. Ça l'a prise d'un coup. J'aurais aimé qu'elle se contentât de chanter. Mais elle entendait voler. À l'aide d'un escabeau, elle réussit à se percher sur le réfrigérateur puis sauta, la tête la première, sur le pavé de la cuisine.

Quand c'est arrivé, j'étais en train de me regarder dans la glace de la salle de bains. Je me précipitai dans la cuisine où je la découvris étalée de tout son long. Elle s'était évanouie.

J'aspergeai son visage d'eau, comme je l'avais vu faire à la télévision, ses lèvres remuèrent et elle finit par entrouvrir ses grands yeux de petite sainte, comme si elle s'éveillait, vaguement éblouie.

« J'ai sauté, dit-elle en me montrant le sommet du réfrigérateur. Je voulais voler.

— Tu ne peux pas.

— Si, je peux. Je veux voler. »

Elle remua ses bras comme des ailes mais ça n'aboutit à rien. Elle émit un bruit étouffé, et une expression pathétique passa sur son visage.

Je fis ma grosse voix: « Ne te moque pas de moi, je ne suis pas un con.

— Je veux voler, dit-elle, parce que j'ai peur que les loups me mangent.

— Y a pas de loups.

— J'en connais un. Il vient me voir tous les soirs.

— C'est un cauchemar.

— Non. C'est un loup. »

J'ai compris que la cause était perdue quand Charlotte s'est mise à pépier. J'eus honte pour elle, pour moi, pour ma mère.

Quand je l'eus relevée, elle réclama des graines. Elle ne blaguait pas. Comme je tardais à lui en donner, elle se roula par terre en agitant ses coudes. Je finis par lui trouver du riz.

Elle picora les grains un à un et les avala en frissonnant de plaisir. « Le riz n'est pas cuit, dis-je. Tu vas te rendre malade.

— Non, parce que je suis un oiseau. En plus, c'est vrai.

— Tu me les casses, avec tes bêtises.

— Ouf que je suis un oiseau. Quand j'aurai bien mangé, je m'envolerai. Très haut. »

Je sais que ce dialogue est affligeant et je m'en excuse. Mais telle était bien la réalité que j'avais à affronter, soudain, du haut de mes huit ans : ma sœur était devenue complètement folle. Je tentai une ruse.

« Fais attention, dis-je. Tu ferais mieux de ne pas bouger d'ici. Y a un chat dans la maison. »

Charlotte roula de grands yeux horrifiés : « Un chat ? Un chat ?

— Ouais. Un gros matou.

— Méchant ?

— Très méchant. Avec les oreilles trouées tellement il est bagarreur. »

Ce fut mon erreur. Je ne suis pas sûr qu'elle m'ait

19

vraiment cru. Mais elle était bien contente d'avoir trouvé ce prétexte. Charlotte sauta tout de suite sur le rebord de la fenêtre de la cuisine, où elle se jucha en déployant ses bras, comme des ailes.

Elle n'avait pas l'air d'avoir peur. Ni du vide ni du chat. Sur son promontoire, elle gazouillait et me narguait en même temps.

Je n'osai pas m'approcher d'elle : la fenêtre était ouverte. Je décidai de parlementer.

« Es-tu sûre que tu as eu assez de graines ? demandai-je.

— J'ai le ventre plein.

— Les oiseaux mangent plus que ça, d'habitude.

— Je sais pourquoi tu dis ça. Tu veux que je redescende.

— Je veux que tu redeviennes raisonnable. »

Elle hurla en s'ébrouant, dans un frisson d'ailes : « Je suis raisonnable. Si tu continues à dire que je suis pas un oiseau, tu vas voir…

— Ne te mets pas en colère.

— C'est pas vrai, s'écria-t-elle. Je suis pas en colère. J'ai jamais été en colère.

— On ne va pas se fâcher, Charlotte.

— Laisse-moi tranquille. »

Elle rentra sa tête dans les épaules et ramena ses genoux contre elle. Elle resta longtemps ainsi, dans la position du fœtus, se contentant de plisser de temps en temps un sourcil pour rappeler qu'elle était vivante. Je me suis demandé si elle ne se prenait pas pour un œuf, désormais. J'aurais préféré.

Une mouche bleue entra. Elle fit du bruit, des ronds, des colères. Charlotte se mit à la suivre du regard, en prenant un air vachement méchant, comme si elle avait faim.

Je crus que c'était ma chance et que Charlotte

finirait par descendre de son perchoir pour chercher à attraper la mouche et à la gober. Mais elle
laissa l'autre repartir comme elle était entrée.

Je ne savais pas bien quoi faire. J'étais paralysé
par la peur et le vertige.

«Je t'en supplie, finis-je par dire. Sois sage.

— Va-t'en.»

J'avais décidé d'arrêter les frais mais c'est elle
qui, après un silence, remit ça: «Tu ne sais même
pas que je peux voler plus vite et plus haut que les
corbeaux.

— Non, je ne savais pas.

— C'est normal: ça t'intéresse pas ce que je fais.
Mais les corbeaux mangent trop, tu comprends. Ils
sont bien plus lourds que moi. Et ils n'ont pas de
moteurs, comme les avions.»

Comme c'était la première chose sensée qu'elle
eût dite depuis longtemps, je tentai de prolonger la
conversation: «C'est vrai, fis-je, l'air inspiré. Les
avions ont des moteurs et ça change tout.» Puis:
«Toi, t'as un moteur?

— Tu sais bien.

— Non, je ne sais pas. Mais ça m'étonnerait...

— Je vais te montrer si j'en ai pas.»

Elle a dit ça avec gravité en se tendant de toutes
ses fibres comme si elle prenait son élan. J'étais
désespéré. J'ai fait non et puis oui de la tête en
essayant de sourire le plus possible. Mais elle ne me
regardait pas. Elle avait les yeux dans le ciel.

J'étais complètement à la ramasse. Je ne sais pas
si c'est elle ou le vide ou bien les deux qui me mettaient dans cet état mais j'avais envie de vomir, de
partir et de mourir en même temps. Je m'approchai d'elle lentement, en glissant mes pieds sur le
linoléum. Je me sentais comme un chat — un chat

malade. C'est peut-être pour ça qu'elle a eu l'air si effrayé quand elle m'a vu, soudain, devant elle. Alors, elle a sauté sans prévenir.

Je l'ai vue tomber. Elle battait les bras comme des ailes, désespérément. J'ai eu envie de la suivre, à cause du vertige, à cause du chagrin aussi, mais je me suis contenté de crier, de pleurer, de crier. Même quand tout va mal, je suis un type qui reste très raisonnable.

4

J'ai tellement pleuré, ce jour-là, que mon œil, le seul, le vrai, était comme une éponge. Il était si ramolli que j'avais peur qu'il finisse par pourrir puis par tomber de son orbite. Le soir, j'ai quand même décidé de regarder un match de football à la télévision. Maman s'est assise à côté de moi. C'était bizarre. Au bout de quelques minutes, elle a mis sa main sur mon épaule, comme si j'étais son fiancé. C'était encore plus bizarre.

Je ne savais pas où elle voulait en venir mais j'étais sur mes gardes. Quand maman devient gentille, ça n'est jamais bon signe.

Naturellement, ça n'a pas loupé. Elle ne pouvait pas s'empêcher. Il a fallu qu'elle cherche à me tirer les vers du nez : « Est-ce que ça s'est vraiment passé comme tu me l'as raconté ?

— Elle a sauté.

— Mais tu es bien sûr que vous ne vous êtes pas disputés avant ?

— Non, maman.

— Vraiment ?

— Maman », soupirai-je avant de hausser les épaules à deux reprises, pour marquer mon exaspération.

J'avais bien vu où elle voulait en venir. Je croyais que j'étais tranquille et retournais à mon match mais elle revint à la charge : « Quand Charlotte t'a dit qu'elle était un oiseau, tu n'étais pas content, j'imagine…

— Non, pas très.

— Tu l'as grondée ?

— Pas vraiment.

— Réfléchis.

— J'ai essayé de discuter.

— Tu ne t'es pas énervé ?

— Je ne m'énerve jamais. »

Maman poussa un soupir puis murmura doucement, comme si elle se parlait à elle-même : « Je ne comprends pas ce qui s'est passé. Je n'arrive pas à comprendre.

— Mais c'est très simple, maman.

— Non, ça ne tient pas debout. Y a quelque chose qui cloche. »

Quelqu'un sonna à la porte. Quand maman se leva pour aller ouvrir, elle se mangeait les lèvres, d'un air absorbé, comme chaque fois qu'elle craignait une mauvaise nouvelle.

C'était un homme assez grand avec des yeux très enfoncés dans les orbites et un nez comme une poire trop mûre qu'il aurait reçue en pleine figure. Quelque chose coulait de ses narines, d'ailleurs, qu'il essuya d'un doigt, avec une expression de gêne, comme s'il venait de commettre une grave impolitesse.

Je suis sûr que maman le connaissait. Elle échangea avec lui un regard qui ne pouvait tromper personne, surtout pas moi. C'est pourquoi j'ai d'abord cru que c'était un de ces jolis cœurs qu'elle amenait de temps en temps à la maison. Mais, d'habitude, quand elle en avait fait entrer un, elle m'envoyait tout de suite dans ma chambre sous prétexte que j'avais des devoirs à faire, afin de pouvoir le peloter tranquillement sur le divan du salon. Cette fois, elle l'a fait asseoir à côté de moi.

Je me suis même demandé si elle ne m'avait pas trouvé un papa. Mais j'espérais que non. Il était vraiment trop moche. Il avait, en plus, un sourire mou qui ne m'inspirait pas du tout confiance.

«Bonjour, Aristide», dit-il en me donnant une petite tape sur le genou.

Je n'ai pas répondu et j'ai pris l'air renfrogné de celui qui n'aime pas être dérangé quand il regarde un match de football à la télévision.

«Dis bonjour à M. Crampon, fit maman, tout sucre et tout miel.

— B'jour, marmonnai-je en continuant à regarder l'écran.

— J'ai quelques questions à te poser, mon garçon.

— Le monsieur est de la police, expliqua maman.

— La police? demandai-je, étonné.

— Oui, la police, répondit M. Crampon. Mais rassure-toi, mon garçon. Ça n'est qu'une enquête de routine.»

Maman n'était pas à l'aise. Moi non plus. Elle proposa du café au monsieur de la police. Il accepta. Visiblement, ça l'a soulagée. Elle fila sur-le-champ dans la cuisine et, contrairement à son habitude, en referma la porte sur elle. Je n'étais pas étonné. Chaque fois que j'ai un problème, il faut qu'elle s'en aille. C'est avec des gens comme ça qu'on se rend compte qu'on est toujours seul au monde.

M. Crampon cherchait à copiner. Il posa sa grosse main sur mon petit poignet, me fit un sourire déprimé puis approcha de moi sa bouche qui puait quelque chose comme de l'urine stagnante: «T'aimes le foot?

— Ça dépend.»

Ce n'était pas pour être désagréable. J'aime le football quand il est bien joué. Sinon, ça ne vaut rien. Surtout quand ça traîne.

Ce jour-là, ça traînait sur le stade mais je faisais quand même le passionné. «Voilà du vache de bon foot», dis-je à M. Crampon avant de me concentrer à nouveau sur le match. J'espérais qu'il n'oserait plus me déranger. Mais ça ne l'a pas impressionné. Après avoir retiré sa main de mon poignet, il s'est lancé: «Je voudrais que tu me dises ce qui s'est passé avant que ta sœur saute.

— J'ai déjà tout raconté.

— Y a peut-être un détail que tu as oublié et qui peut tout changer.

— Je ne vois pas quoi, dis-je avec l'air le plus absorbé que je pus trouver. Même avec toute la bonne volonté du monde...

— Fais un effort.

— Rien que d'y penser, ça me donne la migraine. C'est des souvenirs trop pénibles, vous comprenez. Bien trop pénibles.

— J'ai besoin de savoir. C'est très important.

— Vous voulez m'arrêter ou quoi?»

L'indignation avait cassé ma voix. Il secoua la tête.

«Je peux vous dire tout de suite que vous perdez votre temps, repris-je. Je ne suis pas coupable.

— Je sais, marmonna-t-il.

— Y a pas de problème, alors.»

Il n'avait pas l'air convaincu. Je n'aimais pas sa façon de me regarder. Apparemment, ses yeux cherchaient quelque chose. C'est alors que ça m'a pris. Je me suis mis à pleurer, pleurer sans m'arrêter, de grosses larmes épaisses. Il a commencé à s'excuser. Et j'ai manqué de défaillir. À cause de son haleine. Ou bien de mon chagrin.

J'avais de plus en plus de mal à respirer. J'étais comme une locomotive en marche dont tous les orifices auraient été bouchés. La pression était telle que je ne pouvais même pas bouger. Une bouillie répugnante m'étouffait et s'insinuait dans ma chair. Je redoutais l'explosion. En plus, je n'avais même pas de mouchoir.

Maman finit quand même par arriver. Elle avait une expression hébétée et un plateau avec deux tasses de café qu'elle tenait des deux mains, très fort, comme s'il allait tomber.

«Je n'y suis pour rien, fis-je en sanglotant. Pour rien.

— Laissez-le tranquille, dit maman à M. Crampon. Vous voyez bien que vous êtes en train de le rendre malade.»

C'était la première fois, à ma connaissance, que maman prenait mon parti. Elle en a profité pour m'embrasser. J'en ai chialé de plus belle. Je ne savais pas qu'on pouvait avoir autant de larmes dans la tête.

M. Crampon a bu son café très vite. Quand il eut fini, maman l'a raccompagné à la porte. Puis elle est revenue s'asseoir à côté de moi. On a longtemps pleuré ensemble. Elle a posé son visage sur mon épaule. On dit souvent que le chagrin rapproche. C'est si vrai qu'on a fini par se serrer l'un contre l'autre, comme des amoureux.

Je ne crois pas que nous pleurions pour la même chose, mais jamais je ne m'étais senti aussi intime avec maman.

5

À l'enterrement de Charlotte, je n'ai pas été à la hauteur. C'était à cause des gens qui pleuraient. Rien qu'à les regarder, ils m'arrachaient des sanglots. Même le curé s'y est mis. Pendant son sermon, sa voix s'est cassée, tout d'un coup, et il l'a terminé en chuchotant, entre des reniflements, ce qui provoqua une recrudescence des larmes dans l'église. Sans doute était-ce l'effet recherché.

Le curé ne connaissait pas Charlotte, pourtant. Probablement mal informé par maman, il fit, au sujet de ma sœur, beaucoup d'erreurs au cours de son sermon. Il la décrivit comme une petite fille ordonnée et obéissante, alors qu'elle était tout le contraire. Il prétendit qu'elle était serviable, ce qui, à ma connaissance, ne fut jamais le cas. Il raconta aussi qu'elle avait mis au point des «prières de son invention» qu'elle récitait, le soir, avant de se coucher. Or c'était moi qui les lui avais apprises. Je ne m'en vante pas. Elles étaient stupides. Il y avait, par exemple, le «Notre père qui êtes odieux» ou le «Je vous salue Marie, pleine de graisse». Ma mère ne nous avait jamais entendus les dire. Elle n'avait eu droit qu'à un acte de contrition, au demeurant fort convenable, que j'avais imaginé.

Après la mise en terre, maman invita tout le monde à un goûter dînatoire à son domicile. Tout le monde, en l'espèce, ça n'était presque personne, mais juste mon grand-oncle André, un chauve à lunettes, avec sa femme à lunettes et leurs trois enfants à lunettes, cinq voisines et trois voisins, le dernier en date des petits amis de ma mère — un grand maigre au teint terreux avec un diamant dans le lobe de l'oreille — et mes deux grands-parents, pépé et mémé.

Je n'aimais pas mes grands-parents et ils me le rendaient bien. Ils montaient à Paris deux ou trois fois par an avec des fromages de chèvre bien coulants et des histoires interminables qui ne changeaient jamais et qu'ils racontaient pendant des repas sans fin. Ils ne couchaient jamais chez nous mais à l'hôtel, ce qui devait peiner maman, bien qu'elle n'en ait, pour ce que j'en sais, jamais rien laissé paraître. Visiblement, son appartement n'était pas assez bien pour eux.

Le goûter dînatoire fut tout à fait réussi, les invités ayant apporté un peu de tout. Par exemple, des saucissons à l'ail, des salades de riz au gruyère, des tartes au sucre ou à la confiture d'abricots avec de la crème dessus. Mais les gens voient toujours plus gros que leur ventre. Il y avait trop à manger et ça gâcha mon plaisir parce que je savais que maman me demanderait de finir les restes, comme d'habitude, et qu'il me faudrait, à vue de nez, deux ou trois semaines pour tout terminer.

Dieu merci, j'y échappai. Quand tout le monde fut parti, maman m'annonça que pépé et mémé allaient m'emmener chez eux pour quelques semaines. « Il faut que toi et moi, on puisse remettre de l'ordre dans nos têtes, dit-elle.

— Je n'ai pas besoin, répondis-je.

— Tu ne sais pas ce que tu dis, Aristide.

— Et toi, maman, tu crois que tu sais ce que tu fais? »

Je méritais une gifle. Mais maman n'osa pas me donner un soufflet en présence de pépé et de mémé. Non parce qu'elle répugnait à me punir devant eux, mais parce qu'elle craignait mes réactions qui risquaient d'être, comme souvent, disproportionnées. Elle s'en tira donc par une pirouette : « Mais quand cesseras-tu de te comporter comme un enfant?

— Je suis un enfant, maman. Au cas où tu ne le saurais pas, je suis même *ton* enfant. »

Il y a longtemps qu'elle l'avait oublié et j'en eus encore la preuve, le lendemain, avec le baiser sans amour que posèrent ses lèvres blanches sur mon visage avant que je monte, avec pépé et mémé, dans le train de Marseille qui nous arrêta, quelques heures plus tard, en gare d'Avignon.

Pépé et mémé habitaient tout près de la cité des Papes dans une maison dont les fenêtres s'ouvraient sur le Rhône. Faute d'avoir trouvé un successeur dans la famille pour leur exploitation agricole, ils l'avaient vendue — très cher, à en croire la rumeur — et ils menaient, depuis, la vie des bourgeois des villes sans regretter outre mesure la nature au milieu de laquelle ils avaient vécu jusqu'à leur retraite. Ils ne faisaient rien, même pas leur âge.

Ils m'inscrivirent tout de suite à l'école, ce qui m'inclina à penser, malgré leurs dénégations, qu'il était prévu que je resterais longtemps chez eux. Autant dire que cette perspective ne m'enchantait pas. Pépé et mémé étaient les êtres les plus ennuyeux qu'on peut imaginer, même quand on n'a pas d'imagination. Sans doute était-ce parce qu'ils détestaient l'humanité tout entière, eux-mêmes compris. Un rien les irritait. Quand on leur disait : «Bonjour», ils prenaient un air si méchant qu'on avait le sentiment qu'ils allaient dire : «Bonjour vous-même.» Nous vivions donc entre nous, avec la bonne, une grosse Marocaine qu'ils avaient surnommée Mlle Tateminette.

Ils la persécutaient, la Marocaine. C'était même, je crois, leur activité principale. Ils commençaient le matin en se plaignant du café ou du beurre qui avait «un goût». Ils pestaient ensuite toute la journée contre «la poussière sous les meubles», «les fourmis qui envahissent la cuisine», «les mouches dont personne ne s'occupe», «la nappe du guéridon qui n'a pas dû être lavée depuis vingt ans», «le lapin qui, comme d'habitude, n'est pas assez cuit», «les cendres de la cheminée qui pourraient quand même être retirées de temps en temps».

Quand Mlle Tateminette rentrait des courses, elle avait toujours droit au supplice des comptes. Mémé prenait les tickets de caisse et refaisait toutes les additions devant elle. Remarquant qu'elle ne trouvait jamais rien à redire, je lui demandai, un jour : «Pourquoi tu te casses la tête à vérifier si c'est toujours bon?

— Tu comprends rien aux gens, répondit mémé. C'est parce que je vérifie tout qu'elle ne cherche pas à m'escroquer. Elle n'a peut-être pas l'air comme ça. Mais c'est une voleuse.

— Elle n'a jamais rien volé à personne.

— Ce n'est pas une excuse. Elle a envie. Elle ne pense même qu'à ça. C'est écrit sur sa figure. Regarde-la bien. Si on l'empêche pas, elle finira par nous voler. Je fais ça pour son bien, uniquement.»

C'est en vertu de ce principe que mémé faisait, une fois par mois, l'inventaire de tous les objets de la maison. Elle avait tout répertorié sur un cahier et vérifiait, avec Mlle Tateminette, que rien ne manquait. Elle comptait ainsi les couverts, les assiettes ou les pots de confiture.

Mes grands-parents avaient toujours leurs yeux partout. Rien n'échappait à leur vigilance. C'est ce que montre bien l'affaire du lait concentré sucré qui éclata deux ou trois jours après notre arrivée.

Le matin, pépé prenait du lait concentré sucré dans son café. La boîte de conserve était rangée dans le réfrigérateur, sur la planche du bas, au-dessus du bac à légumes, et sa simple vue me faisait toujours saliver. Mais je résistais. Je crois que ce n'était pas le cas de mon grand-père. Bien que je n'en aie jamais eu la preuve, je le soupçonnais de se servir une cuillerée de temps en temps dans la journée. Il allait souvent à la cuisine sans avoir rien à y faire et il en ressortait avec un air de contentement et, parfois, une façon étrange, voire sensuelle, de s'essuyer les lèvres.

Un jour, alors que nous prenions notre petit déjeuner, pépé constata que le niveau du lait concentré sucré avait singulièrement baissé pendant la nuit et il en informa mémé qui fit un scandale : « Mademoiselle Tateminette, j'en ai assez de vos chapardages.

— C'est pas moi, Madame.

— Je suis sûre que vous ne rincez même pas la cuillère chaque fois que vous vous servez. Vous savez que vous risquez de donner vos maladies à Monsieur qui est de santé très fragile...

— Je n'ai pas de maladies, protesta la suspecte.

— Vous n'en savez rien, dit mémé. Vous en avez peut-être qui sont en train de chauffer à l'intérieur. »

Mémé s'énervait de plus en plus, comme l'indiquait la veine qui gonflait sur sa tempe. Je décidai alors d'intervenir. «Il ne faut pas l'attraper, dis-je. Elle n'a rien fait. C'est moi qui ai pris du lait concentré, cette nuit. Je n'ai pas pu m'empêcher.»

Mlle Tateminette me regarda avec d'autant plus de gratitude qu'elle était bien placée pour savoir que je n'étais pas coupable. Ses yeux se mouillèrent même un peu, comme si elle venait soudain de comprendre qu'elle n'était plus toute seule dans la maison ni dans la vie.

Notre complicité naquit ce jour-là. Mlle Tateminette se mit à briquer tout particulièrement ma chambre et prit l'habitude de cirer mes chaussures avant que j'aille à l'école. Je ne sais si c'est parce qu'elle se mettait à genoux devant moi ou bien à cause du mouvement de la brosse sur mes pieds, toujours est-il que j'étais alors dans un état proche de l'extase. C'est tout l'intérêt de se sentir important.

Nous n'avions plus de secrets l'un pour l'autre. Mlle Tateminette ne savait rien sur mon père, dont pépé et mémé ne parlaient jamais. Elle se demandait même s'il n'était pas mort. Mais elle m'apprit qu'ils avaient donné, il n'y a pas si longtemps, plein d'argent à maman et qu'ils avaient le sentiment qu'elle l'avait jeté par les fenêtres, «pour ses petits amis». Elle m'informa aussi qu'ils lui avaient demandé de laver ma vaisselle à part, comme la sienne, de peur d'éventuelles «contagions». De quoi, ils ne le savaient pas eux-mêmes. C'était sans doute pour la même raison qu'ils m'avaient prié, le premier jour, de n'utiliser que les toilettes et la salle de bains réservées à Mlle Tateminette.

Au bout de quinze jours, alors que j'avais fait de grands efforts pour bien me tenir à table, ils décidèrent, probablement dans le même ordre d'idées, que je ne prendrais plus mes repas avec eux, mais à la cuisine. Comme je demandais à pépé, le plus ouvert des deux, les raisons de cette ségrégation, il répondit : « Tu donnes des crises d'asthme à ta grand-mère.

— C'est quand même pas ma présence.

— Non. Rassure-toi. C'est les cheveux.

— Je me les lave, dis-je.

— Mais ça ne change rien. C'est leur texture qui met ta grand-mère dans cet état.

— Leur texture ?

— Elle est très spéciale, observa-t-il avec gravité.

— J'ai les cheveux frisés et puis c'est tout.

— Non. Ils sont plus que frisés. Ils sont crépus.

— Et alors ?

— Eh bien, ça provoque des émanations de graisse. C'est ça qui fait tousser ta grand-mère. »

Je ne saurai jamais ce qui les indisposait le plus, de ma chevelure ou de ma familiarité avec Mlle Tateminette. Nous nous parlions trop peu pour nous comprendre, mes grands-parents et moi. Je crois même pouvoir dire que nous avions fini par nous haïr. C'est pourquoi sans doute nous évitions de croiser nos regards.

Je m'y habituai. Je m'étais fait quelques amis à l'école et, les jours de congé, je traînais avec eux sur les bords du Rhône. Je regardais beaucoup la télévision. Mais, à tout prendre, je préférais encore la compagnie de Mlle Tateminette. Je l'aidais à la cuisine, au ménage et au lavage, mes trois grandes spécialités, et j'en profitais pour lui parler. Pour la première fois de ma vie, j'avais quelqu'un qui m'écoutait. J'en abusai. Mes grands-parents se couchant toujours très tôt, nous pouvions faire la conversation jusqu'à minuit sans qu'ils en sachent rien.

Quand on est amoureux de quelqu'un, on aime tout chez lui. Je n'étais pas amoureux de Mlle Tateminette, car je n'aimais que certaines choses, chez elle : ses gros seins, ses yeux verts et son air soumis quand je lui racontais mes histoires. Il n'y avait rien d'autre entre nous. Juste de la compréhension. Le soir, avant d'aller au lit, nous nous embrassions et j'adorais la sensation de ses lèvres sur mes joues qu'elles effleuraient un instant. Je me sentais soutenu. Tels sont les effets de l'affection.

Cette vie aurait pu continuer longtemps comme ça si, une nuit, mémé, sur le chemin des toilettes, ne nous avait surpris en train de nous embrasser. Sur le coup, elle ne dit rien. Je pensai même qu'elle n'avait rien vu. Mais elle avait tiré de cette vision des conclusions hâtives dont elle me fit part, le lendemain matin, au petit déjeuner : « Moi qui croyais que Mlle Tateminette était bonne pour le prix de vertu, me voilà refaite. T'es en train de nous la délurer, Aristide.

— À moins que ça soit l'inverse, objecta pépé.

— Mais on n'a rien fait, dis-je. Rien.

— J'ai tout vu, fit mémé d'un ton pincé. Ça me donne encore envie de vomir. »

Mlle Tateminette, qui arrivait avec un panier de pain grillé, resta dans l'embrasure de la porte, bouche bée.

« Tout marchait très bien ici jusqu'à ce que t'arrives, dit mémé.

— Il a fallu que tu mettes la pagaille, murmura pépé en hochant la tête. Je te comprends pas, mon garçon. »

Mémé se pencha vers moi et déclara avec autorité : « Y a qu'une solution.

— Une seule, soupira pépé.

— On ne va pas te garder, Aristide. »

Toujours dans l'embrasure de la porte, Mlle Tateminette se mit à pleurer et à renifler.

« C'est fou, sanglota la bonne.

— C'est ce que vous avez fait qui est fou, fit mémé. Fou et dégoûtant. J'en ai honte pour vous.

— C'est complètement fou, insista Mlle Tateminette.

— On va rendre Aristide à sa maman, marmonna pépé, avec la grimace de quelqu'un qui a une amertume dans la bouche.

— Je plains sa mère, murmura mémé. Bien sincèrement. »

C'est ainsi que je revins le lendemain à Paris, où je fus accueilli avec l'enthousiasme que l'on imagine.

6

Maman me fit la tête pendant plusieurs jours. Elle rentrait toujours très tard et, prétextant des migraines, partait se coucher tout de suite dans sa chambre. En l'attendant, je traînais dans le quartier ou bien je regardais la télévision. J'aurais bien aimé lire, comme certaines personnes, mais je ne savais pas quoi. Il y a trop de livres à lire. C'est ce qui me fait peur.

Au bout d'une semaine, maman m'avait trouvé un travail. Après l'école, je devais aller chez M. Montaudouin, pour qui je faisais le ménage, le lavage, la cuisine et les courses. C'était un homme d'à peu près soixante-dix ans, très grand et très maigre, qui passait le plus clair de son temps sur une chaise roulante. Il pouvait marcher mais son visage indiquait alors qu'il souffrait le martyre.

Je n'ai jamais compris ce qu'il avait, comme maladie. Il ne savait pas vraiment lui-même. Elle lui mangeait les os, les nerfs et les muscles. Tout son corps était atteint. Sauf la cervelle. C'est pourquoi M. Montaudouin passait ses journées à penser en regardant la fenêtre. Le silence était si grand, dans son appartement, qu'on pouvait même, en se concentrant bien, l'entendre réfléchir. Je crois qu'il ne pouvait rien faire d'autre.

Personne ne venait jamais le voir. M. Montaudouin avait trois enfants, pourtant, et deux fois plus de petits-enfants. Il devait se contenter de leurs photos qu'il contemplait de temps en temps, surtout le soir. Ça lui suffisait. «Les pauvres, soupirat-il un jour, ils ont tellement de choses à faire.

— Ils pourraient quand même faire un effort, dis-je.

— Je n'ai jamais compté sur personne. C'est la meilleure façon de ne pas être déçu.»

Je pouvais constater tous les jours où menait ce genre de philosophie. M. Montaudouin ne recevait même pas de lettres. Juste quelques factures. La solitude mène à tout, à condition d'en réchapper. Il en était prisonnier. Sur une chaise roulante, ça devait être encore plus dur à supporter.

Après des années de souffrances, M. Montaudouin n'avait plus de sentiments. Il ne lui restait plus qu'une phobie. Il avait peur de brûler, comme son père dont il me raconta souvent l'histoire, sans doute parce que j'avais du mal à la croire. «Un matin, me dit-il la première fois que je travaillais chez lui, j'entends ma mère pousser des grands cris. Elle est dans la cuisine et elle hurle: "Mon Dieu, que s'est-il passé?" Je descends aussitôt et qu'est-ce que je vois? Quelque chose de carbonisé sur un tabouret avec des cendres et une mare de graisse au-dessous. C'était papa. Il s'était consumé tout seul. Rien n'avait flambé autour. Tout, dans la pièce, était exactement comme avant.

— Je ne peux pas croire ça, objectai-je. Il y a forcément eu un incendie ou quelque chose dans le genre.

— Non, justement. Mon père a cuit de l'intérieur. C'est pour cette raison qu'il n'a pas mis le feu dans la cuisine.

— Il ne s'est quand même pas enflammé tout seul.

— Mon père fumait et puis il était très gros. C'est la graisse qui a brûlé. On appelle ça la combustion humaine spontanée.

— C'est une maladie contagieuse?

— Non. Mais elle est peut-être héréditaire. Tu comprends pourquoi je fais un régime... »

Mais il ne mourait jamais. Ni de ça ni d'autre chose. Les années passaient. Je survivais en me regardant grandir et en attendant le Noël suivant. Maman n'était pas très généreuse mais je ne suis pas un type exigeant. Un rien me suffisait.

Je venais d'avoir seize ans quand, un matin, j'ai découvert M. Montaudouin la tête en arrière et la bouche grande ouverte. J'ai tout de suite compris. À tout hasard, je me suis rapproché et j'ai pris sa main. Elle était froide.

Contrairement à ce que j'aurais cru, ça ne m'a pas fait beaucoup d'effet. Sans doute parce que, dans ma tête comme dans la sienne, il était déjà mort depuis longtemps. Son décès ne changeait pas grand-chose à sa condition. C'était juste une remise en ordre.

Je prévins la personne dont il m'avait donné le numéro pour le cas où il lui arriverait quelque chose. J'ai le sentiment que la nouvelle de la mort de M. Montaudouin la démoralisa, à cause de la perspective des démarches administratives, plus qu'elle ne la chagrina: apparemment, elle s'était faite à l'idée depuis longtemps. C'est toujours ce qui arrive quand on a trop tardé à mourir.

La mort de M. Montaudouin prit maman au dépourvu. Après que je lui en eus fait part, elle m'examina de haut en bas et inversement, les sourcils froncés, puis laissa tomber : «Mais qu'est-ce que je vais faire de toi ?

— T'en fais pas, maman. Je saurais me débrouiller.

— Je ne veux pas te laisser te débrouiller tout seul, justement. Il faut que t'aies une occupation. Une raison sociale. Quelque chose.»

Quelques minutes plus tard, alors que nous regardions la télévision, elle me dit tout d'un coup : «T'oublieras pas de te faire payer les quinze premiers jours de ton dernier mois.

— Si je peux.

— Y a pas de raison d'en faire cadeau, Aristide.»

En principe, maman récupérait l'argent que je gagnais pour le placer. Mais je savais qu'elle n'en faisait rien. Je m'abstins donc de réclamer mon dû aux héritiers de M. Montaudouin, que je rencontrai à l'enterrement. C'était ça de moins qu'elle dépenserait avec ses petits amis.

Un soir, maman rentra avec un air bizarre sur la figure et, à la main, une glace à la pistache avec une sauce au chocolat. Ça ne présageait rien de bon mais ce fut encore pire que je ne l'avais pressenti. Elle attendit que j'aie la bouche pleine pour m'annoncer qu'elle avait décidé de me mettre en pension chez des particuliers dans la banlieue parisienne.

«Tu ne les connais pas, dit-elle. Mais tu les adoreras. Ce sont des gens très simples et très gentils. Avec un cœur gros comme ça.

— Je n'aime pas la banlieue.

— Mais c'est pas n'importe quelle banlieue. C'est Argenteuil. Y a des arbres. Plein de magasins. On se croirait en province.

— Je n'aime pas la province.

— Rassure-toi. Ce sera provisoire.

— Tu sais bien que le provisoire dure toujours, maman. Je veux rester avec toi. »

Maman s'essuya le front, comme si elle avait transpiré, ce qui n'était pas le cas, et une expression d'exaspération passa sur son visage.

« Je ne peux pas m'occuper de toi, tu comprends, soupira-t-elle. Je n'ai pas le temps.

— Je le sais, maman, et je me suis organisé en fonction de ça. Est-ce que j'ai l'air malheureux, franchement ?

— Mais je ne veux pas que tu sois seul. C'est pas bon pour ton psychisme. Tu finiras par me faire une dépression ou une maladie nerveuse. Il faut que tu aies une famille. Avec de la chaleur. Avec des copains. Je crois que je t'ai trouvé ce qu'il faut. »

Elle n'arrivait même pas à me regarder dans les yeux. Elle était trop absorbée par le spectacle, assez répugnant, de la glace à la pistache et de la sauce au chocolat qu'elle touillait dans son assiette. Je décidai de la provoquer : « Tu veux te débarrasser de moi, dis-je. Parce que tu crois que j'ai tué Charlotte. »

Maman me regarda, l'air abasourdi.

« Ne sois pas ridicule, murmura-t-elle. Tu sais bien que je ne te soupçonne pas.

— Je ne vois pas d'autre explication à ta décision.

— Ce que tu peux être injuste, soupira maman. Je fais ça pour ton *bien*.

— Mon bien ? fis-je, scandalisé qu'elle ose s'approprier quelque chose qui lui était totalement étranger.

— Je voudrais que tu puisses tourner la page et penser à autre chose. Le psychologue du lycée m'a dit qu'il fallait te changer de cadre. De milieu psycho-social, d'environnement et tout.

— Qu'est-ce qu'il en sait ? »

Il est clair que le psychologue n'en savait rien. En plus, il s'en fichait. Quoique jeune, il était déjà revenu de tout. Pour lui, rien ne valait rien et inversement. C'était écrit dans ses yeux qui étaient comme des coquilles quand les œufs sont partis.

Je m'inquiétai pour maman. « Mais qui est-ce qui va faire ton lavage maintenant ? demandai-je. Et ton repassage ? Et ton lit ? Et ton ménage ? Tu y as pensé ?

— Je vais me débrouiller, Aristide. Je m'en sortais très bien avant toi. »

De ma vie, je n'ai jamais vu maman faire la vaisselle ni aucun travail de ce genre. Elle avait bien bénéficié, dans le passé, des services d'une femme de ménage que ses parents lui payaient. Mais depuis plusieurs années, c'était moi, la femme de ménage. Ça lui faisait faire des économies.

Je ne m'en plaindrai pas. J'aime faire le ménage. Comme tous les professionnels de la chose, j'ai mes marottes. Ainsi je déteste que le tartre prolifère dans la cuvette des toilettes. Et je n'oublie jamais les rebords. On les néglige trop souvent. Je ne souffre pas non plus que la propreté de la cuisinière laisse à désirer. Ni que la graisse s'accumule dans la hotte aspirante.

Avec le temps et la pratique, je m'étais attaché aux appareils ménagers de maman. Chacun avait sa personnalité. Le réfrigérateur était le plus introverti de tous. On ne savait jamais ce qu'il pensait. L'aspirateur était, lui, du genre sentimental. Allemand et consciencieux, il ne se laissait arrêter par rien. En plus, il aimait ce qu'il faisait. On était faits pour s'entendre. Il allait me manquer.

7

«Tu vois comme c'est verdoyant? On se croirait à la campagne!» Quand nous arrivâmes à Argenteuil, maman était tout excitée. Elle en faisait trop, sans doute parce qu'elle savait qu'elle avait tort. Moi, je prenais l'air le plus dégoûté que je pouvais. Je n'avais pas besoin de me forcer.

La famille où maman m'avait placé habitait dans une cité vert pomme avec des bouts de murs qui étaient peints en caca d'oie. Des ombres passaient entre les immeubles, repliées sur elles-mêmes, comme si elles craignaient de perdre quelque chose. Elles avaient des faces humaines. Des marronniers se balançaient au milieu de tout ça. Quand ils n'étaient pas morts, ils étaient à l'agonie.

On dit que c'est la pollution de l'air qui tue les marronniers. Moi, je pense qu'ils se porteraient mieux si tout le monde, les chiens comme les humains, n'avait pris l'habitude de pisser dessus. Mais on vit une époque où les gens n'arrivent plus à se retenir. Surtout dans les grands ensembles. Ils font ça n'importe où. Même dans l'escalier.

L'immeuble des Foucard, les nouveaux parents que maman m'avait donnés, était couvert de graffitis qui, généralement, se répondaient les uns aux autres. C'était un vrai débat. Si les gens s'étaient parlé au lieu de s'écrire, ça aurait fait du bruit, bien sûr, mais moins de saleté. J'imagine que les tagueurs étaient des professionnels, pourvus d'une échelle, car ils avaient barbouillé leurs insanités jusqu'au niveau du troisième étage.

C'est Mme Foucard qui nous ouvrit la porte.

«Madame Galupeau, dit-elle en serrant chaleureusement la main de maman. Quel plaisir...» Mme Foucard avait un visage chiffonné, surtout sous les yeux, et un grain de beauté assez repoussant — sans doute l'avait-elle beaucoup gratté — sur le bas du menton, au demeurant double. Mais elle m'a tout de suite fait bonne impression. À cause de la médaille de la Sainte Vierge qui se balançait sur son corsage. J'avais la même et je le lui fis remarquer.

«Ça veut sûrement dire qu'on est faits pour s'entendre», me souffla-t-elle à l'oreille avec un sourire copain.

Elle nous introduisit dans le salon où la famille au complet regardait une série américaine à la télévision. Tout le monde se leva d'un coup. Sans s'empêcher, bien sûr, de jeter de temps en temps un œil sur l'écran pour connaître la suite de l'histoire. C'était le moment où l'inspecteur de police avait enfin mis la main sur l'abominable bandit moustachu et transpirant qu'il recherchait depuis le début. Il parlementait avec lui dans un hangar désaffecté.

«Voilà notre pensionnaire, dit Mme Foucard se dirigeant vers la table sur laquelle était posé un plateau avec une bouteille de porto et des verres.

— *Donne-moi ce revolver.*

— Madame Galupeau, vous prendrez bien l'apéritif?» demanda Mme Foucard.

Maman hocha la tête.

«*Fais gaffe.*

— Il a le droit de boire du porto? demanda Mme Foucard en me regardant.

— *T'approche pas. Sinon, je t'éclate la gueule.*

— Il a le droit?»

Je n'avais pas compris que Mme Foucard s'adressait à moi en employant la troisième personne du singulier. Et puis je n'arrivais pas à détacher mon attention de la télévision.

«Faut demander à ma mère, dis-je.

— Il peut, concéda maman. Il peut.

— *T'as fait assez de conneries comme ça. Ton arme ne peut plus te servir à rien, vieux. T'es cuit.*»

Après avoir versé du porto dans un premier verre, Mme Foucard leva la tête et dit : «Qui c'est qui va servir Mme Galupeau?

— Moi», dit M. Foucard.

M. Foucard était un peu plus petit que sa femme mais, pour la peine, il était bien plus large. Il était finalement plus impressionnant assis que debout. C'eût été un homme d'apparence extrêmement virile sans la petite moustache de duvet noir qui coulait sous son nez, comme de la bave au chocolat, et qui lui donnait l'allure d'un chanteur de bel canto des années cinquante.

Les Foucard avaient trois enfants. Frank, l'aîné, avait dix-sept ans mais pas encore de barbe. Quelque chose était en train de naître en lui, pourtant, car il avait la bouche comme un bourgeon.

Nathalie avait seize ans et une poitrine abondante. Elle en était fière parce qu'elle se cambrait de telle sorte que ses seins pointaient sous son corsage. J'eus tout de suite le coup de foudre mais ça m'arrive souvent. Je suis un type qui peut tomber amoureux plusieurs fois dans la même journée. Rien qu'à la regarder, j'avais des baisers qui me montaient aux lèvres.

Thomas, le petit dernier, avait sept ans et l'air perpétuellement ébloui. C'était, je crois, une façon de cacher ses sentiments qui, d'entrée de jeu, ne m'étaient guère favorables. Mais je savais que je n'avais rien à craindre de lui. Ses petites épaules baissées ne trompaient pas. Il n'avait pas d'énergie. C'est Nathalie qui avait tout pris.

Quand il eut fini de servir le porto, M. Foucard baissa le son de la télévision puis commença à raconter sa vie avec un air apitoyé : « Les affaires ne marchent pas très bien, en ce moment.

— C'est sûr, approuva Mme Foucard.

— Quand j'ai été licencié de l'usine, reprit-il, j'ai décidé de m'acheter un petit commerce avec mes indemnités et l'héritage que m'avait laissé ma mère. Je voulais être à mon compte. Sans personne pour m'emmerder. J'ai acheté un bar.

— On nous l'a présenté comme une affaire, soupira Mme Foucard. Tu parles…

— C'est vrai qu'il était joli, bien placé et tout. Avec un juke-box et un baby-foot. Mais je crois qu'on s'est fait un peu avoir.

— Un peu ? Beaucoup !

— Va falloir que j'envisage une reconversion, dit M. Foucard avec un geste d'agacement. Je pourrais transformer le bar en commerce d'animaux, par exemple. J'aime bien les animaux. Surtout les chats.

— Moi, pas, dit Mme Foucard. Ça pisse partout.

— Je pourrais aussi me lancer dans la pizza. Je ferais à la fois restaurant et livraison à domicile. Y a sûrement une clientèle pour ça.

— Sûrement, répéta maman.

— On peut pas savoir, fit Mme Foucard. On peut jamais savoir. Les gens veulent toujours ce qu'ils ont pas.

— C'est ça qu'est désespérant, voyez-vous, reprit M. Foucard. Je sais vraiment pas quoi dire. Faut plus qu'on se trompe. On a déjà perdu tellement d'argent... »

Mme Foucard se leva. Elle avait l'air exaspéré.

« Arrête de te plaindre tout le temps, s'écria-t-elle. C'est fatigant à la fin. »

M. Foucard ferma les yeux puis, quand il eut fini de réfléchir, laissa tomber : « Mais on n'a plus un rond.

— T'as qu'à t'en prendre qu'à toi-même, bougonna Mme Foucard. N'est-ce pas, madame Galupeau ? »

Maman secoua puis hocha la tête de telle sorte que M. et Mme Foucard puissent l'un et l'autre trouver satisfaction. Après quoi, elle salua tout le monde. Elle prétendait avoir un rendez-vous à Paris. Elle ne demanda même pas à visiter ma chambre. Elle était bien trop pressée. Elle partit sans même prendre le temps de m'embrasser.

Ça ne me changeait pas. Avec maman, j'étais toujours en manque de baisers. Mais je regrettais particulièrement celui-là. Je me consolai comme je pus, en regardant la fin de la série américaine et en caressant le chien des Foucard, un bâtard au poil roux qui s'appelait Toutou. Il appréciait, comme l'indiquait le frétillement de sa queue.

Mme Foucard n'appréciait pas, elle. D'abord, elle haussa les épaules. Ensuite, elle émit quelques grognements. Enfin, elle finit par me dire : « J'aime pas qu'on caresse mon chien comme ça. Faut me demander avant.

— Excusez-moi, fis-je.

— Déjà qu'il est trop gentil avec les étrangers, renchérit M. Foucard.

— La nuit où il y aura un voleur dans la maison, fit sa femme, je suis même pas sûre qu'il aboiera avant que je reçoive le coup de hache qui me sera fatal.

— C'est ça, les nouveaux chiens », soupira M. Foucard.

Mme Foucard caressa Toutou qui se mit à trembler de plaisir et elle dit en frissonnant, comme si le chien lui transmettait ses vibrations : « Quand des bêtes laissent tout le monde entrer, est-ce qu'on peut appeler ça des chiens ?

— Je crois pas, dit M. Foucard.

— C'est des tapis.

— Exactement. Des tapis sur lesquels les cambrioleurs s'essuient les pieds. »

Sans doute avaient-ils cherché, avec cet incident, à marquer leur territoire. Ça ne prêtait pas à conséquence, comme tout ce qu'ils faisaient, d'ailleurs. J'en fus définitivement convaincu quand, après le film, Mme Foucard me dit : « Puisqu'il aime tant Toutou, il a qu'à aller le faire pisser. »

Je fus désormais de corvée le matin, le soir et toutes les fois que Toutou avait une envie. Mon grand-oncle André me disait que les Français sortent de chez eux pour trois choses seulement : courir après la gloire, protester contre les impôts ou faire pisser le chien.

Je devenais de plus en plus français : Toutou ayant une grande activité urinaire, provoquée sans doute par des troubles de la prostate, je devais tout le temps sortir pour le faire pisser.

8

Le lendemain matin, après le petit déjeuner, Mme Foucard me demanda de laver la vaisselle. Puis, quand j'eus terminé, elle m'emmena visiter ses placards à balais, à détergents et à provisions, comme si j'étais sa nouvelle femme de ménage.

«Votre mère m'a dit que vous êtes une perle qui aime bien rendre service, déclara-t-elle.

— Ça dépend, répondis-je, méfiant.

— Rassurez-vous. Je ne vous ferai pas tout faire. Ici, c'est chacun son tour.»

Au bout de quelques jours, c'était tout le temps mon tour. Je faisais la vaisselle de tous les repas. Je ne m'en plaindrai pas, parce que ça me détendait. Deux semaines après, j'étais chargé de préparer le dîner et le déjeuner du dimanche. Là encore, j'aurais mauvaise grâce à le déplorer, car ça me donnait l'occasion d'explorer mes talents de cuisinier. Quelque temps plus tard, c'est à moi aussi que furent dévolus l'entretien de l'appartement et le lavage du linge de toute la famille. J'aimais moins. Mme Foucard se réservait le repassage, pour le plaisir, et les courses, parce qu'elle n'avait pas confiance en moi. C'est à peu près tout ce qu'elle faisait.

Mme Foucard avait une excuse. À cause de son spleen, comme elle disait. C'était sa maladie. Elle faisait souvent des crises qui creusaient des poches sous ses yeux. Surtout quand il pleuvait. Elle pouvait rester des journées entières au lit, à fumer des cigarettes en écoutant la radio. J'avais sincèrement de la peine pour elle.

Le reste du temps, Mme Foucard était toujours fatiguée, comme maman. Elle se traînait comme si elle était à la recherche d'un lit. C'est seulement quand elle se mettait à parler qu'elle semblait réveillée. Encore qu'il lui arrivât souvent, si elle évoquait un sujet délicat, de fermer les paupières et de pousser, comme aux toilettes. C'était pour la concentration, disait-elle.

La vie lui pesait, car elle disait souvent, avec une expression accablée : « Est-ce que ça sera comme ça jusqu'à ma mort ? » Il est vrai qu'elle n'avait rien d'autre à faire que d'attendre chaque jour le lendemain. Elle ne s'intéressait à rien. Un peu à ses enfants, sans doute, mais je n'en suis même pas sûr.

Je crois que je lui permettais de passer le temps. Elle en avait toujours après moi. Incapable de la méchanceté dont pépé et mémé faisaient preuve contre Mlle Tateminette, elle m'attrapait avec le mélange d'exaspération et de sollicitude du mari qui n'est pas content de sa femme mais qui n'en attend plus rien : « Aristide, tu as encore oublié d'arroser les plantes. Elles sont en train de crever… » « Aaargh ! Une araignée ! Je viens de voir une araignée ! Si tu nettoyais sous les meubles, ça n'arriverait pas… » « Pourquoi t'as pas lavé la salade, Aristide ? Elle est pleine de terre… » « J'aime pas le foie quand il est cru, tu devrais savoir ça. Je suis pas encore une cannibale...» «La cuisine est une vraie poubelle, Aristide. Elle sent la décharge. Je veux qu'elle soit impeccable d'ici une heure...»

Ma tâche était d'autant moins facile que les Foucard étaient tous des souillons qui ne respectaient rien. Ni la propreté ni la discipline. Quand le bac de douche n'avait pas été rincé et qu'il bavait de la mousse sale, chacun se défaussait. Même chose quand la chasse d'eau n'avait pas été tirée.

Qui avait marché avec ses pieds crottés sur le tapis du salon? C'était personne. Qui avait laissé la porte du réfrigérateur ouverte toute la nuit? C'était encore personne. Qui avait chapardé un paquet de biscuits au chocolat dans la cuisine? C'était toujours personne.

J'avais fini par en tirer la conclusion qu'il fallait ajouter un septième personnage à la famille: personne, justement. Et j'avais décrété qu'il était responsable de tout ce qui n'allait pas dans l'appartement. Ça évitait des histoires à n'en plus finir.

Parfois, pourtant, le préjudice était tel qu'il fallait bien faire une enquête. Un jour, par exemple, les murs du vestibule avaient été barbouillés de hiéroglyphes au feutre rouge. M. et Mme Foucard protestèrent avec indignation, à juste titre, et ils me chargèrent de démasquer le coupable. Je convoquai donc Thomas, le suspect numéro un.

«Qui a fait ça? demandai-je en lui montrant les gribouillis.

— Je sais pas, répondit-il.

— T'as pas ta petite idée?

— Je sais pas.

— Ce n'est pas avec tes feutres qu'on a fait ça?

— Je sais pas.»

Il disait toujours ça. C'est pourquoi je l'avais surnommé «Monsieur Je-sais-pas». Il n'était jamais causant ni au courant de rien. Il laissait tout le temps pisser le mérinos.

Les autres étaient à peu près pareils. Ils se fichaient visiblement de tout. Sauf de l'hygiène. C'était leur obsession. Je ne veux pas dire par là qu'ils se lavaient particulièrement. Il suffisait d'entrer dans l'appartement pour se rendre compte qu'ils n'abusaient pas du savon : on était tout de suite pris à la gorge par une odeur de chaussette sale. Mais les Foucard avaient la hantise de ne rien manger qui ne fût sain et frais. Ils ne commençaient jamais un yaourt, par exemple, sans regarder la date limite.

Ils avaient été traumatisés, je crois, par la mort de la mère de Mme Foucard. C'est un morceau de viande avariée qui l'avait tuée. De l'entrecôte très exactement. L'autopsie avait établi la chose scientifiquement.

Un soir, M. Foucard revint avec un lièvre que lui avait donné un client. Quand il l'eut posé sur la table de la cuisine, sa femme renifla la bête puis s'écria : «Mais, ma parole, ça sent le pourri !

— C'est normal, dis-je. Le gibier se mange faisandé.

— On va se rendre malades.

— Il suffit de laisser cuire longtemps dans du vin.

— Tu goûteras d'abord, conclut Mme Foucard. Si t'es pas malade après ça, on en prendra.»

C'est ainsi que je devins le goûteur des Foucard. Le civet de lièvre n'ayant pas provoqué le moindre trouble digestif en moi, ils consentirent à en manger deux jours après. Encore n'étaient-ils pas vraiment rassurés.

Quelques semaines plus tard, le même manège recommença. Un voisin syndicaliste donna un cageot de moules à M. Foucard. Le comité d'entreprise en avait reçu beaucoup plus qu'il n'en avait commandé. Il cherchait donc à s'en débarrasser.

« Pour qu'il donne ses moules comme ça, c'est que ça doit être de la mauvaise marchandise, dit Mme Foucard, l'œil méfiant.

— Qu'est-ce que t'en sais ?

— T'es pas plus spécialiste que moi, mon vieux.

— Y a qu'à demander à Aristide de les goûter avant. On verra bien le résultat. »

Ce qui fut fait. Dès que je commençai à manger les moules que j'avais fait cuire dans une préparation à l'échalote et au vin blanc, Mme Foucard me regarda avec un air inquiet. Je crus qu'elle avait peur que je ne m'empoisonne. Mais je me trompais. Je le compris quand elle retira brusquement la casserole de la table en disant avec humeur : « Te goinfre pas comme ça, Aristide. T'es trop morfal et trop égoïste, mon garçon. Faut en laisser pour les autres, si elles sont bonnes. »

Le lendemain, comme elles ne m'avaient pas rendu malade, les Foucard mangèrent les moules. Mais je ne fus pas invité à partager le festin.

« T'en as déjà eu », dit Mme Foucard.

Ce n'était pas un problème pour moi. Je n'ai jamais été fou de moules. Mais M. Foucard objecta : « Il peut quand même en prendre un peu.

— Il faudrait pas qu'il se croie tout permis.

— C'est une question de justice, insista M. Foucard.

— Tu leur donnes le doigt, ils te bouffent le bras. Il en aura seulement s'il en reste. »

Il en resta. Mais Mme Foucard tint à resservir

son époux. «Il n'en a pas eu beaucoup, dit-elle, et il faut qu'il se fasse des forces avec tous les problèmes qu'il a.» Il la laissa faire.

M. Foucard capitulait devant tout le monde. Il ne pouvait jamais résister à personne. Une fois encore, il avait joué le double jeu en cherchant à se concilier à la fois sa femme et moi. Extérieurement, il portait encore très beau mais je crois qu'il était vraiment très fatigué de l'intérieur.

9

En allant à la foire avec les Foucard, ce dimanche-là, je pensais qu'ils m'offriraient bien un tour de chenille, de grande roue ou de Dieu sait quoi. Mais ils étaient trop radins et trop fauchés à la fois. Il m'a donc fallu les regarder s'amuser tout l'après-midi. Ça me donnait froid, à la longue.

M. Foucard passa près d'une heure au stand de tir. Ce n'était pas un as, loin de là, mais il finit quand même par toucher un lot: un ours en peluche. Mme Foucard, elle, avait gagné cinq kilos de sucre à la loterie. Ce n'est pas moi qui gagnais mais c'est moi qui portais les trophées. Je n'avais pas l'air fin.

J'eus quand même droit à un tour d'autos tamponneuses. Encore ne l'ai-je dû qu'à Nathalie qui réclama un compagnon pour tenir le volant. Mme Foucard ayant ça en horreur et M. Foucard s'étant désisté, pour cause d'arthrose de la colonne, c'est moi qui fus désigné.

Frank et Thomas ne nous ont pas ratés. Ils fonçaient à toute allure sur nous, dans leur auto tamponneuse, et ils nous rentraient dedans. Chaque fois, c'était un plaisir. J'attendais toujours avec ravissement l'instant du choc qui allait projeter Nathalie sur moi. Apparemment, elle aimait ça, elle aussi, parce qu'elle s'abandonnait à moi de bon cœur, souvent en souriant.

Chez la femme, j'aime surtout l'épaule. Les siennes étaient parfaites. Elles me rendaient dingue. Quand elle a collé son genou contre le mien et que sa main gauche a effleuré ma cuisse droite, ce fut sans doute par mégarde, car elle se retira rapidement. En attendant, elle m'avait mis le feu aux joues. Je rêvais qu'elle se rapproche à nouveau pour me laisser caresser ses seins mais c'est à ce moment-là que la sonnerie retentit, indiquant que le tour était terminé.

« C'était merveilleux, dit-elle en se levant.

— Y a pas à dire, c'était marrant.

— Mieux que ça, mieux que ça », répéta-t-elle avec un gentil sourire moqueur aux lèvres.

Je ne savais trop que penser. Il est vrai que j'étais dans un tel état que je ne pouvais me concentrer sur rien. J'avais le béguin et, comme toujours, ça me brouillait le cerveau.

Alors que nous étions sur le chemin du retour, Mme Foucard souhaita jouer une nouvelle fois à la loterie. « C'est mon jour de chance, dit-elle. Faut en profiter. »

Cette fois, Mme Foucard gagna une poule, qui était rousse et pleine de vie. Quand le forain la prit et lui attacha les pattes, elle faisait un tel bruit qu'on aurait dit un cheval qui hennit. J'exagère à peine.

« Qu'est-ce qu'on va en faire, de cette pauv' bête ? demanda M. Foucard.

— La manger, c'te bonne blague », répondit Mme Foucard.

C'est moi qui fus chargé de porter la poule. Pour

la peine, je fus débarrassé de l'ours en peluche qui revint à Nathalie tandis que Frank était désigné pour coltiner les cinq kilos de sucre.

Toutou tournicotait autour de moi en jappant méchamment. Je ne le reconnaissais plus. Il cherchait à arracher la tête de la poule qui s'affolait et battait frénétiquement des ailes mais ça ne l'emmenait nulle part, la malheureuse. Elle finit par crotter d'émotion.

Arrivé à l'appartement, je suggérai à M. et Mme Foucard que nous gardions la poule jusqu'au dimanche suivant. Je la mettrais dans un carton et je m'occuperais d'elle. Ça ne dérangerait personne.

«Où tu la mettras? demanda Mme Foucard.

— Dans ma chambre.

— Dans la chambre de Thomas, tu veux dire.»

Elle se tourna vers Thomas: «T'as envie d'avoir une poule dans ta chambre?

— Je sais pas, répondit Thomas. Peut-être. Pas vraiment.

— Je crois pas que ça serait une très bonne idée de la garder, trancha-t-elle. On finira par s'habituer. Après, on pourra plus la tuer.

— Vaut mieux s'en débarrasser tout de suite», approuva M. Foucard.

Il hocha la tête, comme pour bien marquer qu'il était d'accord avec ce qu'il venait de dire. Sur quoi, Mme Foucard s'adressa à moi avec un sourire maternel: «Comme tu as l'air de bien l'aimer, cette poule, je préfère que ce soit toi qui la zigouilles. Je suis sûre que toi au moins, tu ne la feras pas souffrir.

— Moi, je suis pas très bon pour tuer les bêtes, dit M. Foucard. C'est pas mon truc.

— Mais je n'ai jamais tué une poule, protestai-je.

— T'apprendras. »

M. Foucard me donna une paire de ciseaux et me montra les gestes que j'étais invité à suivre à la lettre. Apparemment, la poule savait ce qui l'attendait. Elle râlait déjà, le bec ouvert et la langue affolée.

Tout le monde recula de quelques pas. Par crainte des éclaboussures de sang, j'imagine. Et je pus commencer. J'avais envie de pleurer. À cause des yeux de la poule. Ils étaient suppliants. Mais je sus me contrôler. À cause du regard de Nathalie. Il me donnait du courage.

J'ai enfoncé les ciseaux dans le bec et j'ai coupé là où M. Foucard m'avait dit. Puis j'ai laissé le sang de la poule couler dans l'évier en la tenant par les deux ailes pour l'empêcher de s'envoler. Mais je l'avais laissée trop près de moi : avec ses pattes, elle griffa ma poitrine si profondément que je me sentis, soudain, moins coupable. Je n'hésitai pas à la serrer plus fort.

Quand elle cessa de bouger, je la plongeai dans la bassine d'eau chaude, préparée par Mme Foucard, pour la plumer. C'est là qu'elle s'est réveillée.

Elle était très agitée, très en colère aussi. Elle courait dans tous les sens. Elle cherchait même à s'envoler. Tout le monde se mettait à crier en même temps. C'était l'affolement général.

« La laissez pas s'échapper, cria Mme Foucard.

— C'est pas une poule qui va m'impressionner, dit M. Foucard.

— En attendant, elle nous ri-di-cu-li-se », hurla Mme Foucard, au bord de l'hystérie.

Comme chaque fois que l'heure était grave ou qu'il avait une grosse contrariété, M. Foucard partit chercher son fusil. Quand il revint, il avait un air de justicier. « Ça t'apprendra », dit-il. Et il tira deux coups de suite sur la poule.

Des cris horribles retentirent alors dans la cuisine. Ce n'était pas la poule mais Mme Foucard qui se tordait en se tenant la jambe. Une balle avait ricoché sur le réfrigérateur et l'avait blessée. J'ai fini la poule à la main.

10

En classe, j'avais toujours des problèmes d'attention. Je n'arrivais pas à me concentrer. Je zappais sans arrêt. J'étais donc nul en tout. Sauf en français. Mais c'est normal. J'aimais beaucoup Mme Bergson, le seul professeur du collège à savoir m'écouter et me comprendre.

Mme Bergson enseignait la philosophie, à l'origine. Mais cette matière n'étant plus à la mode, elle s'était reconvertie dans le français. Elle était parvenue à me faire partager son amour de Flaubert et de Maupassant. Je ne les avais pas lus. Mais je les aimais bien. Ils ne faisaient pas de phrases, comme elle disait. Et c'est vrai que les phrases tuent la littérature, surtout quand elles sont trop longues pour qu'on les comprenne.

C'était une femme d'une soixantaine d'années. Elle était bien enveloppée. Comme disait Frank, «on lui aurait coupé les ongles, elle aurait roulé». Mais ça ne l'empêchait pas d'être belle. De visage, surtout. Des épaules aussi. Sans parler de sa poitrine, sur laquelle — cette fois, je cite Nathalie — «elle avait de quoi écrire». Je l'aurais épousée, rien que pour la regarder et l'écouter parler. C'est fou ce qu'elle savait comme choses. Moi, il m'aurait fallu plus de mille ans pour les apprendre toutes.

Mme Bergson n'était pas un pur esprit. Elle s'habillait avec une élégance de jeune fille, dans des robes légères, et elle avait souvent des gestes troubles ou des regards équivoques qui me transportaient, pour sa plus grande satisfaction. C'était quelqu'un qui ne dédaignait pas les péchés, pourvu qu'ils fussent véniels.

Mon histoire avec Mme Bergson a commencé après qu'elle eut été accusée d'avoir donné une gifle à Yazid, le plus grand et le plus chahuteur de la classe. C'était un garçon avec des yeux tellement enfoncés dans les orbites qu'ils se confondaient avec. Ça lui donnait l'air pas franc du tout. Il était d'ailleurs très vicieux. Il bouchait tout. Les toilettes du collège, avec du papier journal, et les serrures des salles de classe, avec un mélange de colle et de chewing-gum. Il était aussi très coléreux. Une fois, il avait frappé à la tête M. Zahraoui, le professeur de mathématiques, qui avait eu plusieurs points de suture et dix jours de congé maladie.

En classe, c'était le genre dissipé. Un jour qu'il parlait avec son copain Omar, Mme Bergson lui demanda : « Yazid, toi qu'as tellement envie de causer, dis-moi qui est le plus grand philosophe vivant.

— Platon, madame.

— Non.

— Aristote, alors.

— Non plus. Tu es vraiment mal tombé, Yazid. Ce sont tous deux des philosophes de l'Antiquité. »

La classe pouffa et Mme Bergson se caressa les reins, en signe de contentement.

« Pourquoi nous as-tu donné ces noms-là ? demanda-t-elle avec un petit sourire.

— Parce que c'est le nom d'un magasin où ils vendent de la philosophie à Paris, dans la même rue que mon beau-frère Mustapha qui est carreleur. "Aristote et Platon, librairie philosophique", ça s'appelle.

— Ils sont morts, je t'ai dit», soupira Mme Bergson, accablée.

Il y eut à nouveau des rires. Yazid opéra un mouvement de tête circulaire pour identifier ceux qui se moquaient de lui. J'étais du nombre.

«Tu as quand même un peu raison, dit Mme Bergson. Ils sont toujours très vivants.

— Vous voyez.

— Mais le plus vivant de tous, c'est Socrate. Il a inventé l'ironie. L'homme se serait arrêté de penser après sa mort, ça n'aurait rien changé du tout.

— C'est pour ça que les études ne servent à rien, soupira Yazid en hochant la tête. On perd notre temps.

— Tu n'y es pas, mon pauvre, objecta Mme Bergson. Les études, c'est fait pour te donner toutes les cartes. À toi, après, de choisir ce que tu veux croire.

— Moi, j'ai pas de préférence.

— C'est parce que tu ne connais pas la différence.

— Si, protesta Yazid.

— Qu'est-ce que c'est, alors ?

— C'est pas facile à dire comme ça. Faudrait que je réfléchisse.

— Ça doit faire longtemps que ça ne t'est pas arrivé», ironisa Mme Bergson.

Quelques rires fusèrent encore. Yazid se leva en moins de temps qu'il ne faut pour le dire et s'écria : «Vous êtes raciste. C'est tout ce que vous êtes.

— Je ne te permets pas.

— Vous êtes contre ma race.

— C'est vrai, railla-t-elle, si tu veux parler de la race des crétins. »

Plusieurs élèves s'esclaffèrent. Yazid secoua la tête puis sortit en claquant mélodramatiquement la porte.

Le soir, il rentra chez lui avec une joue tuméfiée. Le lendemain, ses parents portèrent plainte contre Mme Bergson. « C'est une criminelle, alla dire la mère de Yazid au commissariat. Elle n'arrête pas de persécuter les élèves, surtout quand ils sont arabes. »

Aux policiers qui étaient venus au collège pour enquêter sur la « gifle » de Mme Bergson, je proclamai la vérité. Après leur avoir révélé que Yazid s'était tuméfié lui-même la joue en se la cognant à plusieurs reprises contre une planche, je leur donnai les noms des trois témoins. Deux d'entre eux confirmèrent mes dires.

Ce jour-là, Mme Bergson m'avait demandé de passer la voir après les cours. Elle ne m'avait rien dit. Elle m'avait simplement pris la main et l'avait serrée très fort. En sortant de la salle de classe, j'étais si ému que mes lèvres palpitaient. J'avais aussi les larmes aux yeux. Mais ça ne se voyait pas. Elles coulaient à l'intérieur.

Yazid m'attendait à la sortie du collège avec quelques copains. Ils roulaient des mécaniques. Moi, pas. De par ma constitution, je n'en ai guère les moyens.

« Pourquoi tu m'as dénoncé, blaireau ? demanda Yazid.

— Parce que je n'aime pas mentir, dis-je.

— Tu me broutes le chou, fit-il en me prenant par les cheveux.

— C'était pas le but.

— Tu te prends pour un cochon gratté de Français mais t'es qu'un traître à ta race.»

Je pensais qu'il allait me donner une correction mais il se contenta de me tirer par les cheveux sur un mètre ou deux avant de me pousser avec un air dégoûté. Bien entendu, je perdis l'équilibre. Ça suffit à son bonheur.

«Ça ira pour cette fois, dit-il en rigolant. T'as la moule que j'ai plein de choses à faire ce soir. Sinon, j'aurais pas aimé être à la place de ta gueule.»

Ça ne m'avait pas rassuré pour autant. À la longue, j'ai fini par apprendre que l'homme ne perd jamais rien pour attendre.

11

Mon calcul est approximatif mais, en temps normal, je pense au sexe au moins toutes les cinq ou six secondes. C'est ce qui m'empêche de me concentrer. Quand je me trouve en face d'une jeune fille, ça empire et ce n'est plus tenable : dans ma tête, il n'y a plus de place pour rien d'autre.

Tous les gens sont pareils, plus ou moins. Ils ont beau se pousser du col, porter des cravates ou se couvrir de décorations partout, ça ne les empêche pas de penser tout le temps à la même chose. Là-dessus, il ne faut pas me raconter d'histoires.

Moi, je crois que je suis un cas extrême. Mes problèmes ont commencé quand j'avais trois ans. J'étais tombé amoureux d'une petite blonde du même âge, qui s'appelait Élise. Elle avait une jolie bouche rouge qui sentait bon le yaourt à la vanille. Je me faisais régulièrement inviter chez elle. C'était pratique pour maman, une garderie à l'œil. Mais, un jour, sans que je sache pourquoi, elle ne m'a plus donné signe de vie.

Sitôt que je la perdis, j'en retrouvai une autre. Je tombai amoureux de Myriam, qui avait cinq ans et des fossettes qui lui donnaient un air perpétuellement rigolard. Elle était déjà dotée d'une sensualité considérable, comme l'indiquait le petit bout de langue exquis qui pointait, à chaque phrase, à la commissure de ses lèvres. Il me rendait fou. Mais elle refusait de s'intéresser à moi. Elle passait toujours sans me voir. Je finis par me lasser. Je ne suis pas un type qui s'accroche.

Vint le temps de Catherine. Elle avait six ans, des cheveux blonds très longs, les joues comme des tomates et la bouche en cerise. Bien sûr, je ne pus résister. Elle fut la première fille que j'embrassai sur les lèvres. J'y pris goût. Elle aussi. Je cherçhai le noyau et ne le trouvai jamais. C'est ce qui m'excitait. Nous nous livrâmes donc souvent à notre petit manège, dans sa chambre, sans nous imaginer qu'il pouvait prêter à conséquence, jusqu'à ce que sa mère, un jour, nous surprît. Elle cria au scandale, menaça de porter plainte et changea sa fille d'école.

Après quoi, je m'épris de Claudine et de Véronique. L'une était la fille d'un dentiste. L'autre, d'un publicitaire. Je n'étais pas au niveau. Ce furent donc deux amours platoniques et je les menais de conserve. Nous parlions. Ça me suffisait. J'avais compris qu'il est rare, sans faire de tort aux autres, de satisfaire l'instinct qui gigote en vous. Je les respectais trop pour oser les toucher. Je me contentais de les frôler.

Survint Rita, une brunette de neuf ans avec des yeux qu'elle écarquillait sans arrêt, parce qu'ils étaient beaux et qu'elle en était fière. Elle m'apprit à rouler des patins. Nous nous entraînions, après l'école, dans la cave de son immeuble. Elle mettait tant d'énergie dans ses baisers que j'avais peur qu'elle finisse par me manger la langue ou Dieu sait quoi. «Enfonce-la, murmurait-elle. Allez, plus profond. — Non, disais-je, dans un bruit de déglutition. Je ne peux pas aller plus loin. » Tel était le dialogue qui revenait souvent entre nous. Jusqu'à ce qu'elle s'écrie, un jour : «T'es pas un homme, Aristide.»

Après m'avoir reproché de ne pas être encore passé à la vitesse supérieure, Rita me demanda ce que j'attendais pour essayer avec elle la position du missionnaire, la navette de l'éléphant, le tourbillon du capitaine ou la cravate du notaire. «On ne va quand même pas en rester aux prémices toute notre bon Dieu de vie», soupira-t-elle. Sa crudité tua en moi toute envie d'elle et nous cessâmes du jour au lendemain nos séances de baisers.

J'avais encore eu d'autres amours avant d'arriver chez M. et Mme Foucard. Ghislaine, par exemple. Entre nous, ça ne dura qu'une semaine, jusqu'à ce qu'elle rejette, un jour, une demande de baiser. Ce n'était pas pour le refus que je lui en avais voulu. C'était pour l'air dégoûté qui l'avait accompagné. Avec les femmes, je suis toujours très susceptible. Je ne m'attarderai pas davantage sur Karima. Elle était si farouche que je me contentai de l'admirer de loin et, le plus souvent, par-derrière.

En attendant, aucun de mes amours passés n'avait provoqué en moi le même effet que Nathalie. Rien que de penser à elle, j'étais en ébullition. Et, quand je l'avais en face de moi, je me mettais à déborder, littéralement, comme le lait sur le feu. Elle le savait et elle s'en amusait.

Je l'aimais tellement que je n'arrivais pas à me déclarer. Mais je suis certain que mon regard ne trompait pas : je la mangeais des yeux. Avec elle, c'était une activité très reposante. Nathalie économisait ses gestes et ne parlait qu'à bon escient, généralement d'une voix douce. Apparemment, elle se suffisait à elle-même, car elle ne prêtait jamais attention à personne, sauf à moi-même, de temps en temps.

Un jour que je repassais le linge de la famille Foucard, Nathalie vint me voir avec une nouvelle coiffure, plus courte et plus bouclée.

« Comment tu me trouves ? demanda-t-elle.

— Bien, dis-je. Très bien. »

Surpris qu'elle soit venue me demander mon avis, je me mis à tousser comme un fou. C'était un moyen de faire passer l'émotion qui me nouait la poitrine. Ça me donna aussi le temps de chercher la meilleure façon de saisir la perche qu'elle m'avait tendue.

« Tu es trop belle pour moi, finis-je par dire, les yeux dans les yeux. J'espère que je te plais quand même un peu...

— Oui, répondit-elle sans hésitation. Mais je trouve que tu devrais te laisser pousser les cheveux.

— J'aime mieux quand ils sont courts. Ils sont tellement frisés.

— T'as qu'à te faire des tresses, murmura-t-elle. C'est très mignon.

— Je ne suis pas noir. Ça fera bizarre.

— Et alors ? T'es *presque* noir, mon chéri. »

Elle sourit et je piquai un fard.

« Approche », ordonna-t-elle.

Je m'approchai. Quand je fus devant elle, Nathalie m'ébouriffa les cheveux, comme on fait aux enfants.

« Embrasse-moi », souffla-t-elle.

Je l'embrassai sur la joue qu'elle me tendit. Ça n'était pas grand-chose mais c'est ainsi que tout commença entre Nathalie et moi. L'amour est un précipice. Quand on a fait le premier pas, on ne répond plus de rien.

« Tu me plais, tu sais », dit-elle avant de se mordre la lèvre.

Je savais pourquoi je lui plaisais. J'ai toujours été propre, travailleur et bien habillé. En plus, je l'amusais et je l'émouvais. Avec les femmes, y a que ça qui marche.

12

Frank était un personnage facétieux. Il tenait souvent des propos du genre : « Que celui qui n'a jamais pissé dans le lavabo lève le doigt. » Une fois, il avait téléphoné à un certain M. Cabot pour lui demander de venir engrosser une chienne du quartier. Une autre fois, il avait demandé au poissonnier du supermarché de lui préparer des huîtres et, après l'avoir encouragé à les ouvrir, il l'avait arrêté, soudain, vers la trentième. « Voilà, s'était-il écrié. Je prends celle-là. C'est la bonne. »

C'était le genre de blagues qu'il aimait. Mais il pratiquait beaucoup aussi le comique de répétition et j'avais fini par trouver irrésistible sa façon un peu plaintive de dire à sa mère, chaque matin, quand elle arrivait pour le petit déjeuner : « Tu n'as pas l'air bien, maman. Qu'est-ce qui ne va pas ? » Plusieurs fois par jour, il répétait à Nathalie : « Tu devrais faire quelque chose pour tes boutons. Faudrait pas qu'ils éclatent tous en même temps. » J'appréciais qu'il ne s'attaque jamais à moi qui étais, de loin, le plus faible de tous.

Il avait une manie. Avec son magnétophone, il enregistrait tout le monde à leur insu, notamment dans la salle de bains. C'est sans doute parce qu'il était toujours déçu par les résultats qu'il décida, un jour, de frapper un grand coup en immortalisant sur une bande ses parents en train de faire l'amour. Comme il me faisait confiance, il me mit dans la confidence et je me gardai bien de l'encourager, car je trouvai cette idée aussi scabreuse que dangereuse. Il me traita, non sans raison, de «coincé» et passa à l'acte le soir même.

Avant que ses parents se couchent, il laissa dans la chambre un magnétophone en marche avec une cassette de cent vingt minutes. Comme il ne pouvait pas la retourner, ça faisait une heure d'enregistrement. Il fallut renouveler l'opération plusieurs soirs de suite, car, apparemment, il ne se passait jamais rien entre M. et Mme Foucard.

Au bout de quelques jours, Frank commença à se décourager et je cherchai à le rassurer.

«Ils font peut-être ça au milieu de la nuit, dis-je.

— Ou pas du tout», répondit-il d'un air très malheureux.

Un dimanche, enfin, Frank m'annonça qu'il était parvenu à ses fins. C'était sa douzième tentative. Il en avait conclu que le samedi était leur jour.

«Rien ne prouve qu'ils font toujours ça le même jour, objectai-je.

— Mes parents sont des gens très organisés. Ils planifient tout.

— Mais l'amour ne se programme pas. C'est quelque chose qui s'invente tout le temps.»

Quand Frank me fit écouter l'enregistrement, il semblait grave et soulagé à la fois. Il est vrai que les ébats de M. et Mme Foucard, si ébats il y avait, étaient du genre discret. Ils prenaient, en s'aimant, le même plaisir mélancolique qu'à regarder un train passer ou les vagues s'échouer sur une plage.

Ils n'échangeaient pas un mot, juste de gros soupirs de temps en temps, tandis que craquait le lit, par intermittence.

Mais rien ne permettait d'établir avec certitude qu'ils faisaient l'amour. Je ne pouvais exclure, par exemple, qu'ils souffrent de rhumatismes et qu'ils aient du mal à dormir : ça les aurait amenés à se retourner sans arrêt dans leur lit. D'où les bruits.

Au bout d'un moment, Frank me dit avec une pointe de fierté : « Tu vois qu'on n'a pas besoin de faire ça comme des animaux pour prendre son pied.

— Ils étaient peut-être fatigués, hasardai-je.

— Mes parents ne sont jamais fatigués. Ils sont simplement déçus par la vie. Ce n'est pas pareil.

— Ils ne sont quand même pas très expansifs, insistai-je.

— Parce qu'ils sont très décents.

— Mais l'amour n'est pas décent, dis-je.

— Qu'est-ce que t'en sais ?

— Pas grand-chose, raillai-je, mais sûrement plus que toi. »

Il me jeta un regard noir et dit d'un ton réprobateur : « Mes parents sont des humains. Pas des hamsters.

— Sûrement, approuvai-je. Mais je ne vois pas le rapport.

— Les hamsters font l'amour soixante-quinze fois par jour. C'est des obsédés.

— On ne peut pas dire ça de tes parents », observai-je.

Frank haussa les épaules et murmura entre ses dents, avec une expression très sombre sur le visage : « Arrête, veux-tu. Y a des choses qu'il faut respecter. »

Quelques jours plus tard, Frank composa un «arrangement», comme il m'a dit. Il ajouta un accompagnement musical — un solo de guitare électrique, sur fond de rap — aux ébats de ses parents. C'était assez réussi, même si, comme il le reconnaissait lui-même, le rythme laissait à désirer.

«Tu te rends compte, dit Frank après m'avoir fait écouter l'"arrangement", ça pourrait faire un tube du tonnerre.

— J'aimerais voir la tête de tes parents s'ils entendaient ça à la radio.

— Ils ne se reconnaîtraient pas.

— Ton truc pourrait intéresser une radio, dis-je. Pourquoi tu le proposes pas?»

C'est ce qu'il fit, et l'«arrangement» fut diffusé, un soir, à onze heures, sur R.E.N. (Radio Europe Nord), «la reine des radios», dans un programme de disques à la demande et sous le titre: «Nuit d'amour». À ma connaissance, il ne repassa ensuite jamais plus sur une antenne.

Peu après, je demandai à Frank d'enregistrer pour moi une nuit de Nathalie. Il écarquilla les yeux puis me demanda sur un ton dégagé, en évitant toutefois de me regarder: «Tu accepterais de me payer pour ça?»

Je répondis que oui. Nous convînmes d'un prix et, le lendemain soir, Frank me fit écouter son enregistrement dans la chambre. Ce n'était que du silence. Mais il était si fort et si pur que je fus pris de frissons. Même si je pus sauver les apparences devant Frank, ça me vida la tête.

Tel est le problème, avec l'amour. C'est une idée fixe. On ne l'a pas vu arriver qu'il a déjà fait le ménage autour. Ne souffrant aucune concurrence, il veut les gens pour lui et personne d'autre. Il mange tout. Il ne laisse que les os. On ne saurait bien travailler dans ces conditions et mes résultats scolaires s'en ressentaient. J'avais des excuses, car j'étais amoureux de deux femmes en même temps. L'une, Nathalie, habitait dans le même appartement que moi. L'autre, Mme Bergson, dans le même immeuble, sept étages au-dessus.

On voit par là que j'étais très perturbé. Quand je sentais que j'aimais trop l'une, ce qui arrivait souvent, j'avais envie de me jeter dans les bras de l'autre. Le bonheur est toujours ailleurs. Je m'en sortais comme je pouvais. Si j'étais avec Nathalie, je m'arrangeais pour avoir le visage de Mme Bergson dans la tête, et inversement. Ça me calmait et ça me rassurait.

Un soir, je me retrouvai dans le même ascenseur que Mme Bergson. Elle portait une de ces robes à fleurs qui la rendaient si excitante, car elles mettaient ses rondeurs en valeur. Je crois qu'elle se rendit compte de mon émoi, parce qu'elle me complimenta pour ma tenue vestimentaire qui n'avait pourtant rien d'exceptionnel.

« T'as vraiment de la classe », dit-elle.

Quand l'ascenseur arriva à mon étage, elle eut l'air déçu, soudain. Moi aussi, je l'étais. Je mis mon pied dans la porte pour l'empêcher de se refermer et gagner quelques secondes de plus avec elle.

« Viens me voir un de ces soirs, dit-elle.

— J'aimerais bien. Mais j'ai tellement de travail.

— Sûrement pas du travail de classe, murmura-t-elle avec ironie. Tu ne me la feras pas. Je connais tes résultats… »

La porte des Foucard était ouverte. C'est une habitude qu'ils avaient et qui ne plaisait pas aux voisins. Je cherchais un moyen de relancer la conversation avec Mme Bergson quand la voix de Mme Foucard retentit : « Qu'est-ce que t'as encore à traîner sur le palier, Aristide ? »

Je filai. Ça, je sais faire. Je n'arrête pas, d'ailleurs. Je suis un type qui n'a jamais le temps de rien. Il y a trop de choses à faire, trop de trucs à apprendre et trop de gens à aimer. C'est ça qui me tue.

13

Un jour que j'allais me taper la vaisselle du dîner, je surpris un rat dans l'évier. Il était gris, grand et plutôt propre. Quand il m'a vu, il s'est levé et il m'a jeté un regard de défi en me montrant un bout de dent. Ça ne m'a pas impressionné. J'ai fermé toutes les issues de la cuisine et j'ai commencé à lui courir après avec une grosse casserole, tandis que, derrière la porte, Toutou poussait des aboiements de doberman.

J'ai fini par coincer le rat sous la casserole. Il avait compris que j'avais l'intention de le tuer parce qu'il couinait comme le cochon que l'on va égorger. Je ressentis tout de suite de la peine pour lui.

Mme Foucard entra alors avec Toutou que je fis tout de suite ressortir avant de fermer la porte sur lui. Il n'était pas dans son état normal.

«Qu'est-ce que c'est que ce bazar? demanda Mme Foucard.

— Un rat.

— Mon Dieu! Il manquait plus que ça. Mais par où il est passé?

— Je sais pas. Peut-être par la cuve des toilettes.

— C'est vrai que ça passe partout, ces bêtes-là.

— Il faudra appeler les dératiseurs, dis-je. C'est peut-être une invasion.

— Ben, on est bien, soupira Mme Foucard en s'épongeant le front. Qu'est-ce qu'on va faire ? »

Elle se frotta les yeux comme le bébé qui est fatigué. Thomas et les autres membres de la famille débarquèrent alors, avec Toutou, dans la cuisine.

« Vous avez pas intérêt à rester ici, dit Mme Foucard. C'est un rat. Un gros rat. »

Toutou devenait enragé. Apparemment, il en avait contre la terre entière. Je le chassai encore en lui demandant d'aller baver ailleurs.

« C'est pas possible, cette histoire, murmura M. Foucard. Il est pas venu tout seul, ce rat. »

Je crus, un instant, qu'il me soupçonnait à cause du regard noir qu'il me portait. Après avoir réfléchi, il hocha la tête, pour indiquer qu'il avait quelque chose d'important à dire, et il déclara : « C'est peut-être un coup des voisins.

— La bonne blague ! s'exclama Mme Foucard. Ils en seraient bien incapables, trouillards comme ils sont.

— Si c'est pas eux qu'ont fait ça, y a sûrement d'autres rats dans l'immeuble. Peut-être même dans l'appartement.

— Pourquoi tu dis ça, papa ? protesta Nathalie. Je vais pas pouvoir dormir de la nuit.

— T'as qu'à apprendre à devenir une grande fille, trancha M. Foucard.

— Ça n'a rien à voir, papa. Pourquoi on appelle pas les pompiers ?

— Pas question. Tu veux qu'on devienne la risée du quartier ? »

M. Foucard demanda à tout le monde d'observer la plus grande discrétion. Il ne fallait pas prévenir les dératiseurs ni les voisins ni personne. Il ne fallait pas qu'il soit dit que les Foucard avaient des rats chez eux. «Si ça se savait, soupira-t-il, tu parles d'une publicité pour mon bar...

— Si on fait rien, objecta Nathalie, l'appartement va devenir un vrai nid à rats. Si c'est pas déjà le cas!

— J'inspecterai les chambres tout à l'heure, dis-je. Mais je vais d'abord m'occuper du rat. Il faut lui régler son compte.»

Je descendis à la cave avec le rat dans la casserole sur laquelle j'avais posé un couvercle que je tenais de toutes mes forces, de peur que l'animal ne s'échappe. Je n'en menais pas large, car je craignais de rencontrer quelqu'un dans l'ascenseur. Si l'on m'avait demandé quelle était la chose qui gigotait dans mon ustensile, j'aurais été bien en peine de répondre.

Je ne rencontrai personne. Mon moral ne remonta pas pour autant. Quand j'arrivai à la cave et que je sortis le marteau de ma poche pour procéder à l'exécution, je me sentis même très malheureux, tout d'un coup. La poule m'avait suffi. Je n'avais pas envie de tuer ce rat ni rien d'autre.

Je décidai donc d'exercer sur lui mon droit de grâce et l'installai dans une malle en fer que j'avais repérée depuis longtemps dans la cave. Je la débarrassai de son contenu des bouteilles vides et des sacs en plastique avant d'aller la poser dans un petit réduit que je cadenassai dès le lendemain. Et tous les soirs, depuis lors, je descendais donner à manger à mon rat.

C'était une bonne bête. Elle s'était rapidement laissé apprivoiser et je ne me lassais pas de la caresser en lui racontant des histoires. Si ce rat n'était pas ce meilleur ami que je cherchais depuis long-temps, il était en tout cas mon unique confident. Je n'avais pas de secret pour lui.

Une nuit que j'étais venu nourrir mon rat, j'entendis des éclats de voix au moment où je pénétrai dans la cave. J'éteignis ma lampe de poche et restai en arrêt dans la pénombre.

Je reconnus les voix. Elles m'étaient toutes familières.

«J'ai un plan d'enfer pour toi.»

C'était la voix de Jean-Robert, un grand brun coiffé à la brosse, comme un para, qui habitait l'immeuble d'à côté et qui prétendait travailler dans un café à Paris. Il prenait le métro le matin, pour y aller, mais ça ne voulait rien dire. Il avait une tête à faire semblant, ce que Mme Foucard appelle une tête de chômeur.

«Allez, c'est bon, dit-il.

— Sois gentille, renchérit Yazid.

— Laisse-toi faire, reprit Jean-Robert. Tu ne le regretteras pas.

— J'ai pas envie», couina Nathalie.

Il y avait quelque chose d'ambigu dans la voix de Nathalie. Son ton n'était pas en phase avec son propos et j'en conclus que ce décalage signifiait qu'elle avait quand même un peu envie.

«T'as une belle peau, fit Jean-Robert.

— Arrête, gémit doucement Nathalie. Ne me touche pas.

— T'as rien jépi, ma parole, dit Yazid. Tu vas y passer, tu sais.

— Allez, à la casserole», souffla Jean-Robert.

Quelqu'un se débattit, dans le noir, et je ne doutai pas que c'était Nathalie. Je décidai de ne pas bouger, car rien ne permettait de dramatiser la situation. Avant de faire l'amour, les gens ont l'habitude de s'attoucher, parfois vigoureusement. C'est comme ça qu'ils se déchirent les habits. S'il ne s'était agi que de ce genre de préambule, je n'aurais pas eu l'air fin d'apporter mon grain de sel.

«C'est trop facile, s'indigna Jean-Robert. Tu nous fais venir et puis tu te défiles...

— T'es qu'une allumeuse, fit Yazid.

— Arrête de tirer sur mon pull, cria soudain Nathalie. Tu vas le déchirer.

— Tu m'excites, fit Yazid.

— Tu peux toujours courir, toi, répondit Nathalie.

— Sois sympa, implora Yazid.

— Bas les pattes, gros cochon.»

Se produisit un silence que suivit une série de soupirs plaintifs qui auraient pu être des baisers, à cause des bruits de bouche qui les accompagnaient. Je ne l'aurais cependant pas juré.

«Relaxe-toi, ma chérie, dit Jean-Robert. Tu verras, tu en redemanderas.

— Une autre fois.

— Pourquoi pas maintenant? demanda Jean-Robert, scandalisé.

— Je suis trop énervée.

— Tu parles! s'exclama Yazid. Tu nous fais marcher, oui.

— Ça y est, hurla Nathalie, mon pull est déchiré. Vous l'avez foutu en l'air, espèces de salauds.

— Mmm, fit l'un des deux.

— Arrêtez, cria Nathalie avec de l'affolement dans la voix. Arrêtez... ARRÊTEZ...»

C'est à cet instant qu'il m'apparut clairement que Nathalie n'était pas consentante. J'allumai la lampe de poche et m'écriai en faisant une voix aussi grosse que je pus: «Qu'est-ce que vous fabriquez ici, bordel?»

Nathalie se mit à pleurer comme une petite fille.

«C'est un viol ou quoi?» dis-je.

Jean-Robert et Yazid avaient filé et je me retrouvai devant Nathalie en petite culotte, son pantalon à ses pieds, les bras ballants et le visage trempé de larmes. Son pull était effectivement déchiré à la hauteur de l'épaule gauche.

«C'est des chiens, gémit-elle en remontant son pantalon. Des chiens malpolis et malpropres. Voilà ce qu'ils sont. Regarde ce qu'ils ont fait à mon pull.

— Je suis arrivé à temps, dis-je.

— Dire que j'aurais pu être violée par un Arabe, soupira-t-elle. Tu te rends compte?

— Je suis arrivé à temps, répétai-je, n'étant pas sûr d'avoir été entendu la première fois.

— C'est quand même marrant de penser que j'ai été sauvée d'un Arabe par un Arabe.

— Mais je ne suis pas arabe, objectai-je.

— Tu es le seul à ne pas le savoir, répondit-elle. Tu ne t'es jamais regardé, Aristide?

— Ça m'arrive.

— T'as une gueule qui ne trompe pas.

— Je m'appelle Galupeau. Je ne peux pas être arabe.

— Ça ne veut rien dire, le nom. C'est la gueule qui compte.»

Elle s'approcha de moi en murmurant: «Je t'aime quand même, Aristide.»

Sur quoi, elle se colla tout contre moi en émettant un bruit étrange. C'était comme si elle avait la bronchite. Sauf qu'elle n'était pas malade. Elle allait même très bien. Elle ronronnait, tout simplement.

«J'aime ta peau», dit-elle en frottant son nez contre ma joue.

Elle ronronnait toujours.

«J'aime tes cheveux», dis-je, pour ne pas être en reste.

C'est alors qu'elle m'embrassa. Ça dura très longtemps. À la fin, quand elle retira ses lèvres, je me sentis très seul et très triste. Elle ne ronronnait plus.

«Je préfère qu'on ne parle de tout ça à personne, dit-elle pendant que nous remontions à l'appartement.

— C'est un secret entre nous, dis-je.

— Après tout, je n'avais rien à faire dans la cave.»

Cette nuit-là, je n'avais pas donné à manger à mon rat mais je m'endormis quand même avec le sentiment du devoir accompli. Le lendemain matin, j'avais encore dans la bouche le baiser de Nathalie. Il avait été trop rapide à mon goût mais, jamais de ma vie, je n'en avais échangé de meilleur. C'est la preuve que pour bien profiter de ces choses-là, finalement, il vaut mieux avoir atteint un certain âge.

14

J'avais, depuis longtemps, appris à me retenir. M. Foucard passait des heures dans les toilettes. Il y donnait des interviews. C'était un homme qui s'interrogeait beaucoup lui-même. Je l'ai surpris, un jour, dans la salle de bains, alors qu'il donnait un entretien à sa glace. Il faisait les questions et les réponses :

« Vous avez beaucoup souffert dans l'ascension du mont Ventoux ?

— Ouais. Plus que dans les Pyrénées, l'année dernière.

— Vous êtes optimiste pour la suite ?

— Je crois que je vais garder le maillot jaune.

— Mais votre avance diminue.

— Je garde le moral, vous savez. C'est essentiel, le moral.

— Quel est celui de vos rivaux qui vous fait le plus peur ?

— Greg. Ouais, Greg LeMond. C'est le plus grand. Mais je l'aurai. Contre la montre, il est plus ce qu'il était.

— Qu'est-ce que vous redoutez le plus avant l'arrivée à Paris ?

— Ma tendinite. Il ne faudrait pas qu'elle reprenne. »

M. Foucard se prenait pour un coureur cycliste. Mais il n'avait pas de vélo. Il ne faisait pas de vélo. Il n'avait même jamais fait de vélo. C'est étrange, quand on y pense.

Ça le prenait souvent dans la journée. Quand il remuait les lèvres, c'est qu'il donnait une interview à la presse écrite ou radiotélévisée. Il ne fallait pas le déranger. Et il n'était jamais si tranquille que dans les toilettes. Il pouvait s'y concentrer davantage. Quand il ne travaillait pas, il s'y enfermait après son petit déjeuner et il pouvait y rester plusieurs heures. Il ne cédait la place que pour les besoins pressants. Et encore, en râlant.

C'est ce rêve qui lui permettait de supporter sa vie et ses fins de mois compliquées. Mme Foucard, elle, était tout le temps Mme Foucard. C'était son problème. Il était donc logique qu'elle passe sans arrêt d'une dépression à l'autre. Moi aussi, ça m'aurait rendu malade d'être Mme Foucard.

Thomas, lui, ne se prenait pour personne. Ni pour lui-même ni pour un autre. Il se contentait de ne rien faire avec l'indifférence des enfants arrivés trop vite à maturité. Il pouvait passer des heures à ne rien faire. Sans jouer ni manger. Très patient, il finissait toujours par obtenir ce qu'il voulait. J'étais sûr qu'il deviendrait quelqu'un.

Ce n'était pas le cas de Frank. Il voulait trop de choses en même temps et il ne prenait jamais les moyens de rien. Il avait décidé qu'il serait chanteur rock, par exemple. Il ne connaissait personne dans le milieu. Il ne savait pas jouer d'instrument. Il n'avait pratiquement aucune notion de solfège. Mais ce n'est pas ça qui l'aurait gêné. Quand il rentrait de l'école, il travaillait sa voix pendant des heures. Il s'enregistrait au magnétophone sur des musiques de fond et, ensuite, il stockait ses cassettes sous son lit.

Mais il se lassa. Il projeta, alors, de se lancer dans la fabrication de foie gras. Ça devint une obsession. Il ne parlait plus que de ça. Un jour que je faisais le ménage dans sa chambre, je remarquai qu'il notait les horaires de gavage de ses futures oies sur un cahier d'écolier. Il y en avait des pages et des pages. Mme Foucard mit plusieurs mois à le convaincre de laisser tomber. « C'est un métier bien trop dur, disait-elle. Faut se lever la nuit pour nourrir les bêtes. Et puis la concurrence est terrible. Tu devrais penser à autre chose. »

C'est ce qu'il fit. Il envisagea, pendant plusieurs semaines, de devenir champion de tennis. Mme Foucard lui acheta donc la tenue appropriée. Il en resta là. À ma connaissance, il n'a jamais fréquenté un seul court. Il décida, ensuite, de se reconvertir dans la peinture, l'horticulture, le court métrage publicitaire et Dieu sait quoi encore. J'ai fini par ne plus suivre et par le plaindre bien sincèrement. Pauvre Frank. Plus il se cherchait, moins il se trouvait.

Nathalie, elle, s'était trouvée depuis longtemps. « Moi, je sais ce que je veux, disait-elle souvent devant Frank, pour l'humilier. Je vais faire coiffeuse.

— C'est nul, raillait Frank.

— Un jour, j'aurai mon salon. »

En attendant, Nathalie coupait les cheveux de toute la famille, les miens compris. Elle se débrouillait bien.

Je languissais toujours du moment où mon tour viendrait. Ce sont les préliminaires que je préférais. Elle aussi, je crois. Elle mettait un point d'honneur à me shampouiner avant la coupe — seul Thomas avait droit à cette faveur — et faisait toujours durer le plaisir aussi longtemps que la décence le permettait. J'aimais sentir ses doigts partout, dans mon cou, sur mes tempes et sous mes cheveux.

Un dimanche qu'elle me coupait les cheveux, je trouvai bizarre que, contrairement à son habitude, elle ferme la porte de la salle de bains avant de commencer le shampooing. Je m'étonnai ensuite que, mes cheveux étant mouillés, elle me caressât le visage en pouffant de rire. Ça ne lui ressemblait pas. Elle était plus suggestive d'ordinaire. C'était quand même bon à prendre. Elle s'était mise derrière moi, sa poitrine contre mon dos, et avait entrepris de me tripoter les cuisses. Quand elle posa sa tête sur mon épaule, je remarquai que son haleine sentait l'alcool.

« T'as bu ? dis-je.

— Oui.

— Du vin ?

— Non. Du whisky.

— Tu t'es servie en cachette ?

— Pas du tout. J'ai été voir une copine qui faisait une petite fête dans sa chambre.

— Qui est-ce ?

— Tu ne la connais pas.

— C'était son anniversaire ?

— Pas vraiment. Elle fêtait son dépucelage. »

Je ne croyais pas à son histoire. Mais je n'avais pas envie de creuser. Je savais que la vérité risquait de me faire beaucoup de peine. Quand le mal est fait, il vaut mieux le laisser où il est. C'est ma philosophie.

« Un petit coup dans le nez, ça n'a jamais empêché personne de bien couper les cheveux, dit Nathalie.

— C'est vrai. Surtout quand on a affaire à une professionnelle comme toi, ma chérie.

— T'es lourd, me murmura-t-elle à l'oreille, mais t'es quand même attirant comme type.

— Je t'aime», dis-je.

Le robinet du lavabo coulait, à cet instant, et je doute fort qu'elle ait entendu ma déclaration. Mais tout se passa comme si ç'avait été le cas. Elle prit ma tête des deux mains, entreprit de la faire pivoter et puis m'embrassa.

C'est alors que Thomas entra dans la salle de bains. M. Foucard occupant les toilettes, il venait pisser dans la cuve de douche. Il nous regarda d'un drôle d'air et se mit à uriner en riant tout seul.

15

Les Foucard avaient un voisin, M. Lambrule, qui passait souvent boire un verre chez eux, le dimanche soir, juste avant le film. Officiellement, il était retraité et, au noir, maçon-électricien. Sur sa carte de visite, toutefois, il se prétendait « conseil en entreprise ». Il avait fait la guerre d'Algérie, d'où il était revenu avec deux dents cassées et il se faisait appeler « le lieutenant ». Mais il s'aimait tellement que je n'arrivais pas à le prendre au sérieux.

C'était un homme sec et tout petit qui trouvait toujours le moyen de regarder tout le monde de haut. Je ne sais pas comment il faisait. S'il ne m'inspirait pas confiance, je dois reconnaître qu'il imposait le respect. Il parlait tout le temps, d'une voix travaillée comme au théâtre. Il est vrai qu'il avait beaucoup de choses à dire. Mais c'étaient toujours les mêmes.

La première fois que je l'ai vu, il était venu entretenir les Foucard du bruit qu'il ne supportait plus, la nuit.

« Je ne dors plus, avec toutes ces motos qui tournent autour de nous, dit-il. C'est infernal.

— Moi, j'ai réglé le problème, déclara Mme Foucard. Je me mets la tête entre deux oreillers.

— Les cachets, c'est quand même ce qu'il y a de mieux, assura M. Foucard.

— La solution, fit M. Lambrule, ça serait de supprimer les causes. Il faudrait mettre partout des fortifications, comme dans le temps.

— C'est une utopie, mon lieutenant», soupira Mme Foucard.

M. Lambrule haussa les épaules avec agacement. Le silence se fit dans la pièce et il prit l'air de celui qui va dire quelque chose d'important.

«Faut pas être défaitiste, madame, laissa-t-il tomber. Sinon, ils hésiteront pas à nous bouffer les poils du ventre.

— J'aimerais bien, murmura doucement Nathalie en se penchant vers moi avec un sourire équivoque.

— Un jour, vous verrez, on devra leur bomber la guérite, dit M. Lambrule avec des rougeurs qui montaient. C'est une question de vie ou de mort. Quand y a plus de frontières, y a plus de limites, y a plus de bornes, y a plus rien.

— Tout le monde se fout de nous, gémit Mme Foucard. Même nos propres gosses. Regardez comment ils nous traitent.

— Pour se défendre, fit M. Lambrule, y aura bientôt plus que la violence.»

À ce mot, M. Foucard parut se réveiller. Il émit quelque chose qui ressemblait à un bâillement puis il souffla: «Je vous conseille pas. Z'auriez des problèmes.

— J'en ai rien à talquer, répondit M. Lambrule. Pour moi, c'est une question d'honneur.»

La semaine suivante, M. Lambrule reprenait le même siège, le même apéritif et le même discours.

« C'est une invasion, dit-il. On peut plus continuer à laisser faire.

— Tout le monde trouve ça normal, observa Mme Foucard.

— Il faudrait organiser des expéditions punitives.

— Comme vous y allez, mon lieutenant! s'exclama Mme Foucard.

— Ça finira comme ça, fit M. Lambrule. Quand on me cherche, moi, on me trouve, et plutôt deux fois qu'une. »

Il poussa un grognement, pour signifier sa colère, avant de demander d'une voix étranglée : « Savez-vous ce que j'ai vu hier ?

— Non, fit Mme Foucard avec un regard interrogatif.

— Un étron. Dans l'ascenseur.

— Dans l'ascenseur ?

— Qu'est-ce que c'est si c'est pas une provocation ? fit M. Lambrule, le regard agrandi de fureur.

— C'est surtout très dégoûtant, constata Mme Foucard.

— Depuis que les gens jettent leur sac poubelle dans l'entrée, dit M. Foucard, je crois que tout est possible.

— La vérité, conclut M. Lambrule, c'est qu'on n'est plus gouvernés que par des cervelles de tapioca, des couilles de colibri et des biscoteaux de méduse. Tout le monde baisse les bras. D'ailleurs, personne n'a plus de bras. Moi, je me battrai. Jusqu'à ma dernière goutte. »

Les semaines passaient et M. Lambrule ne changeait jamais de disque. Les Foucard auraient pu trouver ça lassant, à la longue. Mais ils en redemandaient. Et je dois reconnaître que je les comprenais. La vie n'était pas toujours facile, à Argenteuil. Rien qu'en se promenant, on avait peur. Les rues n'étaient pas sûres. Elles étaient peuplées d'êtres étranges qui paraissaient porter des fardeaux très lourds et qui regardaient tout le temps par terre, comme s'ils avaient perdu des pièces de monnaie. Quand ils levaient les yeux sur vous, ils présentaient des visages très tristes. Ils ne rassuraient pas.

C'est ce qui faisait la force des propos de M. Lambrule. En plus, il connaissait du monde et du pays. Il avait aussi le sens de la formule. Il laissait toujours tomber des phrases que j'essayais d'apprendre par cœur, car elles pouvaient resservir ensuite, en d'autres occasions. Par exemple: «Méfiez-vous de la poule qui mord. C'est un chien.» Ou bien: «La carotte a plus à craindre du lapin que le lapin, de la carotte.» Ou encore: «Il vaut mieux prendre sa température avec un thermomètre qu'avec un baromètre.»

Un jour, pour faire plaisir à M. Lambrule, je lui avais glissé à l'oreille: «Vous devriez faire un livre avec tout ça.

— J'aurais trop de choses à dire», avait-il répondu d'un air méchant.

Même si j'étais sensible à son éloquence, M. Lambrule ne m'aimait pas. Rien qu'avec son regard, il me faisait comprendre que j'étais de trop sur cette terre. C'est pour ça que je m'étais arrangé pour ne jamais rester dans la même pièce que lui. Sinon, je me faisais tout petit. C'est une de mes spécialités.

Souvent, il me cherchait. «Alors, Aristide, me demanda-t-il un jour, toujours aussi mauvais à l'école?

— Je fais ce que je peux, dis-je, modeste.

— C'est-à-dire pas grand-chose. Mais j'oubliais que tu veux faire femme de ménage.

— Il se débrouille bien en français et en gymnastique, corrigea Mme Foucard, qui eut, pour moi, une attitude protectrice.

— Ça ne m'étonne pas qu'il soit bon en sport. *Ils* sont toujours bons en sport. »

M. Lambrule se tourna vers M. Foucard et le prit à témoin : « Il sait bien courir, j'en suis sûr.

— S'il voulait, approuva M. Foucard, ça serait un champion.

— Le drame, dit M. Lambrule, c'est que *ça* court plus vite que nous, que *ça* prend plus de place que nous, que *ça* fait plus de petits que nous. Faut pas s'étonner si on est complètement dépassés. Y aurait encore des oiseaux, on n'en serait plus là.

— Des oiseaux ? répéta Mme Foucard, sur un ton perplexe.

— Des oiseaux. Quand y en a plus, les mouches prolifèrent et l'éléphant doit partir. Ça finira comme ça, vous verrez. »

Je ne comprenais pas bien pourquoi il m'en voulait comme ça. Je suis un type qui ne la ramène pas. Je sais rester à ma place. Je fais ce qu'on me dit. Je suis très comme il faut, finalement.

16

Martin, le fils de M. Lambrule, m'aimait à peu près autant que son père me détestait. C'était un garçon de petite taille avec un air volontaire et des yeux perpétuellement écarquillés, comme si tout l'étonnait. Il était dans la même classe que moi mais il n'y faisait que de brefs passages. Il était très occupé, pour son âge.

Il trafiquait toute la journée. Il faisait notamment commerce des arbres que plantaient les services municipaux dans les allées de la cité. Ils ne restaient jamais en place plus d'une nuit avant qu'il les arrache. Avec les fleurs des jardins publics, c'était la même chose. Il emportait des massifs entiers. Le lendemain, d'autres arrivaient au même endroit. Il revenait. Et ainsi de suite.

Il n'était pas rare de croiser, dans l'ascenseur, Martin avec une tronçonneuse, un sac de plâtre ou un jambon de Bayonne. Il avait toujours quelque chose dans les bras. Que M. Lambrule n'ait pas été au courant des troubles activités de son fils, j'ai peine à le croire. Mais il avait une excuse. C'était sa colère. Elle prenait toute la place dans sa tête. Ça lui bouchait même la vue.

Je n'aime pas les affairistes, surtout quand ils

sont petits, mais je pardonnais ses mauvais penchants à Martin parce qu'il partageait avec moi la haine de Yazid. Nous n'avions pas les mêmes raisons, bien sûr. Moi, c'était parce que je ne supportais pas qu'il attende, avec ses copains, Mme Bergson à la sortie du lycée et qu'ils lui crachent dessus. C'est pour ça qu'elle portait des imperméables, maintenant.

Lui, c'était parce qu'un jour il avait trouvé de grosses taches de sang sur le blouson blanc qu'il faisait sécher à la fenêtre. Il avait sorti la tête et regardé en haut : les parents de Yazid qui habitaient l'étage du dessus avaient pendu à la balustrade la peau du mouton qu'ils venaient d'égorger pour l'Aïd. Martin était allé leur demander un dédommagement. Ils lui avaient ri au nez. «T'as qu'à teindre ton blouson en rouge», avait dit Yazid.

Un jour que le professeur de gymnastique avait emmené toute la classe à la piscine, Martin et moi nous étions éclipsés. Nous avions pris les vêtements de Yazid au vestiaire et nous les avions jetés dans une poubelle après lui avoir fait les poches.

Quand vint le moment de retourner au collège, Yazid mit beaucoup de temps à sortir du vestiaire, en slip de bain, sous les rires de tout le monde, prof compris. Il était ridicule. Généralement, l'homme gagne à être vêtu. Il n'est en tout cas pas fait pour être nu. Du moins en ville. C'est l'une des supériorités de la femme sur lui.

«J'aime pas qu'on me squatte l'encéphale, dit Yazid en se frottant les avant-bras.

— T'avais qu'à bien ranger tes affaires, fit quelqu'un.

— Celui qui a fait ça, il s'est drôlement gaufré. Il va le regretter, je vous jure.»

Yazid rentra au collège dans le plus simple appareil, en grelottant sous une serviette. J'étais content de lui avoir donné une leçon, mais j'avais déjà peur des représailles. J'avais bien raison.

Quelques jours plus tard, alors que j'étais en cours d'histoire, M. Dugoujon, le conseiller d'éducation au collège, est venu me chercher. Et il me demanda de le suivre avec une solennité qui ne lui était pas habituelle, comme pour indiquer la gravité des charges qui pesaient contre moi.

Je l'ai suivi dans son bureau. C'était une petite pièce peinte en gris avec un bureau en plastique noir et une forte odeur d'oignon pourri qui s'expliquait par l'absence d'aération. En guise de fenêtre, il n'y avait qu'un œil-de-bœuf qui ne s'ouvrait pas. J'essayai de respirer le moins possible, pour ne pas défaillir. M. Dugoujon s'assit lourdement sur son fauteuil, comme après une longue marche, puis laissa s'écouler plusieurs secondes de silence, sans doute pour m'impressionner.

«Peux-tu montrer ta carte d'identité, Aristide?»

Je fouillai la poche arrière de mon pantalon, là où je la mets d'habitude. Ne l'y trouvant pas, je cherchai partout. Sans succès.

«Je ne comprends pas, dis-je. J'ai dû la perdre.

— Tu l'as perdue, en effet.»

M. Dugoujon sortit alors ma carte d'identité de la poche de son veston et demanda: «Tu sais où je l'ai trouvée?

— Par terre, hasardai-je.

— Par terre, évidemment. Près des poubelles auxquelles un petit con a mis le feu, ce matin. Et qui peut bien être ce petit con?

— Je ne sais pas, dis-je, le laissant venir.

— C'est quand même un indice qui t'accuse, Aristide.

— Mais y a des jours que je n'ai pas été du côté des poubelles, m'indignai-je.

— Comme c'est étrange », railla-t-il.

Je préférai ne rien répondre. M. Dugoujon braqua alors sur moi des yeux sévères et murmura : « Il y a autre chose de plus embêtant. Montre-moi ton bras. »

Je lui tendis mon bras droit puis mon bras gauche qu'il examina tour à tour attentivement.

« Non, dit-il avec une déception dans la voix, y a pas de trace de piqûre.

— Mais je me drogue pas, protestai-je. J'ai jamais touché à ça.

— Ah ? Qu'est-ce que c'est ça, alors ? »

M. Dugoujon ouvrit le tiroir de son bureau et en sortit une seringue. « C'est ce qu'on a trouvé près de ta carte d'identité, dit-il.

— Je ne comprends pas, soupirai-je, accablé.

— Pour moi, c'est tout vu.

— Ça doit être un hasard. Ou bien un montage.

— T'expliqueras ça au conseil de discipline, fit-il. On verra bien ce qu'il en pense. »

Mes ennuis ne s'arrêtèrent pas là. L'après-midi, en sortant du collège, je fus accosté par Yazid et deux copains à lui. Six mains me saisirent en même temps. Je me débattis sans trop de conviction, car je ne faisais pas le poids. Ils m'emmenèrent dans un cul-de-sac où ils commencèrent à me tabasser.

« Qu'est-ce que je vous ai fait ? protestai-je en cherchant à éviter les coups.

— J'aime pas tes vannes, blaireau, fit Yazid en continuant à cogner comme un malade.

— Y a sûrement erreur.

97

— Erreur, mon cul. Ça daube pour toi. Martin a parlé. »

Quand je fus à terre, l'un des copains de Yazid m'a maintenu la tête et l'autre, les bras, puis Yazid, qui s'était assis sur mes genoux, m'a donné un coup de poing en plein nez. Ce fut comme si une tomate avait explosé en moi. Il y eut un craquement et mes narines se sont mises à pleurer le sang.

« Tu m'as cassé le nez, hurlai-je.

— Ça te fera une nouvelle gueule, dit Yazid.

— De toute façon, tu peux pas perdre au change, ricana l'un des cogneurs. Peut-être même qu'on est en train de te l'arranger, ta gueule. »

Sur quoi, ils me retirèrent mes chaussures et mon pantalon. Yazid me demanda ensuite de me mettre à quatre pattes. J'étais trop meurtri, trop démoralisé aussi, pour pouvoir résister. Je m'exécutai donc, m'attendant à recevoir un coup de pied. Une main enleva mon slip. Quelque chose d'humide se colla contre ma peau. C'était une bouche. Je frémis et, soudain, je ressentis à la fesse une morsure qui m'arracha un hurlement de terreur pendant que les autres se tordaient de rire.

« Qu'est-ce que vous avez fait ? criai-je en me relevant.

— Rien de grave, dit l'un des copains de Yazid en s'essuyant la bouche. Je t'ai juste mordu.

— Y a un problème, ricana Yazid.

— Vous êtes complètement mabouls.

— Y a un problème, répéta Yazid en pouffant. Il a le sida.

— C'est pas vrai.

— C'est vrai comme je te cause. Et il vient de te le filer. »

Je n'ai pas cru à leur histoire de sida. Encore que

j'aie pris soin, en rentrant chez les Foucard, de frictionner la morsure à l'alcool à 90°. J'étais surtout embêté pour mon nez cassé. Après mon œil aveugle et mon boitillement, je m'en serais passé. Je craignais que Nathalie et Mme Bergson n'apprécient pas.

Mais mon nez cassé fut bien accueilli. Nathalie le trouva «viril». Mme Foucard jugea qu'il donnait «une certaine maturité» à mon visage. M. Foucard estima que, grâce à lui, je faisais «plus homme». Même M. Lambrule n'y fit pas d'objection.

Le dimanche suivant, M. Lambrule déclara en effet: «Ça au moins, c'est un nez qui ne cache pas son jeu. Il correspond bien mieux à sa personnalité et il dit bien ce qu'il veut dire.»

17

Un matin, Mme Foucard m'annonça qu'elle m'avait «prêté» à M. Lambrule. Il organisait une petite réception familiale pour le septième anniversaire de la mort de sa femme, et il avait besoin d'un coup de main. En conséquence de quoi, il avait été décidé que je l'aiderais avant, pendant et après.

J'arrivai tôt chez lui, le matin de la réception, et il m'accueillit avec un sourire qui, malgré son éclat, ne m'inspira pas confiance. Son visage était devenu un mélange de haine et de suavité. Il était tout tordu, du coup. Tels sont les effets de l'hypocrisie.

Une odeur affreuse empestait son appartement. C'était à cause de son élevage de chats. Il en avait bien une quinzaine. Il les avait recueillis dans la rue et, parfois même, dans l'immeuble. On peut dire tout ce qu'on veut de M. Lambrule mais cet homme était capable d'abnégation, du moins vis-à-vis des animaux perdus ou abandonnés. Je l'admirai de supporter l'infection du bac à sable qu'il avait placé dans un coin de la salle à manger, à côté de la télévision.

Avant même de me mettre aux fourneaux, je suggérai à M. Lambrule de déplacer le bac à sable dans un endroit plus discret. Je proposai la salle de bains. « Mais comment vont faire mes chats ? s'inquiéta-t-il. Ils comprendront plus rien. Ils ont pas l'habitude. » Je finis par le convaincre qu'il en allait du succès de sa réception et, après avoir ouvert toutes les fenêtres pour aérer, je m'enfermai avec lui dans la cuisine et commençai mon travail.

Avec M. Lambrule, j'avais vu grand. Pour les vingt-neuf personnes qu'il attendait — je me demandais où on allait pouvoir les mettre —, je devais préparer deux tartes au fromage, un rôti de porc, un entremets à la vanille, un autre à la fraise, quatre gâteaux au chocolat et des canapés que je tartinai de crème de gruyère avant de mettre dessus une tomate-cerise, des œufs de lump, une moitié de noix ou une tranche de concombre, c'était selon.

J'ai tout fait tout seul. Dieu sait où était encore passé Martin. Il n'apparut qu'après que les premiers invités furent arrivés. Son père ne me fut guère plus utile. Il se contenta de s'asseoir en face de moi et de me regarder travailler en me donnant, de temps en temps, un ordre qui n'était pas toujours approprié mais que j'appliquais quand même à la lettre, non sans prendre la peine, quand ça le méritait, d'exprimer mon désaccord.

Je sentais bien, à sa façon de me tourner autour, qu'il avait envie de me dire quelque chose mais il n'arrivait pas à se décider. C'est sans doute pour ça qu'il se grattait tout le temps les oreilles, les cuisses ou les jambes. Quand je fus bien avancé dans la préparation des plats, il se lança enfin : « J'ai un problème, Aristide. J'ai trop de trucs à faire. J'aimerais que tu travailles pour moi. »

Comme j'étais occupé à tartiner mes canapés, je le laissai venir en faisant semblant de me donner tout entier à ma tâche. « J'y arrive plus du tout, reprit-il. J'ai besoin de quelqu'un pour le ménage, la cuisine et puis aussi pour mon entreprise. Une sorte de bras droit.

— Ça serait payé?

— Naturellement. Et tu seras pas déçu.»

C'était tentant. Mais je n'aimais pas M. Lambrule et mon travail m'aurait forcément éloigné de Nathalie, comme de Mme Bergson. J'avais un cas de conscience et un mal de tête en même temps. Je n'étais pas en état de trancher.

M. Lambrule, qui l'avait compris, me tendit la main et me demanda en la serrant très fort: «Tu marches?

— Faudrait que j'en parle aux Foucard.

— Si t'es d'accord, ils seront d'accord.

— Je n'aurais jamais le temps de m'occuper de leur appartement en même temps.

— Tu te débrouilleras.»

Il se leva afin de donner plus de solennité à son propos. «J'ai beaucoup réfléchi, dit-il. T'es exactement ce qu'il me faut.

— Y a Martin.

— Martin, soupira-t-il. Je ne peux pas compter sur lui. J'ai besoin de quelqu'un qui me décharge de tout, tu comprends.»

Il me tourna le dos et poursuivit en regardant la fenêtre: «Je veux pas mourir inconnu. Sinon, j'aurais l'impression de mourir deux fois. Y a trop de poudre de perlimpinpin partout, maintenant. Mais je passerai à travers. Et je ferai mon trou.»

Sur quoi, il s'ouvrit de ses grands projets. Ils avaient tous le même but: le rendre célèbre. C'était étrange, de la part de quelqu'un qui passait son temps à laver sa voiture, à dire du mal des gens ou à rentrer la tête dans les épaules. Mais comme il ne

102

croyait ni à Dieu ni aux femmes ni à rien, il ne voyait pas d'autre moyen pour se surpasser ou, tout simplement, se supporter. Quelques années auparavant, il crut avoir la chance de sa vie quand, un jour, il surprit le teckel de Mme Schneider, sa voisine, en train de couvrir l'une de ses chattes. Il trouva sur-le-champ le nom de l'animal qui naîtrait de cet accouplement : ce serait le chackel. Il se vit déjà en photo, avec l'hybride sur les genoux, dans tous les journaux du monde. Mais rien, jamais, ne vint, même si les deux bêtes continuèrent, par la suite, à se donner régulièrement du plaisir.

Après cette déception, M. Lambrule rabattit ses ambitions. Il décida qu'il serait candidat, un jour, à un jeu télévisé. Il s'inscrivit donc sur toutes les listes d'attente. Et il y resta. Mais, comme il le disait souvent, il n'était pas du genre à se résigner à la fatalité. Après avoir entendu un reportage à la radio sur une chorale qui avait chanté plus de quatre-vingts heures d'affilée, il entreprit de figurer dans le *Livre des records* en devenant « l'homme qui a lavé le plus longtemps sa voiture ». Quelques semaines avant que j'arrive à Argenteuil, il réussit à se livrer, pendant trente-quatre heures de suite, à son activité préférée. Mais ça n'intéressa personne. Ni la presse ni les voisins. Même s'il avait accompli un exploit, il n'aurait pu être homologué. Les Foucard, Mme Schneider et Martin furent les seuls témoins de l'événement mais tous partirent avant la fin. Le sommeil a toujours raison du courage.

Depuis, M. Lambrule s'était reconverti dans le cracher, où, à l'en croire, il excellait. Il s'exerçait plusieurs fois par semaine dans un jardin public et projetait à plusieurs mètres, selon les saisons, des noyaux, des graines ou des pépins. À ce qu'il disait, c'était tout un art. Il fallait savoir saliver et sentir les vents en concentrant bien tous ses muscles. Il comptait s'attaquer, dans quelques semaines, au record d'un monsieur qui, à Eau Claire, aux États-Unis, avait réussi à cracher un noyau de cerise à 22,14 mètres. Il était sur la dernière ligne droite, maintenant. Il pensait pouvoir y arriver. Parfois, ils partaient si loin, ces noyaux, qu'il ne les retrouvait plus. Mais, pour mettre toutes les chances de son côté, il entendait accélérer le rythme de l'entraînement. C'est pourquoi il avait décidé de m'embaucher.

Quand il eut fini l'exposé des motifs, M. Lambrule murmura: «Il faut que t'acceptes. T'auras de l'argent et t'auras ta place dans la société. Tu pouvais pas rêver mieux.

— Je vais voir», dis-je.

Il me regarda de travers puis demanda: «Y a longtemps que tu fricotes avec Nathalie?»

J'écarquillai les yeux et répondis avec détachement: «Moi?

— Oui, toi.

— Je ne sais pas de quoi vous voulez parler.

— Tu sais bien. Y a des choses dégoûtantes que je pourrais leur apprendre, aux Foucard...

— Faut pas vous gêner, si vous en avez envie.

— Ça leur ferait un sale coup.»

Les bras m'en seraient tombés si je n'avais pas eu la volonté de continuer à tartiner, comme si de rien n'était. Je me contentai de hausser les épaules avant de demander: «Qui est-ce qui vous a raconté que j'avais une histoire avec Nathalie?

— J'ai mon réseau.»

Il approcha son visage du mien et poursuivit à voix basse: «Si tu veux, je peux très bien te monter un turbin. Te faire accuser de détournement de mineure, par exemple.

— Je n'ai jamais détourné personne.

— La justice tranchera», ricana-t-il.

M. Lambrule se leva et posa sur moi une main de propriétaire.

«Je te donne deux jours pour te décider, reprit-il. Si t'acceptes pas, c'est bien simple, j'irai tout dire aux Foucard.»

Il retira sa main de mon épaule et je me sentis soulagé.

«C'est ton intérêt, ajouta-t-il. Les types comme toi, s'ils veulent pas finir en suceur de ventouse ou en mycose de trottoir, il faut qu'ils soient marqués à la culotte. C'est pour ça que t'es programmé pour faire ta carrière avec moi. Tu serviras à quelque chose. Ta vie aura enfin un sens.»

Je hochai la tête en signe de soumission et ça le calma sur-le-champ. Il chercha alors à m'aider avec une maladresse qui m'émut et je me dis que son offre méritait quand même réflexion. Il me donnait une chance. En la prenant, j'y perdrais peut-être mon âme mais j'y gagnerais aussi quelques avantages dont je pourrais faire profiter Nathalie.

Quand les canapés furent tous tartinés, j'enfermai avec M. Lambrule les chats dans la salle de bains et je fermai la porte à clef afin que les invités ne puissent pas, en l'ouvrant, les laisser s'échapper. Les toilettes étant ainsi condamnées, il trouva la solution. Les invités pourraient se soulager chez Mme Schneider, la propriétaire du teckel amateur de chatte, qui se dit heureuse, quand il la sollicita, de pouvoir lui rendre service.

M. Lambrule et moi décidâmes aussi de fermer à clef la porte de la chambre de Martin. Elle était noyée sous un bric-à-brac d'objets en tout genre, qui ne laissait aucun doute sur son activité. Je repérai même, au fond, une débroussailleuse et une tondeuse à gazon.

Après ça, il ne restait guère de place pour la réception. J'eus donc l'idée de l'étendre jusqu'au palier, ce qui permit aux vingt-sept invités — il en manqua deux, finalement — de s'ébrouer plus facilement, assurant de la sorte un succès total à la petite fête de M. Lambrule.

À la fin, ça sentait le vin partout, en plus du chat. Tout le monde avait beaucoup bu mais je crois que c'est M. Lambrule qui, en la matière, battit tous les records. De loin, il pouvait faire illusion. Il se tenait droit. Il marchait à peu près normalement, quoique lentement. C'est le visage qui s'était effondré. Dessus, il ne restait plus rien que la haine.

C'était normal. Il n'arrêtait pas de transpirer. On aurait dit qu'il sortait de la douche. Sa chemise et son pantalon lui collaient à la peau. Plus il suait, plus il me détestait. Il s'en allait de partout, en gouttelettes, et il n'arrivait à se refaire que contre ma pauvre personne. Je lui permettais de se retrouver. Les gens comme ça, s'ils n'avaient pas la haine, je ne sais pas ce qu'ils feraient. Ils ne pourraient même plus exister.

Quand j'eus fini la vaisselle et tout nettoyé, il était bien trois heures du matin. Martin dormait depuis longtemps. M. Lambrule aussi. Encore qu'il restait debout avec les yeux ouverts, en continuant à transpirer, pour superviser les opérations. Lorsque je pris congé, il me dit sur le pas de la porte, avec une certaine emphase dans la voix, hésitante et pâteuse : «Ça fait des années que je me bats contre la fatigue. J'ai décidé de la laisser gagner, maintenant. Il me faut à tout prix un numéro deux. T'as déjà une tête à avoir des problèmes mais si tu refuses, je t'assure que t'auras de gros ennuis.

— Je ne crois pas que je pourrai. »

J'avais répondu sans réfléchir. C'était à cause de sa tête. Elle me terrifiait de plus en plus.

« Il le faut, insista-t-il. Pour toi et pour Nathalie. Tu comprends ce que je veux dire ?

— Si vous parlez, je dirai aux Foucard que vous avez cherché à me débaucher.

— Un jour, faudra pas t'étonner si tu te retrouves vitrifié, face d'ingrat. »

Je suis parti en courant. C'était toujours à cause de la tête de M. Lambrule. Cet homme ne supportait pas qu'on lui résiste, au fond. Pour être bien dans sa peau, il avait besoin que tout le monde soit à ses pieds. Mais ça n'était jamais le cas, bien sûr. Il y a des tas de malades comme ça, qui veulent tout le temps imposer leur loi. Il faut les fuir. Il faut aussi les plaindre. Ça leur gâche la vie.

18

C'est Mme Foucard qui, la première, commença à m'appeler «l'affreux». Je n'aimais pas ce surnom, bien entendu, mais il fut rapidement repris par toute la famille.

«Pourquoi m'appelez-vous comme ça? demandai-je, la première fois. Parce que vous me trouvez moche?

— Non. Parce que tu dis tout le temps des affreusetés.»

Dieu sait quelle horreur j'avais encore proférée, À force d'en dire sans arrêt, je ne m'en souviens jamais.

«Où t'as mis mes chaussons, l'affreux?» demandait Thomas. «T'es vachement bien coiffé, l'affreux», murmurait Nathalie en se rengorgeant. «T'as pas assez salé les nouilles, l'affreux», ronchonnait Frank. «Si t'étais pas là, l'affreux, soupirait Mme Foucard, je sais pas comment je me débrouillerais avec tous ces souillons.»

Les premiers jours, j'étais furieux. Je me vengeais comme je pouvais. Je crachais dans la soupe, par exemple. Ou bien je pissais dans le vin blanc. Ou bien encore je me décrottais le nez au-dessus du bœuf mode. Mais ça ne les dérangeait pas : les Foucard ne s'apercevaient jamais de rien. Je finis donc par trouver autre chose. Un dimanche matin, je lavai à 95° — les femmes comprendront — les vestes, chemises, corsages et pull-overs de toute la famille.

J'étais en train de sortir le linge de la machine à laver quand Mme Foucard, venue se servir un verre de soda dans la cuisine, probablement pour surveiller mon travail, aperçut un de ses corsages. Elle le prit, l'examina avec surprise puis poussa un cri de terreur.

«Qu'est-ce qui s'est passé?» s'écria-t-elle, les yeux écarquillés devant l'étendue du désastre.

Je fis l'étonné. Elle commença à farfouiller dans le linge.

«Mais tout a rapetissé, s'étrangla-t-elle. Tu vois pas?

— C'est bizarre, fis-je. Ça doit être la machine. Faut dire qu'elle commence à se faire vieille.

— Mon Dieu, c'est une tragédie», gémit-elle en se tordant les bras.

Je fus sauvé par la sonnette qui retentit à cet instant. Mme Foucard ouvrit. C'était maman.

Mais ce n'était pas non plus tout à fait maman. Elle n'avait plus son grand nez. Il avait rapetissé. Elle n'avait plus ses grands yeux. Ils étaient bridés. Son sourire même avait changé. Il était coincé et souffrant.

Comme toujours, au lieu de me demander de mes nouvelles, maman, pour m'en donner des siennes, se posa elle-même les questions. «Comment me trouves-tu? Dit-elle en mettant sa main dans ses cheveux.

— Ça a l'air d'aller, soufflai-je de la voix la plus neutre que je pus trouver.

— Vous avez drôlement rajeuni, trancha Mme Foucard.

— N'est-ce pas?» fit maman en tournant la tête, comme un mannequin, afin de se montrer sous tous les angles.

Mme Foucard l'invita à s'asseoir au salon mais maman refusa: «On parlera une autre fois, si vous voulez bien. Maintenant, je vais m'occuper de mon fils. Je l'emmène au restaurant.

— Je n'ai pas faim, fis-je.

— Ça ne fait rien, dit maman sans se démonter. Tu me regarderas manger.

— Pourquoi tu ne m'as pas prévenu?

— Je voulais te faire la surprise.

— Ce n'est pas une très bonne surprise, soupirai-je. J'ai des tas de choses à faire aujourd'hui.

— Tu les feras une autre fois. Ce n'est pas tous les jours que tu as la chance de voir ta mère.

— C'est vrai, approuva Mme Foucard.

— Tu devrais te changer maintenant, suggéra maman sur un ton affectueux.

— Je n'ai rien d'autre à me mettre», murmurai-je, les yeux baissés.

J'étais content de mon numéro. Mais maman ne se laissa pas abattre. Elle salua Frank et Thomas, venus aux nouvelles, prit ma main droite et m'emmena en me tirant, comme quand j'étais petit enfant.

«Ces gosses», soupira-t-elle.

Quand nous fûmes installés dans la voiture, maman laissa passer quelques secondes, en se mangeant les lèvres, puis me demanda: «Tu trouves que j'ai bien fait de subir cette opération du visage?

— Sûrement, dis-je, décidé à être plus accommodant. Mais t'as l'air moins gentille. Ça te donne un petit côté crispé.

— T'en fais pas. La peau se détendra avec le temps. »

Maman écarquilla les yeux, faiblement et en grimaçant, car ça lui avait tiré la peau. Elle avait enfin remarqué qu'il s'était également passé quelque chose sur mon visage. « Mon pauvre, dit-elle. Qu'est-ce qui est arrivé à ton nez?

— Rien, dis-je. Une bagarre. »

Elle ne chercha pas à creuser et souffla, comme s'il s'agissait d'un secret: « C'est parce que je sens bien que ça n'est pas tous les jours facile pour toi que j'ai pris une grande décision. Je vais te récupérer, mon chéri.

— Tu veux que je retourne chez toi?

— Exactement, Aristide. Je veux vivre avec toi.

— Je ne crois pas que tu pourrais me supporter, maman.

— Je veux vivre avec toi, répéta-t-elle. Y a plein de choses qui sont en train de changer dans ma vie. J'ai décidé de m'installer.

— Tu veux dire que tu vas déménager?

— Oui, mon chéri. Mais pas toute seule. Je vais vivre avec *quelqu'un*. Je veux fonder une famille, tu comprends. »

Je connaissais le refrain et je n'y croyais pas. Je cherchai donc à me dégager. « T'as pas besoin de moi pour ça, dis-je. C'est mieux pour toi de recommencer à zéro. Sans moi. En faisant table rase.

— Tu m'as souvent manqué, pendant tout ce temps, soupira-t-elle rêveusement. Quand je pensais à toi, je me sentais toujours coupable.

— Je me plais bien chez les Foucard, tu sais.

— Tu ne me feras jamais croire ça.

— Ils m'aiment bien.

— Ils font semblant parce que je les paye.

— Ils sont plus braves que tu ne crois», observai-je, malheureux qu'elle ait rappelé les conditions de mon hébergement.

À court d'arguments, maman fit démarrer la voiture, qui toussa puis cala quelques mètres plus loin. Ma mère ne sait pas conduire. Je fus très énervé tout au long du trajet.

Quand nous arrivâmes au restaurant, une pizzeria qui donnait sur la Seine, j'entrepris à nouveau maman : «Si les Foucard n'étaient pas un peu racistes sur les bords, je suis sûr qu'ils me considéreraient comme leur propre fils.

— Qu'est-ce que tu veux dire ?

— Tu le sais bien : plus ça va, plus j'ai une gueule d'Arabe.

— Tu es très beau, mon chéri.

— Regarde-moi : ça crève les yeux.

— T'es très brun, c'est vrai.

— Carbonisé. C'est comme ça qu'ils disent au collège. Je ne te ressemble pas, maman.»

Elle roula des yeux étonnés — à demi étonnés, en fait, parce qu'elle n'avait pas assez de peau pour les ouvrir beaucoup —, et elle minauda : «Tu crois que tu n'es pas mon fils ?

— Parfois, je me le demande, dis-je.

— Tu t'imagines sans doute que tu es un enfant adopté.

— Ça ne me paraîtrait pas absurde.

— C'est un phantasme très répandu chez les enfants, tu sais.

— Je suis grand, maman. J'ai déjà beaucoup vécu. Je suis prêt à tout entendre. Qu'est-ce qui t'empêche de me dire que je suis orphelin ?»

Je laissai mes lèvres tomber et me mis dans la position du boudeur, en appuyant mon menton sur mes deux mains. La voix de maman devint plus hésitante quand elle dit : « Ce n'est pas parce que tu n'as pas de père que tu es orphelin, Aristide.

— Mais j'ai forcément un père, maman », m'écriai-je, abandonnant aussitôt la position du boudeur.

Maman m'examina, bouche bée. Je décidai de garder l'avantage en prenant tout de suite l'offensive : « Pourquoi ne m'as-tu jamais dit la vérité ? » demandai-je doucement.

Elle parut abasourdie, tout d'un coup, puis murmura en me prenant le bras, ce qui me fit frissonner et piquer un fard : « Je ne t'ai pas dit la vérité parce que tu ne me l'as jamais demandée, mon chéri. Mais tu as l'âge de comprendre, maintenant. »

Les pizzas arrivèrent alors à pic pour maman, car elles retardaient le moment de ses explications. Je l'interrogeais du regard mais elle paraissait tout absorbée par sa mastication : tandis qu'elle l'effectuait, je redoutais que la peau de son visage, toute raide, ne pût en supporter longtemps davantage et craquât. Je finis quand même par me lancer : « Tu l'as connu, mon père ?

— Un peu, évidemment, dit-elle, la bouche pleine de pizza.

— Beaucoup ? »

Elle m'observa avec un petit sourire coincé puis demanda : « Qu'est-ce que tu entends par là ?

— Tu sais bien. »

Maman haussa les épaules : « Non, je ne sais pas. Y a toutes sortes d'interprétations possibles.

— Je ne vais pas te faire un dessin.

— Si, ricana-t-elle, l'air agacé. Tu devrais. »

113

Puisqu'elle m'y invitait, je décidai donc de me risquer : « Tu as fait l'amour avec mon père ?

— Ce n'est pas ce que je dirais, fit-elle en enfournant furieusement dans sa bouche un morceau de pizza si gros qu'elle dut s'aider de la fourchette pour l'engloutir.

— Il a bien fallu que vous fassiez l'amour pour que je sois conçu. »

Elle attendit, pour répondre, que sa bouche fût tout à fait vide. Après s'être essuyé les lèvres, elle murmura en se penchant vers moi, comme si elle me confiait un secret : « Il y a mille façons de faire l'amour, Aristide.

— Je sais tout ça, fis-je, exaspéré, parce que je ne voyais pas bien où elle voulait en venir.

— Ça n'est pas toujours agréable, reprit-elle. Surtout quand on vous force.

— Parce qu'il t'a violée ?

— Oui, mon chéri. C'est exactement ce qu'il a fait. »

Pour ne pas avoir à fournir des précisions avant de se donner le temps de la réflexion, maman avala aussitôt une grosse part de pizza qu'elle se mit à mâcher consciencieusement. Ça m'exaspérait. Sans attendre qu'elle eût dégluti, je lui demandai : « Qui c'était, mon père ? »

Elle me fit signe que sa bouche était trop pleine pour pouvoir répondre tout de suite.

« Un ouvrier agricole, finit-elle par dire entre deux déglutitions. Très grand. Très digne. Mais pas très bosseur. Il travaillait au noir chez mes parents. Ils n'ont pas porté plainte. Ils ne voulaient pas de scandale.

— Tu ne l'as jamais revu depuis ?

— Non. Mes parents l'ont chassé de la ferme.

— Pourquoi ne t'es-tu pas fait avorter? m'étonnai-je.

— Parce que j'ai avoué trop tard à mes parents que j'étais enceinte.

— T'as attendu combien de temps?

— Trois mois, dit maman, après avoir laissé un petit silence.

— Je ne comprends pas, fis-je. Si t'as été violée, tes parents ne pouvaient pas t'en vouloir d'être enceinte. Tu n'avais donc rien à craindre.

— C'est vrai, murmura-t-elle. Mais il faut te mettre à la place de la jeune fille que j'étais. J'avais une liaison, à l'époque. Et je culpabilisais terriblement.»

Sur quoi, elle posa sa main sur la mienne et dit: «Je crois que je t'ai fait assez de confidences comme ça, mon chéri. Et si on parlait d'autre chose?

— Non, maman. J'ai encore des trucs à te demander.

— Quoi encore? s'étonna-t-elle, un rien irritée.

— Je voudrais savoir, par exemple, pourquoi mon père ne s'est jamais signalé, depuis le temps.

— Mange pendant que c'est encore chaud.

— Je t'ai posé une question, maman.

— J'allais te répondre, soupira maman. Tu n'as jamais entendu parler de ton père parce qu'il ne sait pas qu'il a eu un enfant de moi. C'est aussi simple que ça. Voilà pourquoi il ne t'a pas reconnu.

— Tu sais où il est?

— Non. Quand mes parents l'ont congédié, je crois qu'il est allé s'installer à Marseille. Il avait de la famille là-bas. Un frère, notamment. Il tenait une laverie près de la gare Saint-Charles.

— Tu te souviens de son nom?»

Maman haussa les épaules.

«Du frère? dit-elle, faisant semblant de n'avoir rien compris.

— Non. De mon père.

— Bien sûr que je m'en souviens, fit-elle. Ton père s'appelle Mohammed Belkhodja. Si ça t'intéresse, je peux même te dire qu'il a un grain de beauté énorme sous le nez. Une sorte de petit pruneau. Avec ça, il ne passe pas inaperçu, je te jure.»

Le regard de maman devint rêveur, tout d'un coup, et elle se mit à caresser ma main, au bout des doigts surtout. «Mon chéri, demanda-t-elle, de quelle couleur voudrais-tu que je peigne les murs de ta chambre?

— Ça m'est égal.

— Tu devrais manger un peu. C'est important.

— Je n'ai pas faim.

— Ça te mettrait de meilleure humeur.»

Je ne pus finir ma pizza. Maman m'avait coupé l'appétit, avec son histoire de déménagement. Rien que d'y penser, je sentais ma gorge se serrer. Si ça me mettait dans cet état, ce n'était pas à cause de M. et de Mme Foucard, dont je me fichais pas mal et que j'aurais quittés sans regret. C'était à cause de Nathalie et de Mme Bergson. Je les aimais comme je n'avais encore aimé personne. Je ne voyais pas ma vie sans elles.

19

Chaque fois que j'avais un problème, j'allais en parler à Mme Bergson. Mais je ne lui en parlais jamais. Je m'approchais d'elle, à la fin de son cours de français, et prenais mon courage à deux mains. Je ne devais pas en avoir beaucoup en moi, car les mots ne montaient jamais jusqu'à mes lèvres. Ils restaient coincés dans ma tête. Je m'en sortais alors par un au revoir ou autre chose. Je ne suis pas un type qui se laisse prendre au dépourvu.

Ce dimanche-là, après que maman m'eut déposé devant l'immeuble des Foucard, je décidai de monter fissa chez Mme Bergson pour lui raconter mes ennuis. Quand j'arrivai devant sa porte, je mobilisai ce qui me restait de volonté pour ne pas fondre en larmes. Je parvins à ne pas pleurer mais ma gorge était secouée par des sanglots qui, au lieu de sortir, descendaient jusqu'au ventre où ils se mettaient à coasser comme des grenouilles.

Dès qu'elle m'eut ouvert, Mme Bergson me demanda : « Dis-moi, Aristide, tu n'as pas l'air dans ton assiette ?

— J'ai mal au ventre, madame.

— Y a quelque chose qui ne va pas ?

— Y a beaucoup de choses qui ne vont pas, madame. »

Après m'avoir fait asseoir, Mme Bergson me proposa du jus de pomme. Comme je jetais un regard soupçonneux sur les dépôts qui se noyaient au fond du verre, elle me rassura : « T'en fais pas. C'est biologique.

— Mais c'est bizarre, dis-je.

— Si c'est naturel, ça ne peut pas être bizarre, mon garçon.

— C'est vrai, madame.

— Je ne mange que du biologique matin, midi et soir. C'est sans doute pour ça que je tiens une telle forme. »

Tentant de ramener la conversation à moi, je dis d'une voix traînante : « Moi, je n'ai vraiment pas la forme, vous savez.

— Il faut boire du jus d'orange frais le matin.

— Je ne crois pas que ça suffira, avec ce que j'ai.

— Il faut boire aussi du jus de carotte. Sans en abuser. Parce que si on en prend trop, c'est pas bon pour le foie.

— Déjà que j'ai le foie malade, murmurai-je.

— Et les vitamines ? Tu prends des vitamines, j'espère ? »

Je regardai Mme Bergson avec un air d'excuse et secouai tristement la tête.

« Oh, Aristide, soupira-t-elle, ne me dis pas ça, je ne veux pas y croire. Voilà pourquoi tu es dans cet état...

— Non, dis-je. C'est pas pour ça.

— C'est pourquoi, alors ?

— C'est parce que maman veut me récupérer chez elle alors que j'ai envie de continuer à vivre ici.

118

— Chez les Foucard?

— Ici. Dans le quartier.

— Si tu prenais des vitamines, tu te ferais moins de mouron, j'en suis sûre.»

Mme Bergson me regarda droit dans les yeux, avec gravité, et posa sa main sur mon genou qui, sur-le-champ, se mit à trembler en dedans.

«Il prenait toujours ses vitamines», murmura-t-elle.

Elle se retourna et dit: «Tu n'oubliais jamais tes vitamines, n'est-ce pas?»

Un silence passa.

«Y a quelqu'un? demandai-je à voix basse.

— Oui. Élie.

— Qui c'est?

— Mon mari.

— Votre mari? répétai-je.

— Oui, j'ai un mari.

— Il est où?

— Là. Tu ne vois pas?»

Elle me montra un grand vase bleu avec des marguerites partout. Il y avait de quoi être étonné. Elle aurait dû comprendre, Mme Bergson. «C'est de la porcelaine de Limoges, dit-elle. Je m'en sers comme urne. Mon mari est dedans.»

Elle se leva, prit le vase et se rassit.

«Tu dois t'embêter, depuis le temps, dit-elle en s'adressant au vase qu'elle caressait. Il faudrait que je te sorte un peu.

— Vous l'avez depuis longtemps comme ça?

— Oui, murmura-t-elle. Plus de trente ans. Il avait fait les camps et tout. Comme il s'en était sorti, il avait fini par se croire éternel. Un jour, il a traversé la rue sans regarder et il s'est fait écraser.

— Il faisait quoi, comme métier?

— Professeur de philosophie comme moi. C'est lui qui m'a tout appris. »

Elle regarda quelque chose au-dessus de moi et sourit.

« Par exemple, il m'a appris à accéder à Dieu, dit-elle. Y a rien de plus simple.

— Qu'est-ce qu'il faut faire ?

— Il suffit de se détacher de soi. »

Elle se pencha sur le vase avec un air préoccupé.

« Qu'est-ce que tu disais déjà ? » soupira-t-elle.

Comme si elle attendait une réponse, elle laissa s'installer un silence qu'elle mit à profit pour se mordre les lèvres avant de mâcher les petits bouts de peau qu'elle avait arrachés.

« Oubliez-vous et vous trouverez la vérité, reprit-elle. C'est ça que tu disais. Et puis aussi... Pour aller à Dieu, il suffit de sortir de soi. Si Descartes avait compris ça, il se serait moins regardé le nombril et il serait devenu un grand philosophe.

— On accorde toujours trop d'importance à son nombril, approuvai-je. Après tout, ça n'est jamais qu'un nombril.

— À force d'avoir le nez dessus, les gens ne voient plus rien. Tout leur passe par-dessus la tête.

— C'est vrai, opinai-je.

— On s'aime toujours trop, soupira-t-elle. C'est contre ça qu'il faut lutter. »

Elle avait raison. Ce sont les gens qui s'aiment le moins qui brillent le plus du dedans. J'ai souvent remarqué ça.

« Tu as de la chance, petit », murmura-t-elle, avec l'assurance du savoir.

Je ne comprenais pas pourquoi, mais, ne voulant

pas la contrarier, je hochai la tête en prenant un air inspiré.

«Tu ne t'aimes pas, toi, dit-elle après avoir observé un petit silence. C'est une force. Je crois que tu réussiras ta vie.

— Je ne suis pas très bien parti, dis-je.

— Justement. On n'est jamais rien quand on se prend pour quelque chose mais on devient toujours quelque chose quand on a compris qu'on n'est rien. »

Mme Bergson se leva et posa le vase en porcelaine de Limoges sur le buffet. En revenant s'asseoir sur le divan à côté de moi, elle laissa tomber : «Élie disait toujours que le renoncement est la clef de tout. C'est vrai. Il faut se délivrer de soi-même. Y a que comme ça qu'on arrive à dominer les choses. On n'a jamais que ce qu'on ne veut pas. »

Elle toussa, sourit, toussa, puis ficha à nouveau sa main sur mon genou.

«Tu es vraiment un garçon adorable», soupira-t-elle avec tristesse, comme si elle éprouvait un regret.

Elle me caressa le mollet. J'ignorais ce qu'elle cherchait mais je savais ce que j'avais trouvé. Et j'aimais bien.

Je me disais qu'il me suffirait d'attendre encore trois ou quatre ans pour lui demander sa main. Elle me l'accorderait, forcément, parce que les femmes, pour ce que j'en sais, aiment bien avoir quelqu'un pour les défendre et pour les écouter parler. J'avais déjà prévu l'organisation. Mme Bergson continuerait à donner ses cours au lycée. Moi, je m'occuperais du ménage et de la cuisine. C'est tout ce que je sais faire, comme aime me le rappeler Mme Foucard, mais j'ai la faiblesse de penser que je le fais bien.

On était très complémentaires, Mme Bergson et moi. Je savais déjà que l'on ne se battrait pas pour faire la vaisselle ou pour passer l'aspirateur. Son appartement, qui n'était pas bien tenu du tout, avait vraiment besoin d'un type comme moi. Le linoléum de la cuisine collait aux pieds avec un bruit désagréable, à cause de la graisse, et le papier peint de la salle à manger gondolait. Je préfère ne pas parler de la poussière. Elle me bouchait la vue, littéralement. Je ne voyais plus que ça. Je savais bien qu'il faudrait me donner beaucoup de mal pour faire de cet endroit quelque chose de convenable mais le travail ne m'a jamais fait peur.

J'étais prêt à me décarcasser pour elle. La main de Mme Bergson sur mon genou faisait naître en moi la perspective d'un monde meilleur et je m'imaginais déjà en père de famille, avec deux ou trois enfants adoptés, que je façonnerais en leur inculquant le sens moral et les bonnes manières. Rien que d'y penser, ça m'exaltait, comme lorsque j'ai bu du champagne. J'avais même la poutre apparente et je croisai les jambes pour la dissimuler.

Sexuellement, je ne doutais pas que nous serions heureux. À soixante ans, Mme Bergson s'habillait comme une demoiselle, avec des robes à fleurs ou à carreaux, et elle inspirait toujours l'amour qu'elle savait sûrement très bien faire, depuis le temps. J'adorais en particulier ses épaules, couvertes de petites taches de son. Il n'y a guère que ses dents qui laissaient à désirer, mais rien ne nous obligeait à nous embrasser tout le temps.

La vieillesse, c'est ce qui reste quand on a tout perdu. Mme Bergson avait gardé sa jeunesse. Moi, la vie m'avait déjà fait quelques rides. Ça comblait la différence d'âge. Nous n'aurions qu'un problème, en définitive. C'était Nathalie. Je ne me la sortirais pas comme ça de la tête mais je me faisais confiance. J'arriverais à m'arranger. On peut très bien avoir deux femmes en même temps. Il suffit de savoir mentir. Je sais très bien le faire.

Soudain, Mme Bergson se pencha sur moi et me demanda d'une voix très douce, en retirant sa main : « Pourquoi me regardes-tu comme ça, Aristide ? »

C'est là que j'ai raté le coche. Je ne sais si c'est parce qu'elle avait retiré sa main ou quoi mais je n'ai pas eu le bon réflexe. Dans une vie, un homme a toujours deux ou trois rendez-vous avec son histoire. Je suis sûr d'en avoir manqué un, ce jour-là, en ne faisant pas ma déclaration à Mme Bergson.

« La tristesse, madame, ai-je répondu après avoir beaucoup réfléchi.

— C'est vrai que tu as l'air bien mélancolique, mon garçon. »

Mais ce n'était pas mes ennuis qui me donnaient cet air-là. C'était l'amour. Jusqu'à présent, je m'étais souvent demandé pourquoi il rend toujours les gens si graves et si nostalgiques, comme s'ils avaient perdu quelque chose en le découvrant. Je venais de comprendre.

L'amour, c'est quelque chose qui vous dépasse tellement qu'il finit par vous laisser en plan. J'avais ce sentiment, avec Mme Bergson. J'étais parti au-dessus de moi-même mais je ne me sentais pas à la hauteur.

« Il faut que tu viennes me voir plus souvent, dit-elle.

— J'ai beaucoup de travail.

— Ménage-toi, mon garçon. »

Elle reposa sa main sur mon genou et me regarda dans les yeux : « Et puis essaie de penser à autre chose. Lis.

— Je n'ai pas le temps, avec la télé.

— C'est bon pour ce que t'as, les livres. Et ça donne du recul. »

Mme Bergson se leva et chercha dans la bibliothèque un livre de poche qu'elle me remit avec une certaine solennité, comme s'il coûtait très cher. C'était *Les Pensées* de M. Blaise Pascal. Je l'ai souvent lu, depuis. Je ne comprends pas toutes les phrases mais ça ne me dérange pas. Dedans, il y a quelqu'un qui me parle et le soir, quand je me sens seul, avant de m'endormir, ça me rassure.

20

Quand je suis arrivé chez les Foucard, ils étaient en train de regarder les nouvelles, juste avant le film du dimanche soir. Mais ils n'entendaient pas. Ils écoutaient M. Lambrule qui trônait au milieu de la salle à manger, avec un verre de rouge à la main, et qui avait l'air très contrarié. Ce n'était pas à cause de moi. Il fit même celui qui ne m'avait pas vu. C'était à cause de la France. Elle le chiffonnait.

« Si ça continue, dit M. Lambrule, on se retrouvera marron dans tous les sens du terme.

— Comme Aristide », approuva Mme Foucard en me glissant un sourire en coin qui se voulait, j'imagine, affectueux.

Après quoi, de l'index elle me fit signe d'approcher et me dit à l'oreille : « L'affreux, y a la vaisselle qui t'attend. »

Apparemment, Mme Foucard était très pressée que j'aille dans la cuisine, sans doute pour que je n'entende pas les commentaires de M. Lambrule, mais je restai, car j'avais envie de regarder le début du film.

« C'est une épidémie, dit M. Lambrule. Elle finira par tuer le pays.

— On peut quand même se défendre, objecta Mme Foucard.

— On n'a pas le droit, figurez-vous. Si on lève le petit doigt, on se retrouve au trou. C'est comme ça que ça marche, maintenant.

— Vous exagérez, mon lieutenant, dit Mme Foucard.

— Ils se foutent de nous, vous le savez bien. Ils se foutent de tout, d'ailleurs.

— Ça, c'est vrai», approuva M. Foucard.

Captivé par ce qu'il disait, M. Lambrule parlait les yeux fermés en faisant des grimaces, comme s'il était constipé.

«Ils pensent qu'à eux, dit M. Lambrule. C'est ça notre drame.»

Je ne savais à qui il faisait allusion mais ces gens-là n'étaient apparemment pas très recommandables.

«Tous les mêmes, dit-il encore. Y en a pas un pour racheter l'autre.

— Pas un? demanda Mme Foucard, le sourcil surpris.

— Pas un, répéta M. Lambrule. Il faudrait que les gens se réveillent et commencent à leur souffler dans les bronches.

— Vous inquiétez pas, dit M. Foucard, optimiste. Ça viendra.

— J'espère. Sinon, un jour, y aura plein de sang sur les murs.»

C'est alors que le film commença. Je compris, dès le générique, qu'il était tarte. Mais je décidai quand même de lui donner sa chance.

«Ils s'intéressent même pas aux jeunes, soupira M. Lambrule en donnant une petite tape à Frank. Ils s'intéressent qu'à gagner les élections.

— C'est leur métier, dit M. Foucard, compréhensif.

— On est en train de se faire avoir jusqu'à l'os. Mais c'est notre faute. Y a plus de velus. Y a plus de couillus. Y a plus que des béni-oui-oui et des langues de tapir.»

M. Lambrule ne me regardait pas. Il ne me regardait jamais, d'ailleurs. Ma vue le rendait malade. Bien consciente du malaise que j'éprouvais, Mme Foucard me montra la direction de la cuisine et me dit avec un air compatissant: «N'oublie pas la vaisselle, Aristide.»

Je me levai, inclinai la tête, avec un mélange de respect et d'ironie, puis allai à la cuisine retrouver mon évier. C'était encore ce que j'avais de mieux à faire.

Je ne me plaindrai pas. J'aime bien faire la vaisselle. Ça me lave la tête et ça me donne des idées. De toutes les activités ménagères, c'est, sans doute parce qu'elle n'est guère absorbante, celle qui favorise le plus la méditation.

Mme Foucard se plaint souvent, et à juste titre, de ma tendance à laisser des dépôts sur les couverts ou les assiettes: «T'es vraiment pas soigneux, l'affreux», dit-elle alors en me montrant les cochonneries que la brosse ou la lavette a négligé de nettoyer. Mais je n'arrive pas à faire autrement. Quand je lave la vaisselle, je ne regarde jamais l'évier. Ou bien je contemple, de la fenêtre, l'immeuble d'en face. Ou bien je ferme les yeux et me mets à penser à quelqu'un. Je n'ai pas besoin de me concentrer. Ça vient tout de suite et sans effort. C'est une de mes femmes qui m'occupe le plus souvent l'esprit.

J'étais bien avancé dans ma vaisselle quand j'ai senti deux mains sur ma taille. C'était Nathalie.

«Le film est presque plus bête que Lambrule, dit-elle.

— C'est pas possible.

— Quel connard, ce Lambrule, murmura-t-elle en passant ses lèvres sur mon cou, tandis que son odeur tremblait tout contre moi.

— Il ne me fait pas rigoler.

— T'es trop sensible, mon chou.

— Quand il parle, dis-je, ça m'énerve tellement que j'ai peur d'attraper le cancer.

— T'occupe pas, l'affreux. J'ai tellement d'amour pour toi que ça va te vacciner du cancer.»

Soudain, Nathalie se mit à m'embrasser comme une folle, en tenant mon visage à deux mains, de peur, sans doute, que je ne m'échappe. Elle n'avait pas tout à fait tort. J'avais la tête ailleurs. Pendant qu'elle se donnait tout ce mal, je regrettais, moi, de n'avoir encore jamais échangé de baisers avec Mme Bergson. Je suis comme ça. Le bonheur, c'est toujours ce que je n'ai pas.

Étant un type réservé, je me disais que les séances de baisers seraient sûrement plus convenables avec Mme Bergson. Mais je savais aussi qu'elles seraient bien plus ennuyeuses. Voilà ce que c'est d'avoir deux femmes dans la tête.

«Tu es très excitée, dis-je en me dégageant.

— C'est toi qui me rends comme ça», répondit-elle en me mordillant le lobe de l'oreille.

Elle était si attirante que je n'osais pas la regarder. Je m'en voulais, subitement, de lui avoir préféré Mme Bergson. C'est avec Nathalie que je voulais vivre, maintenant. Plus elle m'embrassait, plus je l'aimais. Je n'y pouvais rien. Je suis toujours de l'avis du dernier qui a parlé, même quand il ne fait que passer. C'est mon grand défaut.

«Continue pas comme ça, dis-je. Je vais perdre mon contrôle.

— C'est justement ce que je veux, répondit-elle. J'ai *envie*.

— Tu as tout le temps *envie*.

— Jamais autant que maintenant. J'ai besoin de me changer les idées.

— Qu'est-ce que tu as?

— Disons que je suis pas dans mon assiette.»

Après m'avoir gratifié d'un sourire, elle m'embrassa à nouveau en gigotant de partout et en poussant des petits soupirs de contentement. Elle était en transes et je commençais à l'être à mon tour quand je lui dis, en me libérant de sa bouche et de ses bras: «Tu veux me violer ou quoi?

— Sois pas nerveux. Je suis sûre que tu seras très bien.

— Il faut que je finisse la vaisselle et puis que je l'essuie. Y en a plus pour longtemps. Est-ce que tu peux attendre un peu?

— Pauvre cloche, murmura Nathalie en haussant les épaules. Tu devrais sauter sur l'occasion.»

Elle n'était pas fâchée. Elle était juste pressée. Elle m'embrassa encore, sans doute pour me faire changer d'avis, avant de promener sa langue dans mon cou puis de commencer à rentrer ses mains dans mon pantalon. Je les en sortis tout de suite, je ne voulais pas qu'elle prenne des habitudes.

«Tu m'aimes pas, dit-elle. C'est ça, ton problème.

— Tu sais bien que c'est faux.

— Eh bien, prouve-le-moi. Viens à la cave avec moi. Après, je te jure que je te laisserai tranquille.

— Je ne veux surtout pas que tu me laisses tranquille, Nathalie. Je te demande seulement cinq minutes.

— Si on attend trop, le film sera fini et on pourra plus rien faire. C'est maintenant ou jamais.

— Je vais essayer de faire vite. »

Nathalie se pencha vers moi, me proposa un chewing-gum que j'acceptai, puis me chuchota à l'oreille : « T'as peur de quoi, mon chou ?

— De rien.

— De *ça* ?

— Non.

— T'es sûr ?

— Ça m'exalte, rien que d'y penser, dis-je très sérieusement. Et je voudrais t'épouser pour pouvoir le faire tout le temps avec toi.

— Chaque chose en son temps, répondit-elle avec un sourire ravi. On verra ça après. »

Pour accélérer le mouvement, Nathalie commença à essuyer la vaisselle pendant que je récurais la poêle et les casseroles. Je fais la guerre aux noirceurs. Il faut toujours les éliminer dès leur première apparition. Sinon, elles s'installent.

Quand nous eûmes fini, Nathalie se saisit de mes deux mains spongieuses — je ne porte jamais de gants pour faire la vaisselle — et me dit en me dévorant des yeux : « Et si on allait à la cave pour donner à manger à ton rat ? »

21

Quand je suis sorti, le lendemain matin, une ambulance et un car de police étaient garés devant l'immeuble. Je m'approchai d'un infirmier qui attendait sur le trottoir en se curant les oreilles avec un capuchon de stylo à bille et je lui demandai ce qui était arrivé. Il haussa les épaules puis me dit d'une voix lente et avec un air las, comme on le fait toujours pour annoncer les grandes catastrophes : « Un assassinat.

— Qui c'est ? dis-je.

— Je ne sais pas. Une vieille dame.

— Au quinzième étage ?

— Je crois bien. »

Je fonçai comme un fou jusqu'à l'appartement de Mme Bergson. J'avais déjà la tête gonflée de larmes. Mais elles ne sortaient pas. Comme l'ascenseur était en panne, je pris l'escalier. Au bout de quelques étages, mes battements de cœur commencèrent à déchirer ma poitrine. J'avais de plus en plus mal. Au neuvième, je m'arrêtai quelques minutes pour récupérer, car j'étais au bord de la crise cardiaque. Je décidai alors de monter les marches plus lentement, en me ménageant. Je ne parvins cependant pas à suivre cette bonne résolution. Quand ma tête pense, mes jambes ne suivent pas toujours. C'est pour ça que je ne suis pas un intellectuel. Ni un manuel non plus. Lorsque j'arrivai enfin sur le palier du quinzième, je n'avais plus de souffle et il me fallut bien plusieurs secondes avant de le retrouver.

Devant la porte de Mme Bergson, un policier faisait son rapport aux voisins. Il était bas de plafond et il avait des sourcils comme des buissons.

«C'est de plus en plus souvent que ça arrive, ces choses-là, dit-il avec accablement.

— Mais d'habitude, ils font ça au couteau, murmura un vieil homme en chaussons.

— Là, c'est un vicieux qu'a opéré. Elle a été étouffée. Avec un oreiller. Mais je ne suis pas sûr qu'on l'a pas étranglée en même temps. On a retrouvé une corde près du corps et y a des traces autour du cou.

— Peut-être qu'on l'a empoisonnée aussi, dit une jeune femme en faisant les yeux ronds.

— Tout est possible, maintenant, approuva le vieil homme.

— C'est ça qu'est décourageant», soupira le policier.

Je levai le doigt, comme à l'école, et demandai : «Qui est-ce qui l'a découverte ?

— Une voisine de palier, dit le policier. La porte de la victime était restée ouverte. C'est ça qu'est bizarre. Après un crime, d'habitude, on ferme.»

Il hocha la tête, comme s'il venait de dire quelque chose d'important, puis sortit de sa poche un carnet et un stylo.

«S'il y a ici des relations de la victime, dit-il, ce serait bien qu'elles me donnent leurs coordonnées. On aura sûrement besoin d'elles pour l'enquête.»

Quand je dis au policier que j'avais vu Mme Bergson la veille au soir, il fronça les sourcils et laissa tomber : «Vous êtes peut-être le témoin numéro un, alors.

— Peut-être», dit une voix.

C'était la voix de M. Lambrule. Elle tremblait d'une joie malveillante.

«Ça ne m'étonnerait pas que ça soye lui, dit-il en s'approchant. Les Arabes n'aiment pas les israélites. C'est bien connu.

— Je ne suis pas arabe, observai-je.

— Tu ne trompes personne, répondit-il.

— Je ne savais pas que Mme Bergson était juive, souffla le vieil homme sur un ton étrange, comme s'il se parlait à lui-même. Elle était pas plus différente qu'une autre.

— C'était un air qu'elle se donnait, pour se noyer dans la masse. Fallait pas s'y fier. Ces gens-là ne changent jamais. Ils sont imputrescibles.

— Faut respecter les morts, déclara le vieil homme, désapprobateur.

— Il faudrait que vous appreniez, vous, à respecter la France, protesta M. Lambrule.

— Je vous en prie, messieurs, dit le policier. Si vous voulez vous engueuler, vous seriez gentils de faire ça ailleurs. Y a un mort, ici.»

J'attendis longtemps, ensuite, pour voir passer le corps. Mais je n'aperçus qu'une couverture sur un brancard. Je ne m'en plaindrai pas. Avec Charlotte, je me suis rendu compte qu'il ne nous reste surtout qu'une image des morts : la dernière. Elle écrase toutes les autres. On n'arrive pas à s'en débarrasser. Je n'aurai donc jamais le cadavre de Mme Bergson dans la tête chaque fois que je penserai à elle. C'était quand même mieux comme ça.

Après, j'ai marché pendant des heures dans la

ville. Il faisait froid et il bruinait. C'était un temps de sinusite. Le chagrin en a profité, forcément. Il s'est installé et il a tout chassé. Mes pensées me fuyaient et j'avais beau faire, je n'arrivais pas à les rattraper. J'avais d'ailleurs l'esprit totalement vide quand, soudain, quelque chose est entré en moi. C'était un pressentiment, peut-être même une présence. Je me suis dit que Dieu pouvait très bien être derrière. C'est pourquoi, après avoir longtemps tourné autour, j'ai fini par pénétrer dans l'église.

Une lumière rouge était allumée, à droite de l'autel. Ça voulait dire que Dieu était là. Il me regardait, je le savais. Mais je ne le voyais pas. Je voulais au moins le sentir. Je décidai donc de m'asseoir.

J'ai prié. «Mon Dieu, délivrez-moi de moi», me disais-je. Mais il ne s'est rien passé. C'est toujours quand on croit avoir Dieu en soi qu'il s'en est allé. Il ne supporte jamais de rester quelque part. Il faut toujours qu'il reparte. Mais c'est normal. Il a tant de choses à faire.

Je commençais à désespérer quand M. le curé est passé. Il s'est retourné et puis il est revenu sur ses pas avec un air surpris.

«Je t'ai déjà vu quelque part, mon garçon?

— Je ne crois pas.

— C'est bizarre. J'en suis sûr.»

Je décidai de ne pas le contredire. Il était trop content de voir quelqu'un dans son église et il cherchait à engager la conversation. À cet effet, il arborait d'ailleurs un large sourire.

Je me levai et dis: «J'étais en train de prier pour quelqu'un qui vient de mourir.

— Alors, je ne te dérange pas davantage.

— Vous ne me dérangez pas, monsieur le curé. J'ai fini.»

Le visage de M. le curé était comme un ventre, avec une bouche à la place du nombril, car il avait pompé toute la graisse du corps. C'est peut-être pour ça qu'il irradiait la paix et la joie, malgré ses lèvres humides et son teint si étrange, entre l'olive et l'endive.

Nous fîmes les présentations et il m'invita à le suivre à la sacristie sous le prétexte qu'il n'aimait pas parler dans l'église alors que nous n'y gênions personne si ce n'est celui qui, à en croire la lumière rouge de l'autel, hantait les lieux.

J'étais méfiant et me tenais à distance respectueuse de l'abbé Mïus. Mais j'avais tort. Ce n'est pas parce que les gens ont envie de parler qu'ils ont nécessairement de mauvaises intentions.

« C'est quelqu'un de ta famille qui est mort ? demanda-t-il en me servant un petit verre de vin blanc.

— Non. C'est une amie. Je n'ai pas de famille, de toute façon.

— Tu es orphelin ?

— Non. Mais je suis tout seul dans la vie.

— On n'est jamais seul, protesta l'abbé. Et si, par malheur, c'était vrai, je pourrais t'arranger ça. La religion a ça de bien, c'est qu'elle peut donner une famille à ceux qui n'en ont pas. »

Je me sentais déjà mieux. Mais c'était sans doute à cause du vin blanc.

« Tu es baptisé ? demanda-t-il sur un ton inquiet.

— Non.

— Tu n'es pas musulman au moins ?

— Non plus. Mais je ne crois pas que ça ait beaucoup d'importance.

— Je ne suis pas d'accord, dit-il. Tout ça a de

135

l'importance, parce qu'on n'est rien. C'est pour ça qu'on est chrétien.

— Pour ça quoi ? demandai-je.

— Eh bien, pour devenir quelque chose. »

L'abbé Mïus se servit un troisième verre de vin et décida que je repasserais le lendemain pour ma première leçon de catéchisme. Il était heureux. Moi aussi.

Je ne sais si c'est à cause du vin ou du discours de l'abbé Mïus mais, quand je retournai prier, je me sentis moins loin de Dieu. Pour se sauver, il faut se sauver du monde et aussi, ce qui est bien plus dur, de ce cadavre qu'on appelle le corps. Maintenant que j'étais sorti de moi-même, je savais que je ne pourrais plus y retourner. C'était bien mieux comme ça.

Après l'avoir trouvé, je me disais que je ne me séparerais plus jamais de Dieu. Il serait en moi et je serais en lui. S'il n'avait pas existé, j'aurais été bien embêté. J'aurais certainement continué à ne rien comprendre à rien. Je crois bien que j'aurais même été obligé de l'inventer.

22

Le soir, quand je suis rentré chez les Foucard, j'avais une petite douleur dans l'estomac. Je savais bien que je ne l'apaiserais pas en mangeant un yaourt ou autre chose. Ce n'était pas la faim qui me minait comme ça. C'était la peur. C'était peut-être même le cancer.

Mme Foucard était dans la cuisine quand je suis arrivé et elle m'apostropha depuis la table sur laquelle elle épluchait des pommes de terre :

« T'étais pas à l'école, l'affreux ?

— Non, madame », dis-je en me demandant qui pouvait bien m'avoir dénoncé.

Elle se leva et s'approcha, suivie de Toutou, en traînant les pieds, comme si elle ne pouvait plus les porter.

« Où c'que t'étais ? demanda-t-elle.

— J'avais pas le moral. J'ai marché.

— T'es au courant pour Mme Bergson ?

— C'est ça qui m'a donné le cafard. J'arrive plus à penser à autre chose. Ça me prend le crâne, cette histoire. »

Elle mit sa main dans ses cheveux et me jeta un regard sévère.

«Y a quelqu'un qui t'attend, l'affreux, dit-elle. Un inspecteur.»

Une chaise craqua dans le séjour et Toutou aboya sans conviction, tandis qu'un homme venait à ma rencontre. Il avait une petite moustache de satyre, une démarche de sportif et l'air très content de lui. Il avait sûrement ses raisons.

«Inspecteur Chapoteau, dit-il en me tendant la main. Je voudrais vous poser quelques questions au sujet du meurtre de Mme Bergson. Vous la connaissiez bien, je crois?

— Oui, dis-je. Très bien.»

L'inspecteur Chapoteau sourit avec un mélange de gentillesse et de compassion. Je me demandai s'il était triste pour moi ou s'il cherchait seulement à m'amadouer pour me faire mieux parler après. J'ai toujours du mal à lire les sentiments sur les visages. C'est mon problème. Pour plus de sûreté, je préférai fermer les yeux.

«J'aimerais que vous veniez avec moi au commissariat, dit-il. On sera plus tranquilles pour causer.»

Au commissariat, l'inspecteur m'introduisit dans une pièce sans fenêtre, avec une table et trois chaises au milieu. Il m'y laissa tout seul pendant quelques minutes avant de revenir avec un homme dont on se demandait comment il faisait pour être encore vivant, tant il paraissait malade. Il ne se présenta pas — ces gens-là ne connaissent pas la politesse — mais je sus plus tard, au cours de l'interrogatoire, que c'était un commissaire et qu'il s'appelait Lefenestrel. Il avait le teint jaune pipi et un menton comme des fesses avec un trou en guise de fossette. Il mettait tout le temps l'index dedans, comme s'il en curait le fond. Et, apparemment, ça le rendait heureux parce qu'il fermait alors les paupières avec un sourire de contentement.

Ils m'ont pris mon nom, mon adresse, mes empreintes et tout, avant de me poser des tas de questions. C'est l'inspecteur Chapoteau qui a commencé. Il avait perdu son sourire. Il avait même l'air méchant quand il me demanda : « Pourquoi t'as fait ça ?

— Quoi ?

— Dis pas de bêtises. Pourquoi t'as fait ça ?

— Je n'ai rien fait.

— Le crime, salopard. Fais pas semblant de rien comprendre.

— Mais ce n'est pas moi, m'sieur. Réfléchissez cinq minutes. Ça ne peut pas être moi. Je l'aimais tellement, Mme Bergson.

— C'est pas une preuve, dit le commissaire Lefenestrel.

— Ce qu'on veut, c'est des faits, reprit l'inspecteur Chapoteau. Pas de baratin. »

Je me suis senti fatigué, d'un seul coup, et ma tête m'a fait mal. C'est toujours comme ça quand j'ai des ennuis.

« T'as pas l'air de te rendre compte que tout t'accuse, fit le commissaire.

— Je vous ai dit la vérité, protestai-je. Ce n'est pas moi. C'était une amie.

— T'es en train de nous dire que si ç'avait pas été une amie, t'aurais pu le faire ? demanda l'inspecteur Chapoteau.

— Ce n'est pas ce que j'ai dit.

— Je dois reconnaître qu'y a un truc qui joue en ta faveur, dit l'inspecteur avec un sourire. C'est que Mme Bergson n'a pas été jetée par la fenêtre. »

L'inspecteur Chapoteau lâcha un petit rire. Mais

ç'aurait pu être un crachat. Il avait l'air de m'en vouloir de plus en plus.

«Tu vois qu'on a bien étudié ton dossier, dit l'inspecteur Chapoteau.

— T'as des antécédents, reprit le commissaire. C'est ça qu'est embêtant pour toi. Quand on commence dans le crime, on n'arrive plus à s'arrêter. Tout le monde sait ça.

— Je n'ai jamais tué Charlotte.

— On est pas ici pour parler de ta sœur mais de Mme Bergson.

— Je ne l'ai pas tuée non plus.

— Tu mens, salopard», fit l'inspecteur Chapoteau.

Je décidai de ne plus le regarder parce qu'il me détestait trop. La haine, chez les autres, m'a toujours fait perdre mes moyens. Je voulais les garder. Je savais que j'en aurais besoin.

«Il paraît que tu as été voir Mme Bergson hier soir, murmura l'inspecteur Chapoteau.

— Oui, c'est vrai.

— Quelle heure qu'il était?

— Sept heures du soir. Quelque chose comme ça.

— Combien de temps t'es resté avec elle?

— Une demi-heure.

— Qu'est-ce que vous avez fait?

— Elle m'a servi un jus de pomme et on a parlé.

— Quand on a découvert Mme Bergson, dit le commissaire, les deux verres étaient encore sur la table.

— Bizarre, chuchota l'inspecteur.

— Pourquoi?» fis-je.

Le commissaire sortit son index du trou de son menton pour le pointer dans ma direction en disant : « Parce qu'entre le moment où elle t'a servi à boire et celui où elle a été tuée, elle n'a pas trouvé le temps de ranger les verres dans la cuisine.

— Comme c'est étrange », ironisa l'inspecteur.

Les deux hommes me regardèrent comme si j'étais fait aux pattes et qu'il ne me restait plus qu'à me rendre.

« Peut-être qu'elle a été tuée pendant qu'elle te servait à boire, ricana l'inspecteur Chapoteau. Mais par qui, bon sang de merde ? Je me le demande...

— Tu es en tout cas la dernière personne à l'avoir vue vivante, soupira le commissaire.

— C'est pour ça que t'es le suspect numéro un, enchaîna l'inspecteur.

— Faudrait quand même vérifier si c'est bien mon verre qui était sur la table, dis-je. Elle a peut-être servi un jus de fruits à quelqu'un d'autre, après que je suis parti.

— On verra ce que dira le labo, dit l'inspecteur. Mais je serais bien étonné que les analyses te donnent raison. »

L'inspecteur Chapoteau s'installa sur une chaise, dans un coin de la pièce, et alluma une cigarette. Il n'était pas content, ça se voyait sur sa figure. Je suis sûr que le commissaire parlait trop. Il me voulait pour lui tout seul.

Le commissaire s'essuya le front avec un mouchoir rose. Il transpirait beaucoup alors qu'il faisait froid dans la pièce et sa peau tournait, par endroits, au marron de merde. Même s'il ne me portait pas dans son cœur, il me faisait de la peine. Quelque chose le rongeait à l'intérieur mais il tenait à sauver les apparences. Il y a des gens comme ça. Ils sont morts et ils continuent à marcher comme s'ils ne le savaient pas. C'est la fierté qui veut ça.

«Je suis sûr que c'était une femme très bien, cette Mme Bergson, dit-il avec gravité.

— Y a pas de doute là-dessus, soupirai-je.

— Tu allais souvent la voir?

— De temps en temps.

— Et de quoi parliez-vous?

— De tout. De la vie. Des événements. De littérature.»

L'inspecteur Chapoteau rigola. Le commissaire écarquilla les yeux et demanda: «De quel genre de littérature?

— Tous les genres, m'sieur.

— Tu peux citer des noms?

— Plein. Tolstoï, Schnitzler, Eliot, Caldwell, Faulkner, Vialatte. Je peux encore continuer longtemps si vous voulez...»

Je connaissais leurs noms. Pas leurs livres. Mais c'était pareil et ça avait suffi pour faire l'effet désiré. Quelques secondes s'écoulèrent puis le commissaire reprit: «Tu prétends que vous causiez bouquins chaque fois que tu lui rendais visite?

— Presque chaque fois.»

Le commissaire toussa longtemps dans son mouchoir, comme pour se vider de quelque chose qui l'encombrait. Il dut y parvenir car, quand il me regarda, il n'avait plus rien dans les yeux. C'est sans doute pourquoi il préféra les fermer après s'être enfoncé l'index dans le trou du menton.

«Tout ça ne nous avance à rien, de toute façon, dit-il en fronçant les sourcils. Ça n'a pas de rapport avec l'enquête.

— C'est vrai, approuva l'inspecteur. On peut très bien être assassin et cultivé. Ça s'est déjà vu.»

L'inspecteur Chapoteau chercha à tirer avantage de la situation pour se mettre à nouveau en avant.

Il se racla la gorge puis demanda : « T'as pas compris que t'es refait et que t'as plus qu'à avouer ? T'as pas compris ça, Mohammed ?

— Mohammed, releva le commissaire d'un ton réprobateur.

— Oui, Mohammed. Vous avez bien entendu, commissaire.

— Ce n'est pas son nom, à ce garçon.

— Je sais, merci.

— Pourquoi l'appelez-vous comme ça, alors ? demanda le commissaire.

— Parce qu'y a pas de doute qu'il a une tête de Mohammed.

— Ah bon, fit le commissaire.

— Il nous prend pour des cons.

— Vous savez que je déteste ce style.

— C'est le mien, commissaire.

— Eh bien, attendez que je sois mort pour laisser parler vos phantasmes. Patience, inspecteur. Ça ne saurait tarder. »

Un sourire passa sur le visage du commissaire Lefenestrel. Mais il était comme ses yeux. Il n'y avait rien dedans. Même plus de lassitude ni même de désespoir. Je me sentais de plus en plus malheureux pour lui. J'aurais bien avoué tout ce qu'il voulait si j'avais pu être sûr que ça l'aurait soulagé.

Je crus qu'il l'avait compris quand l'inspecteur sortit. Le commissaire s'assit devant moi et soupira : « T'es jeune, toi. T'as de la chance.

— Pas tant que ça, protestai-je.

— Si. Tu peux avoir plein d'espoir. Pas moi. J'ai raté ma vie.

— Y a beaucoup de gens qui aimeraient l'avoir ratée comme vous, leur vie.

— J'ai beaucoup menti. Trop.

— Moi, j'essaye d'éviter.

— J'ai trompé ma femme pendant plus de quinze ans. Et elle est morte sans savoir. »

Ses yeux se mouillèrent.

« C'était le samedi et, parfois, le dimanche, reprit-il. Je lui disais que j'allais à la pêche, à la chasse ou Dieu sait quoi. Elle s'est jamais rendu compte de rien.

— C'est des choses qui arrivent, soupirai-je, avec un air d'expert, pour le remonter.

— Je n'aurais jamais dû. C'est fou, ce que ça me pèse.

— C'est tout à votre honneur.

— Le plus dur à supporter dans tout ça, c'est le mensonge. »

Il sanglotait doucement, maintenant, en faisant des bruits étranges, comme des sifflements, chaque fois qu'il respirait. C'est alors que j'eus envie de me mettre le crime sur le dos. Plus il se lamentait, plus je me sentais coupable. Je ne saurais dire si je voulais parler pour qu'il cessât de pleurer, tant sa déchéance me révulsait, ou bien pour me noyer dans son chagrin qui avait brisé ses défenses et dévalait en moi. Mais j'avais les larmes aux yeux.

Il se moucha et regarda par terre.

« Dis-moi la vérité, finit-il par murmurer. Je garderai ça pour moi, je te jure.

— J'ai confiance en vous, dis-je. Ce n'est pas le problème.

— Si tu ne parles pas, tu verras comme on a du mal à vivre avec un secret comme ça. »

L'inspecteur entra. Il interrogea des yeux le commissaire, qui secoua la tête.

« Vous voyez bien que ça ne marche pas, la méthode douce », dit-il.

Comprenant que je m'étais fait avoir par le commissaire Lefenestrel, je lui adressai le regard le plus pathétique que je pus trouver. Il baissa les yeux, se leva et sortit après avoir dit à l'inspecteur : «Je vous le laisse.»

L'inspecteur Chapoteau reprit l'interrogatoire en posant les mêmes questions qu'avant, comme si nous n'avions pas déjà tout dit, mais sur un ton bien plus agressif et en accompagnant parfois ses propos de gestes de menace. Il ne me toucha pas, pourtant.

«Ne vous gênez pas, lui dis-je après que sa main fut passée tout près de ma joue.

— T'aimerais bien que je te cogne pour montrer ta trombine dans les journaux, ricana-t-il. Je te ferai pas ce plaisir, Mohammed.»

Je crois que, jamais de ma vie, je ne m'étais trouvé aussi crasseux. Ce n'était pas parce que je n'avais pu me laver : ça m'était déjà arrivé, même si ce n'est pas mon genre. C'était à cause de sa façon de m'observer ou de m'adresser la parole. Rien ne salit plus que la méchanceté.

Lui-même n'était pas très à l'aise non plus. Quand la nuit fut bien avancée, il se mit à sortir de plus en plus souvent. Ç'aurait pu être pour téléphoner, boire ou manger, mais je finis par décider qu'il avait la diarrhée. Il partait précipitamment et, quand il revenait, il avait souvent l'air mauvais.

J'ai toujours pensé que la diarrhée est un moyen qu'a trouvé Dieu pour nous remettre à notre place. Quand l'homme l'a attrapée, il s'aime moins et il apprend l'humilité. Parfois aussi, il se sent humilié. C'est sans doute pour ça que l'inspecteur Chapoteau s'est vengé, après, sur moi en m'empêchant de dormir avec tout un mélange de questions et d'insultes.

Je me suis quand même endormi. Le lendemain matin, il me réveilla en me secouant la tête pour m'annoncer que le commissaire avait décidé de me relâcher. Après quoi, il me dit d'une voix hargneuse : «Ta garde à vue est terminée mais tu ne t'en sortiras pas comme ça, tu sais. Je suis sûr qu'on se retrouvera. La prochaine fois que j'irai te chercher, ça sera pour t'écrouer.»

En sortant du commissariat, j'étais si triste que j'avais envie de me suicider. Mais ça aurait fait plaisir à trop de gens. Et puis j'étais trop épuisé pour y réfléchir sérieusement. J'étais courbatu comme si j'avais passé mon temps à monter des escaliers. Tels sont les effets de l'injustice.

23

Quand je suis arrivé chez les Foucard, maman m'attendait dans le salon avec une sale gueule qu'elle avait rentrée dans les épaules afin, sans doute, de souligner son effet. Comme après chaque grand malheur, elle avait des poches sous les yeux et des alvéoles violacés qui lui trouaient la peau. Ma mère est quelqu'un qui peut prendre dix ans sans prévenir et puis les perdre ensuite du jour au lendemain.

Elle ne s'est même pas levée pour m'embrasser. Je n'avais pas encore franchi le pas de la porte du salon qu'elle commençait déjà mon procès, sous les yeux des parents Foucard. Ils avaient l'air passionné. Leur visage exprimait la même gravité que, le dimanche soir, quand ils regardaient le film à la télévision et qu'il était bon. C'était sans doute la première fois que je suscitais un tel intérêt chez eux.

«Mais qu'est-ce que j'ai fait au bon Dieu, explosa ma mère, pour avoir un fils comme ça?

— Rien, maman.»

J'étais sincère. Maman n'a jamais rien fait à moi ni à personne. C'est son problème, justement.

«Dis-moi la vérité, pour une fois, hurla-t-elle. Qu'est-ce que t'as encore fait, Aristide?

— J'ai rien fait, maman. Rien.

— Rien, rien, s'écria-t-elle, c'est tout ce que tu sais dire. Avec toi, c'est toujours rien et c'est jamais personne.

— Je te jure que c'est pas moi.

— Et en plus, il me le jure... Tu me fais peur, tu sais. Très peur.»

Les éclats de voix avaient attiré les enfants Foucard que j'aperçus dans le vestibule. Nathalie chercha mon regard mais je décidai de l'éviter.

«C'est vrai qu'il fait peur, acquiesça Mme Foucard.

— Il me tue, dit maman. Je ne sais pas ce que je vais devenir.»

C'était tout maman. Elle a toujours profité des ennuis des autres pour gémir sur elle-même. Si elle avait connu le Christ, je suis sûr qu'elle aurait tiré la couverture à elle. Ma mère ne manque jamais de montrer les stigmates qu'elle n'a pas.

«Je vous plains, soupira Mme Foucard.

— C'est horrible, dit maman. Je n'ai jamais eu de chance.

— Moi non plus, osai-je.

— C'est tout ce que tu trouves à dire, murmura ma mère avec consternation. Après ce que tu as fait...

— Mais je n'ai pas tué Mme Bergson, m'écriai-je. Tu sais bien que c'est impossible.»

J'aurais bien aimé pleurer: c'eût été approprié à la situation. Mais je n'y arrivais pas. Je n'avais plus de larmes. Alors que je m'obstinais à essayer de les faire couler, maman m'observa avec un mélange

148

d'ironie et d'affliction. C'était tout, sauf un regard maternel.

«Celle-là, c'est la meilleure, dit maman. C'est nous qui nous faisons engueuler, maintenant. Non mais, vous avez entendu ça?»

Les Foucard, qu'elle avait pris à témoin, hochèrent douloureusement la tête. Ils paraissaient très affectés par ma désinvolture.

«Qu'est-ce que je vais faire de toi?» demanda maman, d'une voix qui se fêlait.

C'était elle qui allait pleurer, je le sentais. Ses propos, apparemment sans logique, la menaient tout droit à ça et je ne pouvais supporter cette idée. Je préférai donc anticiper et me levai en hurlant: «J'en ai assez...

— Nous aussi, répondit maman avec indignation.

— J'en ai marre de vous tous. Je vais me coucher.»

Je pris le chemin de la chambre à coucher après avoir fait un détour par la cuisine d'où je repartis avec une pomme. En passant, je croisai Frank et Thomas dans le vestibule. Ils ne savaient pas trop comment me regarder. C'est sans doute pour ça qu'ils ne me regardaient pas. Nathalie avait disparu. Je ne savais comment interpréter ça mais j'emportai avec moi l'odeur qu'elle avait laissée.

J'aurais dû commencer à manger la pomme tout de suite, car, dès que j'entrai dans la chambre, Salomé me supplia des yeux de la partager avec elle. C'était si gentiment demandé que je ne pus résister. Mais comme elle mangeait beaucoup plus vite que moi, je dus me contenter de quelques bouchées seulement.

Salomé était une chèvre naine qu'une amie de Nathalie, Armelle, avait laissée en pension, le matin même, pour la durée des vacances de Pâques. Elle était partie à la montagne avec ses parents, deux personnes d'apparence modeste qui étaient propriétaires d'une villa, d'une grosse voiture et d'une petite chaîne de commerce de vin. C'est sans doute à cause de leur surface sociale que les Foucard avaient accepté si facilement, et contre toute logique, d'héberger l'animal.

« On n'a pas de jardin, objectai-je, le jour où les Foucard m'annoncèrent leur décision. Elle va être malheureuse.

— C'est une chèvre d'appartement, répondit Mme Foucard. Ces bêtes-là aiment mieux la moquette que l'herbe, tu peux me croire.

— Elle ne va jamais s'entendre avec Toutou.

— On va lui apprendre à se tenir, à Toutou.

— Elle va faire des saletés partout.

— Elle est très propre, il paraît. Si y a des accidents, y aura qu'à nettoyer derrière. C'est quand même pas une affaire. »

La chèvre naine était arrivée chez les Foucard pendant ma garde à vue et, apparemment, Toutou s'était déjà habitué à sa présence : rien, dans son comportement, ne m'avait paru anormal. Il avait quand même été décidé que les deux bêtes resteraient séparées quelques jours avant de commencer à cohabiter vraiment. En attendant, Salomé avait été enfermée dans ce qu'on appelait la chambre des garçons.

Je suis quelqu'un qui peut contempler les animaux pendant des heures. Mais, ce soir-là, j'étais trop obsédé par Nathalie pour ça. Il fallait que je la retrouve sans tarder.

Après avoir enfilé mon pyjama, je me glissai entre mes draps et m'endormis aussitôt. Les choses étant ce qu'elles étaient, il n'y avait pas mieux à faire. J'avais décidé d'aviser plus tard.

J'aime la nuit. Si je dormais moins, je crois que je vivrais moins. Mon sommeil fut calme et bienheureux jusqu'à ce qu'une petite langue bien chaude vienne effleurer mon cou, ma joue puis mes lèvres. Elle y cherchait le plaisir et je crois qu'elle le trouva, car elle s'éternisa sur ma bouche.

Après quoi, la petite langue me lécha les doigts. C'était agréable. C'était Nathalie. Je reconnaissais là ses goûts ambigus et m'abandonnais à elle avec ravissement quand elle se glissa sur moi en reniflant doucement, comme si elle cherchait quelque chose. Si j'avais su quoi, je le lui aurais tout de suite donné. J'étais de plus en plus excité. J'avais envie de sortir de moi-même pour la rejoindre. Il fallait que je l'épouse. Après avoir bien réfléchi, je finis par prendre la résolution de me déclarer dans les plus brefs délais. Je suis quelqu'un qui aime les situations régulières.

En attendant, il fallait aussi que je me décide à finir ce qui avait été commencé. Mais je dormais encore. C'était ce qui me bloquait. J'étais malheureux parce que je redoutais qu'elle ne m'échappe. Nathalie n'a jamais été d'un naturel très patient. La petite langue finit d'ailleurs par se lasser. Quand je sentis sa présence s'éloigner, j'ouvris les yeux.

Salomé était au pied du lit. Je distinguai dans l'obscurité ses deux petits yeux qui me fixaient.

«Cochonne», dis-je.

Elle agita la queue, comme si elle était contente.

«Cochonne de chèvre», dis-je afin d'être mieux compris.

Elle baissa la tête et recula avec un air si triste que je m'en voulus de lui avoir parlé sur ce ton.

Je tentai de me rendormir mais je n'y parvins pas. C'était à cause de Nathalie. Elle prenait tant de place dans ma tête que j'avais très mal dedans. Je me concentrai pour la sortir de là mais chaque fois que je la croyais partie, elle revenait. Jusqu'au moment où, de guerre lasse, elle finit par disparaître pour de bon. Je n'avais pas gagné au change. Rien ne vaut l'amour, j'aurais dû le savoir. Mon cerveau ayant horreur du vide, c'est la peur qui l'avait envahi, désormais.

Je ne sais pas bien ce qui m'effrayait ainsi mais je me souviens que je fus en transes pendant quelques secondes. Quelque chose était là, que je ne connaissais pas. Je regardai sous mon lit puis sous celui de Thomas, mais je n'y trouvai que des chaussettes. C'était peut-être le Diable ou mon cancer ou la police ou les trois en même temps. Sur le moment, j'optai pour la première hypothèse, car j'avais l'impression qu'il se moquait de moi.

Après être resté quelques minutes à ressasser tout ça, assis sur mon lit et sous le regard de Salomé, je suis allé aux toilettes avec un crayon et un bloc. J'y écrivis trois lettres.

Chère Nathalie,
Je t'aime. Mais je n'ai pas pu faire autrement. Plus j'y pense, plus je suis convaincu que c'était la seule solution. Ce n'est pas parce que je ne suis plus là que je suis parti. Je t'attends. Je suis tout près. Je voudrais que tu continues à me parler comme tu l'as toujours fait. Un jour, nous nous retrouverons et ce sera très beau.
Tendrement,

TON ARISTIDE QUI T'AIMERA TOUJOURS.

Chers monsieur et madame Foucard,

Je vous aimais bien. Mais il y a des décisions qu'il faut savoir prendre. Depuis l'assassinat de Mme Bergson, je suis tellement malheureux que j'ai tout le temps mal au ventre ou à la tête ou aux deux. Je me demande si je n'ai pas attrapé le cancer. Je n'arrive même plus à pleurer et ça me fait très peur. Les larmes, ça fait partir le chagrin. Le mien ne s'en va pas. C'est pour ça que je suis en train de pourrir de l'intérieur. J'ai donc décidé d'en finir. Je crois que ça sera mieux pour tout le monde.

Je vous embrasse,

ARISTIDE.

P.-S. : Je vous confirme que ce n'est pas moi qui ai tué Mme Bergson. Il faudra trouver un autre bouc émissaire.

Chère maman,

Tu me connais bien mal pour croire que j'aurais été capable de tuer quelqu'un. C'est ça qui me fait le plus de peine. Je ne suis pas assez fort pour la porter. Je préfère donc me retirer, au lieu d'attendre toute ma vie le geste d'affection que tu ne m'as encore jamais donné. J'ai fini par désespérer, depuis le temps.

On ne peut pas se supporter quand on n'est pas soutenu. On ne peut plus se raccrocher à rien. C'est pire que d'être tout seul. Voilà pourquoi j'ai décidé de mourir. De toute façon, cela ne changera pas grand-chose. À tout point de vue, je suis déjà mort. J'ai juste le cœur qui continue à battre. Il faut qu'il s'arrête et tout le monde sera tranquille, toi la première.

Quand tu liras ces lignes, je ne serai plus de ce monde. Je vais de ce pas me jeter dans la Seine.

J'espère que tu ne m'en voudras pas trop.
  Je t'embrasse,

          TON ARISTIDE QUI T'AIME QUAND MÊME.

P.-S. : Je lègue toutes mes affaires à Frank, sauf les livres qui sont pour Nathalie. Tu peux prendre la radio.

Quand j'eus écrit mes trois lettres, je me suis habillé avant de m'allonger sur mon lit où j'ai réfléchi un moment, en regardant le plafond. Après ça, j'ai pris mes économies que je cachais sous l'évier. Toutou poussa alors un grognement, dans la chambre de M. et Mme Foucard. J'attendis qu'il se rendorme avant d'entrouvrir la porte du placard à rangement. C'était là, dans cette petite pièce sans fenêtre, que dormait Nathalie. Avant de partir, je voulais en avoir la dernière image et le dernier parfum. Je n'aperçus pas grand-chose, dans la pénombre, mais je subodorai que son corps était nu comme un ver sous les draps. Elle sentait la vanille. L'obscurité la rendait plus désirable encore. C'est pourquoi je me sentis malheureux quand je lui adressai un baiser d'adieu dans le noir avant de souffler dedans pour qu'il arrive jusqu'à ses lèvres. Je ne sais si c'est à cause du baiser ou quoi mais elle poussa un petit soupir, comme une amoureuse.

24

Après avoir libéré mon rat, j'ai traversé Paris en métro puis je me suis posté, pour faire du stop, à l'entrée de l'autoroute du Sud. J'avais décidé de retrouver mon père à Marseille. Jamais de ma vie je ne m'étais senti aussi seul. C'était comme si tout le monde était mort, sauf moi. Pour me rassurer sur moi et mon avenir, je ne pouvais compter que sur mon sac de voyage où j'avais mis quelques oranges, une barquette de yaourts, une bouteille d'eau minérale, deux cartons de lait demi-écrémé, trois paires de chaussettes, deux chemises, un caleçon et *Les Pensées* de M. Blaise Pascal.

Ce n'était pas un bon jour pour le stop. L'air était trop nerveux. Tout le monde était trop pressé. Généralement, les gens sont comme ça. Ils pensent à un truc et ils ne s'occupent pas du reste. Ils ne veulent pas savoir. Ils suivent leur cours. Rien ne les arrête. Surtout quand le temps est couvert, car ça les abrutit encore plus. Ils n'avaient donc rien à faire de la petite tragédie qui s'agitait sur le bord de la route. Ils me faisaient comprendre que je n'avais d'importance pour personne. J'aurais pleuré si j'avais pu.

La pluie s'est mise à tomber. C'était une bouillie

155

pourrissante qui s'insinuait partout et dont l'odeur me donnait mal au cœur. Le ciel me vomissait dessus. J'en avais plein les cheveux, les jambes et les chaussures. Ça s'enfonçait dans mes chairs. J'avais froid et je tremblais.

Je suis allé me mettre à l'abri sous un pont et c'est là que j'ai fait sa connaissance. Il était très grand et très maigre. Il avait deux petits yeux bleus, comme de la porcelaine, qui étaient enfoncés profond dans leur trou. Il avait aussi la bouche ouverte, ce qui accentuait son air enfantin. Ses lèvres étaient rouges et boursouflées, comme si quelqu'un avait jeté une tomate dedans et qu'elle y était restée. Il m'a tout de suite souri, et d'une telle façon que je me suis demandé s'il ne me prenait pas pour un autre.

«Tu veux une clope?» m'a-t-il demandé.

J'ai dit oui et il m'a tendu une cigarette qu'il a allumée. Après ça, on a fait les présentations. Il m'a dit qu'il s'appelait Pierre mais qu'il aimait bien qu'on l'appelle autrement. Serge, par exemple. Ou bien Patrick. Ou encore Christian. J'avais le choix mais je n'arrivais pas à me décider.

Pour ne pas prolonger mon hésitation, il a tranché, en posant sa main sur mon épaule: «Appelle-moi Max et ça ira.»

Il avait l'air très fatigué, Max. Il hochait souvent la tête, comme s'il pensait des choses importantes et qu'il était d'accord avec. Mais quand il parlait, ça l'obligeait à se concentrer tellement qu'après l'effort il tombait de sommeil. C'est pour ça qu'il semblait dormir entre chaque phrase.

«Tu vas où? a-t-il dit.

— Dans le Midi.

— T'as un point de chute?

— Je ne sais pas encore.»

Je préférais ne pas être trop précis. On ne sait jamais sur qui on tombe.

«Moi aussi, dit-il, je vais dans le Midi. On pourrait faire la route ensemble.

— On pourrait.

— On pourrait», a-t-il répété.

Il m'a raconté sa vie. Il avait beau se donner du mal et faire tout un cinéma, elle ne m'intéressait pas. Ce n'était que des histoires d'hôpitaux, d'enterrements et de chèques en bois. Rien n'est plus banal que le malheur. Pour ne pas être ennuyeuse, il faut toujours que la misère soit grande. La sienne ne l'était pas.

J'étais quand même content de l'avoir trouvé, Max. Rien qu'en me parlant, il m'avait redonné vie. Je n'avais plus le sentiment effroyable de n'exister pour personne.

La pluie s'arrêta soudain. Elle avait laissé de la tristesse et des sécrétions partout, même dans le ciel. Elle avait tout noyé, en fait. Il régnait désormais une espèce de calme froid et gluant. Alors, avec Max, on est allés lever le pouce à l'embranchement de la bretelle. Il s'appliquait bien, en faisant le geste. Ça lui creusait même une ride sur le front. Ce faisant, il m'expliqua ses théories sur le stop. N'étant pas spécialiste, je ne pus que les approuver.

«Y a les professionnels et les autres, disait-il. C'est un métier, le stop. Faut beaucoup travailler.

— On n'a rien sans rien, murmurai-je, l'air inspiré.

— Moi, j'essaie toujours de regarder l'automobiliste dans les yeux. Quand on attrape son regard, il peut pas résister. Il s'arrête.»

Au bout de vingt minutes, un gros camion s'est arrêté. Il transportait des quartiers de viande de bœuf. Le chauffeur était un grand type avec des moustaches à la con, comme des guidons de vélo de course, qui lui cachaient tout le bas du visage. Il avait du sang sur les mains.

«Je ne vais pas très loin, les gars, a-t-il dit. Mais je compte sur vous pour me causer : ça me réveillera. Je viens de faire mille kilomètres et je dors debout, figurez-vous.»

On n'a pas eu à lui faire la conversation. C'est lui qui n'a pas arrêté de parler. Max et moi, on n'a même pas pu en placer une. Il racontait avec des grimaces de dégoût tout ce qu'il avait mangé depuis une semaine, les tomates farcies à la mie de pain, les œufs durs qui étaient liquides à l'intérieur, les frites qui étaient trop sèches ou bien trop molles ou bien trop grasses, le fondant au chocolat qui était comme du pain dur. Sans parler du poisson spongieux ou de l'onglet si ferme qu'il restait entre les dents dont il n'arrivait plus à le déloger.

«Je suis un Français de souche, ronchonna-t-il. J'aime ce qui est bon, moi. J'accepte pas d'être obligé de manger n'importe quoi parce que plus personne n'a le sens de rien.»

Dès que les gens ont fini de manger, c'est pour se mettre à parler des repas passés ou à venir. Leur vie se résume aux digestions, souvent. Ils n'ont qu'un ventre dans la tête, finalement. Avec l'âge, il prend même de plus en plus de place. On comprend par là qu'ils aient tant de mal à réfléchir.

Que cherche l'homme dans la nourriture ? À s'oublier, sans doute. À se réchauffer aussi. Parfois, il a tendance à croire que le bonheur est dans son assiette, sous la forme d'un hareng pommes à l'huile par exemple. Mais il ne l'y trouve pas, bien sûr. Le bonheur n'est jamais là où on le cherche. Il est comme l'infini. Il court toujours. C'est parce qu'il n'arrivait pas à le rattraper que le chauffeur était en colère contre la terre entière.

Il n'aimait rien, ce type. Il vomissait tous les restaurants qu'il connaissait, surtout à l'étranger. Il en avait même après les quartiers de viande qu'il transportait et qui, à l'en croire, n'étaient plus frais depuis longtemps.

Max lui a demandé tout à coup d'arrêter le camion. J'ai cru que c'était parce qu'il n'en pouvait plus, de ses éructations. Mais ce n'était pas ça. C'était un lapin de garenne, écrasé sur le bas-côté. On l'a pris et puis on est partis dans les champs.

« Il est encore tiède », a dit Max. Il portait le lapin comme un bébé et n'arrêtait pas de le caresser. « C'est doux, répétait-il avec de l'amour dans les yeux, c'est tellement doux. » On a marché longtemps, à travers champs, et on a fini par arriver dans un bois où on s'est installés.

Tandis que je préparais le feu, Max s'est occupé du lapin. Il l'a dépouillé, vidé et découpé. Quand tout a été prêt, il a sorti de son sac à dos une casserole, de la margarine, du sel et du poivre. Il était très organisé, Max.

Pendant que le lapin cuisait, j'ai proposé à Max de partager mon lait demi-écrémé avec lui. Il a fait non de la tête puis il a dit : « Mon médecin me l'interdit. Moi, y a que le rouge qui me réussit. » Après quoi, il a sifflé d'un coup le quart d'une bouteille de vin. J'ai compris que c'était son point faible.

Le lapin n'a pas fait long feu. J'avais très faim. Max aussi. On n'a laissé que la tête. Après l'avoir mangé, on s'est allongés sur l'herbe. On a regardé le ciel sans rien dire. On avait la flemme. On était tranquilles. On était bien.

Au bout d'un bon moment, Max s'est redressé un peu en s'appuyant sur ses coudes et il m'a demandé sur un ton qui se voulait détaché : «Tu as des ennuis ou quoi ?

— C'est exactement ça, dis-je. Je suis en cavale.

— Faut pas te faire remarquer, alors.»

Il a répété deux fois la phrase, en fronçant les sourcils, comme s'il voulait se la rentrer bien dans la tête.

«T'as du fric ? a-t-il demandé.

— Non.

— Moi non plus. J'en ai eu, y a longtemps. Beaucoup. Et puis on m'a tout volé.

— Qui ?

— Mon frère.»

Je n'ai pas eu envie de lui demander des détails. Il avait trop de peine dans les yeux. J'ai donc cherché à changer de conversation : «Qu'est-ce que tu vas faire dans le Midi ?

— Je sais pas, répondit-il. Il paraît que c'est mieux.

— Tu n'y es jamais allé ?

— Non.

— Moi non plus.

— J'ai une théorie, dit-il. Faut jamais rester tout le temps au même endroit. C'est comme ça qu'on devient vieux très jeune.»

Comme je n'avais pas eu mon compte de sommeil la nuit précédente, j'avais trop envie de dormir. J'ai donc piqué un roupillon. Quand je me suis réveillé, Max était au-dessus de moi. Il avait commencé un sourire qu'il n'arrivait pas à finir et il avait deux merles dans les mains.

«Je les ai tués au lance-pierre, dit-il. C'est pour le dîner. Un pour chaque.»

Il m'a proposé une pomme. Je la refusai. Sur quoi, il s'est mis à en manger une en faisant une drôle de grimace après chaque bouchée.

«J'en ai cueilli à côté, fit-il. Elles sont encore trop vertes. C'est un coup à attraper la chiasse. Je vais les emporter et on les mangera dans quelques jours. Quand elles seront mûres.»

Le jour commençait à battre de l'aile et le soir n'arrivait pas. Il se traînait par terre, comme le vent. Les oiseaux faisaient des zigzags dans le ciel en poussant des cris de colère. Mais il n'y avait pas d'orage dans l'air. Ni de chats ni d'éperviers ni rien. Ils réclamaient quelque chose, pourtant. Peut-être la nuit. C'est toujours quand tout va bien que l'on revendique. Sinon, on n'a pas le temps ou bien on a trop peur. Les animaux sont comme nous.

On a mangé nos merles et puis on est retournés à l'autoroute. On s'est installés sous des arbustes, dans une aire de repos. Je n'avais pas pensé à emporter une couverture. Max m'en a prêté une. «Elle s'appelle reviens», a-t-il dit en rigolant.

C'était le noir et le silence, maintenant. Sauf qu'ils étaient tout le temps troublés par les phares, les moteurs et tout. Max s'est mis en boule sous sa couverture et, après m'avoir souhaité bonne nuit, il m'a dit d'une petite voix de fillette: «Je voudrais que tu m'appelles Caroline.» Après quoi, il s'est mis le pouce dans la bouche et il l'a sucé comme un fou. Je crois bien qu'il était complètement barjo, comme type.

25

Je ne sais pas ce qui m'a réveillé. Mais tout est arrivé en même temps : la pluie, le froid, les éclairs et puis la grosse main de Max sur mon épaule. Je me suis mis à éternuer à plusieurs reprises et j'avais le sentiment de partir de moi-même sans arriver à me rattraper. Tout était bloqué en moi. C'était comme si je mourais. Sauf que j'étais toujours bien vivant.

« Faut se mettre à l'abri, dit Max de sa voix de petite fille. Sinon, tu vas prendre un rhume, tu comprends.

— J'ai déjà le rhume, Max.

— Non : Caroline », corrigea-t-il.

Je préférai ne pas le contredire. On a tout remballé dans nos sacs à dos et on a filé en direction des toilettes. C'est là que j'ai vu la caravane. J'ai tout de suite pensé qu'elle appartenait à des étrangers. Pas seulement parce qu'elle était derrière une grosse voiture allemande mais aussi parce qu'elle était très grande, très neuve et très blanche. Les Français n'en ont jamais des comme ça.

J'ai fait un signe à Max. Il a hoché la tête. Quand j'ai tourné la poignée, je n'étais pas rassuré. Mais la porte n'était pas fermée à clef et il n'y avait personne à l'intérieur de la caravane.

« J'en étais sûr, murmurai-je, à cause des journaux étrangers qui étaient étalés sur la table. C'est pas des Français.

— C'est des quoi ? Des Américains ?

— Tous les étrangers ne sont pas américains, fis-je, avec l'autorité de l'expérience. C'est des Danois. »

Je n'en savais rien. Mais j'avais entendu dire que les Danois étaient des gens très civilisés, et cette caravane sentait le neuf, la rigueur, la vertu.

Il y avait trois lits. On s'est installés, Max et moi, et puis on a essayé de dormir. Il a tout de suite succombé au sommeil, ce qui, il est vrai, ne le changeait guère de son état normal. Moi, je n'y arrivais pas. C'était à cause de tous les soucis qui gigotaient dans ma tête. Ma fugue commençait mal. Je regrettais de m'être lancé dans cette aventure et, pour me remonter le moral, je cherchais, dans mes doigts, des odeurs qui me rappelleraient Nathalie. Mais je ne les retrouvais pas et ça ne faisait qu'augmenter mon désespoir. Si je m'étais rencontré à ce moment-là, je crois bien que je me serais jeté à la poubelle, tellement je me dégoûtais moi-même.

Soudain, la porte s'est ouverte et la lumière s'est allumée. Je restai figé dans mon lit, les poils hérissés, tandis que mon cœur s'agitait comme un fou dans ma poitrine. Mais personne n'est entré.

« C'est super-chouette, fit une voix qui avait beaucoup fumé.

— T'as vu, Raymond ? Y a même un four à micro-ondes.

— On pourra sûrement en tirer un bon prix, de ce truc.

— Y en a quand même qui s'emmerdent pas. »

Ils étaient deux. Ils sont restés un moment encore sans rien dire puis la lumière s'est éteinte et la porte s'est refermée. Je me suis levé pour parler avec Max qui était installé au-dessus de mon lit. Il dormait toujours. Mais il aurait été éveillé, ça n'aurait pas fait de différence. Il était comme tous ces gens qui passent leur vie à ne pas savoir ce qui se passe. Ni en eux ni ailleurs. Il n'habitait pas ici-bas. Il habitait *à côté*. Tels sont les effets du malheur. Souvent, c'en est aussi la cause.

Mais, comme chaque fois que j'ai peur, j'avais besoin qu'on me parle. J'ai donc réveillé Max en lui bouchant le nez. C'est à ce moment que la voiture a démarré et qu'on est partis. Il a fait une moue affreuse. Je ne savais si c'était à cause de la situation ou parce que je lui avais fait mal. À moins que ç'ait été parce qu'il préférait le sommeil à l'humanité et que l'idée de la retrouver le rendait déjà malade.

«Qu'est-ce qu'on fait? demandai-je.

— Qu'est-ce qu'on fait? a-t-il répété. Rien. On fait rien et puis c'est tout.

— Mais c'est sûrement des voleurs, Max.

— Je m'appelle Jacky», rectifia-t-il avec un froncement de sourcils qui était destiné à me signifier son agacement.

Il avait la voix pâteuse, comme s'il parlait la bouche pleine de purée, mais il se tenait bien plus droit qu'avant et son regard était très froid sans être glaçant. Il m'inspirait confiance, tout d'un coup.

«Les voleurs, dit-il, j'ai l'habitude. J'en fais mon affaire.

— C'est peut-être des assassins.

— Ça me fait pas peur. T'as la frousse, toi?

— Un peu. Mais je sais me contrôler, t'inquiète pas. »

Il me gratifia d'un grand sourire qui voulait dire qu'il s'occupait de tout.

« Si c'est des assassins, dit-il, je leur donnerai pas leur chance. Je les prendrai en traître. Par-derrière. Et couic. »

Il fit comme le couteau qui tranche la gorge et une grimace traversa son visage. Après quoi, il eut l'air heureux et apaisé.

« Tu vois, petit, dit-il. C'est facile. Il suffit de pas se laisser impressionner.

— T'as déjà tué des gens ? » demandai-je.

Il hocha la tête, comme un professionnel. Sur le coup, je le crus.

« Beaucoup, murmura-t-il quelques secondes plus tard. Souvent. »

Je cessai, alors, de le croire. Il dut le sentir parce qu'il commença à se manger nerveusement la lèvre inférieure.

« Combien ? dis-je.

— Je peux pas dire. Des dizaines. Peut-être plus… »

Il haussa tristement les épaules, comme les enfants quand ils commencent à mentir, et il ferma les yeux après avoir posé sur moi un regard qui en disait long.

La voiture ralentit. Je regardai à la fenêtre. La nuit était de plus en plus éclairée. Elle devenait orange, avec des reflets citron. On approchait du péage de l'autoroute.

« Il faudrait descendre quand la voiture s'arrêtera, dis-je.

— Moi, je peux descendre. Toi, pas.

— Pourquoi ?

— Parce que c'est plein de flics, un péage. Ils risquent de te demander tes papiers.

— C'est vrai, murmurai-je en baissant la tête. Je n'y avais pas pensé.

— Faut réfléchir, dans la vie.»

Quand la voiture est sortie de l'autoroute, j'ai repris espoir. Un feu rouge est vite arrivé. Il suffirait d'en profiter pour s'éclipser. Mais il n'y a pas eu de feu rouge ni de stop ni rien. Au bout de dix minutes, on a fini par se retrouver dans une cour pleine de vieilles bagnoles pourries. Un spectacle macabre que la lune éclairait de part en part d'une lumière pâle. C'était comme si un immense carambolage venait de se produire, par une nuit de brouillard. Avec une bombe qui serait tombée dessus. Ou bien une météorite. J'avais de la peine pour toutes ces automobiles. Elles avaient beaucoup enduré et elles continuaient à souffrir le martyre en silence. Elles n'avaient jamais eu de vie et elles étaient en train de perdre ce qui leur restait, c'est-à-dire pas grand-chose. Tel est le destin des objets inanimés. Les autres ont au moins la possibilité de se venger. C'est ce qui fait notre supériorité, à nous autres les animés.

On s'est retrouvés dans quelque chose de tout noir. Sans doute un hangar. Deux claquements de portière nous signifièrent que les deux hommes étaient sortis de la voiture.

«Je la garderais bien pour moi, tellement qu'elle est belle, dit la voix de Raymond.

— C'est avec des conneries comme ça qu'on se fait prendre, grogna l'autre.

— Je sais bien, Gégé. Je disais ça pour rigoler.»

Je crois bien qu'ils ont commencé, alors, à faire le tour du propriétaire. Mais je n'ai pas cherché à les voir. D'abord, ça n'aurait servi à rien : il faisait trop noir. Ensuite, c'eût été très risqué et j'avais les chocottes. Je m'étais pelotonné à un bout de la caravane tandis que Max me contemplait, avec une barre sur le front, en faisant le geste du couteau sur la gorge.

C'est alors que j'ai entendu un premier grognement de chien, puis un deuxième et encore un autre. Apparemment, ils étaient plusieurs.

«Tu sais ce que c'est?» chuchota Max.

Je barrai ma bouche avec mon index pour lui signifier qu'il devait se taire.

«C'est des bergers allemands», reprit-il.

Je lui refis le même geste pour qu'il se tienne coi mais c'était trop tard. Les chiens se mirent à aboyer furieusement devant la porte que j'eus la présence d'esprit de verrouiller. Une main tenta de l'ouvrir à plusieurs reprises, sans succès.

«Y a quelqu'un?» demanda la voix de Raymond.

Je lançai un regard interrogatif à Max qui, en guise de réponse, haussa les épaules avec un sourire de vaincu. Il avait raison. Ça ne servait à rien de nier qu'on était là. Les deux autres finiraient bien par s'en rendre compte d'un moment à l'autre. Je rassemblai donc ce qui me restait de courage et dis d'une voix tremblante : «On est des auto-stoppeurs.

— Combien vous êtes? fit la voix de Raymond.

— On est rien que nous deux, répondis-je.

— Pourquoi vous êtes montés dans notre caravane?

— Parce qu'elle était ouverte et qu'on avait froid.»

Devant la porte, les chiens aboyaient comme des fous. La rage n'est pas seulement une maladie.

C'est aussi un état. Quand on ne pense plus qu'à mordre et que tout se recroqueville en vous pour se concentrer sur une seule idée : déchirer pour détruire. Il y a des tas de gens qui ont la même obsession. Mais, généralement, ils savent se tenir. Ils ravalent leur bave, eux. Toute la différence est là. On appelle ça la civilisation.

C'est pourquoi j'ai, comme tout le monde, bien plus peur des chiens méchants que des gens méchants. Ceux-là me faisaient mourir de peur, avec leurs grosses pattes qui grattaient la porte. Raymond avait dû le comprendre parce qu'il a dit : « Si vous ouvrez pas la porte tout de suite, on vous donnera aux chiens.

— C'est des méchants, fit Gégé. Vous vous démer-derez avec.

— Attachez-les, alors, marmonnai-je.

— Il suffit qu'on leur dise de se calmer, répondit Gégé. Ils sont très obéissants.

— Mais notre patience a des limites, ajouta Raymond. Faudrait pas que vous nous obligiez à em-ployer les grands moyens.

— On a compris », dis-je.

J'entrebâillai la porte.

« Couchés, les chiens », hurla Raymond.

J'ouvris alors la porte. Mais je ne vis rien que du noir, tandis que la lumière d'une torche nous ins-pectait.

« Allumez la lumière de la caravane, ordonna Raymond. Qu'on vous voie mieux... »

Max obtempéra. J'aperçus alors deux hommes, un petit gros et un petit moyen gros, derrière trois chiens couchés.

« T'as quel âge ? me demanda Raymond.

— Dix-huit ans. Dans quelques mois.

— Seize ans, quoi. Et l'autre, quel âge il a?

— Ça dépend, répondit Max.

— Vingt-deux ans, dis-je pour couper court à un débat que je redoutais d'avance.

— Il connaît pas son âge, ce crétin? insista Raymond.

— J'en ai plusieurs, murmura Max.

— C'est ça, t'en as plusieurs, ironisa Gégé. Moi aussi, tu sais... Et ousque tu vas comme ça?

— Dans le Midi. Comme Aristide.

— Tout le monde a le droit d'aller dans le Midi, fit Raymond, mais on est pas obligé d'emprunter les caravanes qui vous appartiennent pas. Vous venez de faire quelque chose de pas légal du tout.

— C'est vrai, dis-je. On n'aurait jamais dû faire ça. »

Pour ce que je pouvais en voir, les deux hommes n'avaient rien de rassurant. D'abord, à cause de leurs yeux, petits et incandescents, qui leur donnaient des regards hallucinés, et puis aussi à cause de l'air hébété qui allait avec. Encore qu'on pouvait se demander si cette expression n'était pas due chez Raymond, le plus gros des deux, à des difficultés de respiration. Il soufflait comme une bouilloire.

«Venez, dit-il. On va causer.»

On se retrouva peu après, avec les trois chiens, dans un bâtiment très moderne où flottait une odeur d'huile de vidange, comme dans les garages. C'était leur bureau et leur maison en même temps. L'endroit ne correspondait à rien de ce que j'avais déjà vu, à cause de l'abondance et de la variété des meubles qui s'y trouvaient. La machine à laver trônait ainsi dans ce qui devait être la salle à manger, à côté d'un secrétaire Empire. Un ordinateur domestique débranché gisait sur un bahut rustique.

On aurait dit que se tenaient, chez Raymond et Gégé, plusieurs commerces en un seul : antiquités, chiffonnier, électro-ménager et meubles de bureau. J'attribuais spontanément, et peut-être à tort, la logique abracadabrante du mobilier à l'absence d'une intelligence féminine dans les lieux. Elle aurait *pensé* tout ça. On n'en fait jamais l'économie. L'homme a ses limites. C'est une chose qu'on apprend vite, dans la vie.

Raymond et Gégé nous firent asseoir dans la cuisine. J'étais submergé par la migraine mais je m'efforçais de ne pas le montrer. Je cherchais à ressembler le plus possible au type qui est dans son droit. Max n'avait pas à se donner de mal, lui. Il arborait la décontraction souriante des grands crétins. Je crois bien qu'il était redevenu lui-même.

« Vous avez de la veine d'être tombés sur nous, dit Raymond.

— On aime bien les voyous, murmura Gégé d'un ton brusquement cordial.

— Les voyous réglos », précisa Raymond.

Il sortit un paquet de cigarettes et se servit sans nous en proposer.

« On est réglos, dis-je.

— Vachement », ajouta Max.

Raymond commença à fumer, l'air radieux et concentré en même temps.

« De toute façon, vous avez pas le choix », fit Gégé.

Ils échangèrent un petit sourire puis Raymond dit, en approchant du mien son énorme visage congestionné : « On est complètement débordés tous les deux. Si ça vous intéresse, on peut vous embaucher.

170

— Pour quoi faire? demanda Max, avec inquiétude.

— Pour nous aider, avec tout notre barda, répondit Raymond.

— J'sais pas travailler, dit Max. J'ai jamais travaillé. J'ai toujours fait chômeur.

— On te demande pas de travailler mais de ranger tout notre bordel, fit Gégé.

— J'sais pas ranger. J'sais rien faire. J'sais même pas voler.

— Parce qu'on est des voleurs, peut-être?» demanda Raymond, intrigué.

Je compris que Max allait lâcher une stupidité. Je voulais répondre à sa place mais je n'arrivais pas à trouver quoi.

«Vous êtes des pirates de l'autoroute, dit-il, content de sa découverte.

— On est des ferrailleurs, grogna Raymond.

— Mais vous êtes aussi des pirates, insista Max.

— Comment tu le sais? demanda Gégé.

— C'est un métier comme un autre.

— Comment tu le sais? répéta Gégé.

— Il suffit de réfléchir un peu.»

Max sourit puis ajouta, en me montrant fièrement son crâne. «Ça a peut-être pas l'air comme ça, mais y en a là-dedans. Y en a même beaucoup.»

C'est là que tout s'est arrangé entre nous. Souvent, pour ne pas avoir de problèmes avec les gens, il suffit de partager un secret. Plus il est lourd à porter, plus ça resserre les liens. Il y a même des amitiés qui commencent comme ça.

26

J'entamais ma journée en pensant à Nathalie. Parfois, je me concentrais tellement que j'avais le sentiment d'entrer dans sa tête. Je n'y trouvais pas grand-chose — ce n'était pas une intellectuelle — mais je m'y sentais bien. Ça me donnait même des frissons de plaisir. Avec elle, la vie était belle et le bonheur, assuré. C'est ce qui fait la force de l'amour.

Mais l'amour fatigue. Quand j'en avais assez de rêvasser, il était généralement sept heures du matin. Je me levais et préparais le petit déjeuner pour tout le monde. Je le prenais tout seul, les autres émergeant beaucoup plus tard de leur lit, avec des têtes d'apocalypse. Après quoi, je me lavais, m'habillais et sortais donner à manger aux chiens, aux lapins puis aux poules. Quand j'avais fini, je commençais le ménage. Je procédais pièce par pièce et meuble par meuble, méthodiquement. N'ayant pas le sens de l'harmonie, je me gardais bien de changer fondamentalement la disposition des choses dans la maison. Je me contentais de nettoyer, de balayer ou d'épousseter. C'est là que j'ai le mieux appris la modestie et l'éternité. Refaisant sans arrêt ce que j'avais fait, j'étais, de la sorte, en contact avec l'infini, qui n'est jamais qu'un perpétuel recommencement.

Le soir, avant de me coucher, j'écrivais mes pensées, comme M. Blaise Pascal. Nathalie étant au centre de mes réflexions, c'est à elle que je les adressais. Quelques exemples :

Depuis que je suis tout petit, je me sens continuellement tiré vers le bas. Ce sont les effets de la pesanteur. Le monde est un gigantesque cloaque qui nous entraîne dans sa chute. Même quand les gens croient qu'ils s'élèvent, ils n'arrêtent pas de descendre. Ceux qui s'accrochent aux branches finissent toujours par tomber, eux aussi.

Il n'y a qu'une chose qui puisse nous permettre d'arrêter, du moins dans nos têtes, le mouvement qui nous aspire. C'est l'amour, parce qu'il nous permet de sortir de nous-mêmes. On ne le trouve qu'avec Dieu ou avec les femmes. Depuis plusieurs semaines, le premier est tout le temps avec moi. Mais ça ne suffit pas. Tu me manques, Nathalie. J'ai besoin de toi pour remonter la pente.

J'échangerais toute ma vie contre un petit tour avec toi.

Depuis que je te connais, il fait soleil en moi. C'est pourquoi je brille.

La première fois que nous avons fait l'amour, dans la cave, tu répétais tout le temps : «C'est beau.» Chaque fois que j'entends cette phrase, maintenant, j'ai le sentiment étrange que c'est toi qui me parles.

Apparemment, c'est l'amour qui serait éphémère et la souffrance, éternelle. Il doit sûrement y avoir une erreur quelque part.

Tu me disais tout le temps : « Serre-moi fort. » La nuit, je te serre toujours très fort. Mais c'est un oreiller.

Parfois, je ressens tellement d'amour pour toi que je me dis : « C'est Dieu qui passe. »

J'avais décidé que je ne devais plus manger de chocolat si je voulais garder une chance de te revoir. Aujourd'hui, je n'ai pas pu m'empêcher, j'en ai croqué une tablette entière. Alors, j'ai pris la résolution de me priver désormais de pâtisseries.

Le désir grandit quand il recule. C'est pourquoi j'ai de plus en plus envie de toi, Nathalie.

L'amour n'est rien. C'est aimer qui est tout.

Tu te souviens du petit morceau de biscuit que j'étais allé chercher dans ta bouche pour l'avaler moi-même, un jour que nous nous embrassions ? J'y pense chaque fois que je mange un biscuit.

Je sais que c'est idiot mais j'embrasse souvent le peigne que tu m'as offert. J'ai l'impression qu'il sent toujours ton odeur.

Dieu et toi, vous m'avez envahi et je me suis rendu. Il n'y a plus de place en moi pour rien ni pour personne, maintenant. C'est pourquoi je ne peux pas être souillé.

Il y a quelque chose qui me gêne. Tu me disais : « Je n'aime que toi. » Mais, moi, je ne m'aime pas. Comment pourra-t-on se retrouver ?

L'amour n'arrête pas de monter en moi. Mais comme tu n'es pas là pour le recueillir, je crois bien que je vais finir par déborder.

Dans la journée, j'aime m'allonger sur le lit. J'y ressens souvent la sensation que tu es là, tout près, au-dessus de moi. Alors, j'ouvre les bras et j'embrasse l'air.

Songe à ce que serait l'amour si le sexe ne s'était pas mis entre l'infini et lui. On serait encore plus proches.

Rien n'est beau comme quelqu'un qui pense à l'être qu'il aime. Je dois être très beau tout le temps.

Mon amour pour toi étant infini, je me sens désormais immortel.

27

Raymond et Gégé n'avaient pas d'heures. Ils travaillaient toute la journée et aussi la nuit. Ils emmenaient souvent Max avec eux. Ils ne disaient jamais ce qu'ils faisaient mais, le matin, je remarquais parfois, dans l'entrée, des sacs ou des valises qui disparaissaient le jour même. Je préférais ne pas savoir.

«Vous ne devriez pas bosser comme ça, dis-je, un jour, à Raymond. Ce n'est pas humain.

— J'aime tellement ce travail, répondit-il, que je paierais pour le faire. Ça change tout le temps.

— Dans la vie, faut des passions, murmura Gégé.

— Après, quand j'aurai fait ma pelote, fit Raymond, peut-être que je ferai de la politique pour de bon. Je voudrais être maire. J'ai des tas d'idées pour la ville.

— Il est déjà conseiller municipal, précisa fièrement Gégé.

— Sans étiquette, reprit Raymond. Je suis un type très ouvert.»

Ce n'était pas vrai. Raymond était, au contraire, un type tellement fermé qu'il ne s'exprimait généralement que sous forme de lieux communs. Les gens comme ça, quand ils n'ont pas de l'eau dans la tête, c'est qu'ils ont un secret et qu'ils veulent le cacher. Je n'arrêtais pas de chercher le sien et je crus l'apercevoir, parfois, dans son regard. Mais je n'aurais su dire très précisément de quoi il s'agissait. Sauf que c'était triste.

Raymond partit chercher un dossier dans ce qu'il appelait son bureau, mais qui faisait aussi office de buanderie et de cave à vins.

«Je suis en train d'écrire une brochure pour expliquer ce que je veux faire, dit-il en revenant avec quelques feuillets agrafés qu'il commença à compulser sous mes yeux.

— C'est son programme, expliqua Gégé. Il s'appelle : "Le temps de la résurrection".

— Comment trouves-tu le titre? me demanda Raymond.

— Bien. Ça veut dire ce que ça veut dire.»

Raymond commença à lire quelques lignes d'une voix forte, comme s'il prononçait un discours.

«Chères concitoyennes et chers concitoyens, déclara-t-il, nous avons besoin d'un nouvel élan. En ces temps d'insécurité organisée, nous avons du pain sur la planche mais qui veut la fin, veut les moyens et il n'est jamais trop tard pour bien faire. Il y a des bornes qu'il ne faut pas franchir et je crains, hélas, qu'elles n'aient été franchies. Vous me connaissez depuis longtemps. C'est en ami que je vous parle...»

Il leva les yeux sur moi.

«C'est le ton, laissa-t-il tomber.

— Ça va faire mal, dis-je.

— Ils vont pas être déçus.

— Faut réagir, approuva Gégé en hochant la

177

tête. Sinon, on sera plus rien. Y aura même plus personne dans le patelin.

— Y aura plus que des chardons, grogna Raymond.

— Y en a déjà beaucoup.

— Mais on commence à trouver ça normal, fit Raymond. C'est ça qui me dégoûte le plus, l'habitude. T'imagines l'image que les gens auront de la région quand ils descendront l'autoroute pour aller dans le Midi ? »

Sa voix se brisa de colère et il émit un bruit de bouche d'aération. Chaque fois qu'il commençait à parler de sa région qui se dépeuplait, Raymond n'arrivait pas à se contrôler. Il était pris de palpitations, devenait tout rouge et soufflait comme un malade. On aurait dit une tempête qui me tombait dessus. Je recevais même des postillons. Je n'étais pour rien dans l'exode rural, pourtant, et je ne voyais pas bien ce que je pouvais faire pour y remédier.

Mais il lisait peut-être dans mes pensées. Pour tout dire, je ne suis pas sûr que la nature ait à se plaindre de la désertification. Les gens ont tellement pressé la terre comme un citron qu'ils en ont vidé le jus. Elle a fini par se désagréger, à force. Tels sont les effets du progrès. Il faut la laisser se refaire, maintenant. On aura toujours bien le temps d'y retourner, dans quelques générations.

Je préférais ne pas ouvrir le débat avec Raymond. Il ne supportait pas la contradiction, ni même la discussion. Il avait toujours besoin que tout le monde pense comme lui. Quand ça n'était pas le cas, il cassait tout ou bien il avait des congestions. C'étaient des nerfs qui lui coulaient dans les veines.

Un jour qu'un des chiens avait mordu un rôdeur,

un pauvre type avec un air bête et une patte folle, je lui avais dit qu'il faudrait les enfermer tous les trois dans un chenil. Il me regarda méchamment, serra les dents, prit un vase et le jeta par terre. On ne saurait s'exprimer avec plus de sobriété, ni se laisser aller avec moins de retenue.

Un autre jour qu'il racontait à un client son histoire préférée — elle est très courte, c'est deux prostituées qui se disent putes —, je commis, par distraction, la grossièreté de ne pas sourire. Je l'avais trop entendu, ce jeu de mots. Alors, Raymond fixa sur moi deux yeux comme des couteaux et ils étaient si tranchants que je pris peur. Je me mis donc à pouffer avec quelques secondes de retard, en tremblant.

L'excès de pouvoir rend fou. Raymond en avait trop. C'était lui qui décidait tout, dans la maison. Même de la façon dont il fallait que je tue les lapins. Je devais les assommer d'un coup de revers sous les oreilles et, ensuite, les saigner en leur arrachant un œil. Il m'avait également imposé sa méthode pour tuer les poulets. C'était tout un cérémonial, que j'effectuais sous sa surveillance. J'attachais d'abord l'animal par les pattes à la branche d'un arbre, puis je lui tranchais la glotte avec un couteau. Ça mettait toujours du sang partout.

Je lui avais souvent dit que je trouvais ces deux méthodes barbares et que je ne comprenais pas pourquoi il fallait infliger tant de souffrances à ces pauvres bêtes alors que, pour les lapins, un coup de marteau suffit et que, pour les poulets, la décapitation fait toujours bien l'affaire. « Le sang doit couler lentement, expliquait-il. Après ça, la chair est bien meilleure. On n'arrive jamais à rien de bien sans

179

faire mal.» C'est sans doute pour ça qu'il tourmentait tellement les gens autour de lui.

«C'est un tyran, me dit Gégé, un soir où on faisait la vaisselle. Quand il sera maire, les gens vont déguster, tu verras.»

Je lavais les assiettes et Gégé faisait semblant d'essuyer. Mais il était trop occupé à parler pour pouvoir s'appliquer et il prenait de plus en plus de retard sur moi.

«Il m'a ordonné de couper ma moustache, grogna-t-il. Pourtant, elle était belle, bordel de merde. Un jour, je me la laisserai repousser.

— Je suis sûr que ça t'allait bien, dis-je.

— Et puis il m'a fait changer de coiffure. J'avais les cheveux bien plus longs avant. On ne voyait pas mes oreilles. Mais il disait que ça faisait peur à la clientèle.

— Je n'y crois pas, murmurai-je.

— De toute façon, je fais toujours ce qu'il me dit. Je peux pas faire autrement. C'est un type qui a toujours raison. Il a même raison quand il a tort.

— Ça, c'est vrai», dit la voix de Raymond qui arrivait derrière.

Un silence passa. Raymond posa sa main sur ma tête puis laissa tomber : «Toi, il faudrait que tu te fasses tailler la boule à zéro, mon garçon. T'as les cheveux bien trop frisés pour les laisser pousser comme ça.

— Qu'est-ce qu'ils ont, mes cheveux? Ils sont beaux, mes cheveux.

— Dans cette société de merde y aura toujours des gens pour te dire qu'ils sont beaux. C'est normal. Ils croient plus en rien, les gens. Même pas aux cheveux.

— Moi, je les aime bien comme ça», dis-je sur un

ton dégagé, en passant ma main dans mes cheveux.

Il retira sa main, pour ne pas rencontrer la mienne, et soupira: «Mais c'est pas des cheveux que t'as, mon pauvre. C'est des poils de cul.»

C'est ce jour-là que j'ai décidé de partir. Mais je ne suis pas parti. Je suis un type qui ne s'en va que quand il est forcé.

28

La nuit, quand ils ne partaient pas voler, Raymond et Gégé passaient des heures dans une petite pièce qui, le jour, était fermée à clef. Max et moi n'avions pas le droit d'y entrer. Comme elle n'avait pas de fenêtre, je ne pouvais voir ce qu'ils y faisaient mais, vu le temps qu'ils y restaient, il s'agissait sûrement de choses importantes.

De temps en temps, ils recevaient des visites. C'étaient des gens qui avaient toujours un air très grave, comme les paroissiens quand ils repartent de l'autel avec l'hostie dans la bouche. Raymond et Gégé se refusant à me donner le moindre détail sur leurs activités nocturnes, j'avais décidé qu'ils tenaient, dans la pièce aveugle, des réunions de travail pour préparer la prochaine campagne électorale.

Le malentendu aurait sans doute continué longtemps encore si, un jour, pendant le petit déjeuner, Max n'avait pas décidé de se faire appeler Jean-Jacques. «C'est beaucoup mieux comme prénom, observa-t-il.

— Si on veut, soupira Raymond qui n'arrivait pas à se faire à la manie qu'avait Max de changer tout le temps de personnage.

« — Mon père s'appelait comme ça, dit Max. Je l'aimais beaucoup. Quand je deviens Jean-Jacques, j'ai l'impression que je l'ai dans la peau.»

Raymond eut l'air intéressé, tout d'un coup.

«Vraiment? demanda-t-il.

— Ouais. C'est lui qui parle à ma place. Je suis mon père, en fait.»

Un petit sourire passa sur le visage de Raymond, qui échangea en même temps un regard en coin avec Gégé en hochant la tête.

«Qu'est-ce qu'il te raconte, ton père? dit-il.

— Il me raconte rien. C'est lui qui raconte ce que je dis. Mais il prévient pas avant. Il me demande pas mon avis. Il s'exprime directement, tu comprends.

— C'est extraordinaire, murmura Gégé.

— Mais c'est pas toujours marrant, corrigea Max. Moi aussi, j'ai des choses intéressantes à dire.

— Tu parles trop, dit Raymond. Je crois que tu devrais donner la parole à ton père, tu sais.

— Je ne fais que ça, s'écria Max. Quand je suis Jean-Jacques, il entre à l'intérieur de moi et il prend toute la place. Au début, ça va. Mais au bout d'un certain temps, je supporte plus. Alors, je le vire.

— Qu'est-ce qu'il dit, ton père, en ce moment?

— Mais puisque je vous dis que c'est moi, mon père! Vous avez pas encore compris, depuis le temps que je le répète?»

Sa colère repartit comme elle était venue. Jean-Jacques — c'est plus simple que je l'appelle comme ça — se mit à sourire, comme pour prouver qu'il était de bonne humeur. Raymond s'approcha de lui, saisit sa main et le regarda avec gravité en disant: «Tu crois pas que tu pourrais entrer en contact avec ma mère?

— C'est possible, répondit Jean-Jacques. Mais ça mettra du temps. Faut que je la trouve. »

Il ferma les yeux avec une expression de concentration que soulignèrent les deux rides qui se creusèrent au milieu de ses sourcils.

« Tu as pas une idée de l'endroit où elle se trouve ? finit-il par demander.

— Non. Elle est morte. Dans ta position, ça devrait être plus facile de la repérer.

— Sûrement. C'est arrivé quand ?

— Y a trois ans.

— Ah, fit Jean-Jacques. C'est déjà une piste. Donne-moi quelques minutes. Je te préviendrai quand je l'aurai vue. »

Jean-Jacques s'assit sur une chaise qu'il avait auparavant fait pivoter pour nous tourner le dos et il resta plusieurs minutes, face au mur, dans la position du boudeur, le menton appuyé sur ses deux poings. Mais il n'était pas fâché. Il cherchait.

« Elle a souffert, dit-il au bout d'un moment.

— Trop, approuva Raymond. Beaucoup trop. »

Quelques secondes passèrent puis Jean-Jacques reprit : « Elle t'aimait. C'est fou, ce qu'elle t'aimait.

— Ça ne fait pas de doute. »

Raymond se gratta la tête avant de demander sur un ton détaché : « Elle t'a dit quelque chose pour moi ?

— Non. Mais c'est compliqué de se parler comme ça, tu sais.

— Moi, je connais un moyen, murmura Raymond. Avec des appareils, on peut.

— C'est vrai ?

— Avec Gégé, on est arrivés à communiquer avec plein de morts.

— Mais avec sa mère, jamais, précisa Gégé.

— Jamais, répéta Raymond. C'est ça qu'est bizarre. »

Sur quoi, Raymond décida de nous montrer la pièce aveugle. On aurait dit un studio d'enregistrement. Je ne suis pas un expert en électronique mais le matériel qui s'y trouvait me parut très sophistiqué. Trois téléviseurs étaient posés sur une grande table, à côté d'un Caméscope. Je remarquai un magnétoscope et plusieurs magnétophones dont l'un, imposant, trônait sur un petit bureau. Je repérai aussi une radio à ondes courtes, avec des écouteurs et une grosse antenne.

« Depuis que ma mère est morte, j'ai pas arrêté d'essayer de communiquer avec elle, soupira Raymond. Ça donne rien. »

Il regarda Jean-Jacques droit dans les yeux et il lui demanda : « Tu veux pas tenter le coup pour moi ? »

À peine Jean-Jacques avait-il hoché la tête, que Raymond mettait en marche le plus gros des magnétophones et lui tendait le micro. « Appelle-la, vas-y, dit-il. Parle-lui...

— Comment elle s'appelait ?

— Jacqueline. »

Se mordant les lèvres pour bien indiquer qu'il se creusait la cervelle, Jean-Jacques regarda le plafond et appela Jacqueline plusieurs fois.

« Pas de réponse, finit-il par laisser tomber avec une expression d'accablement.

— C'est normal, expliqua Raymond. On n'entend rien comme ça mais, en principe, l'appareil enregistre ce que dit le mort. »

Jean-Jacques faisant la tête de celui qui ne comprend rien, Raymond lui dit, impatienté : « Allez, continue. Prends de ses nouvelles. »

Après avoir attendu un moment pour donner à sa mère le temps de répondre, Raymond glissa à l'oreille de Jean-Jacques : «Demande-lui si elle se rappelle les nouilles au crabe et au fromage que papa faisait, autrefois, pour son anniversaire.»

Quand Jean-Jacques eut posé la question, avec un air appliqué, quoique songeur, Raymond arrêta le magnétophone puis nous fit écouter la bande. On n'entendit que la voix de Jean-Jacques.

«C'est dommage, soupira Raymond. Y a rien. Même pas des esprits moqueurs.

— Mais c'est une mauvaise heure, observa Gégé.

— Il a raison. Faut plutôt faire ça le soir, après le dîner, et de préférence quand la lune est pleine. Y a beaucoup plus de résultats.»

Je proposai de communiquer avec Charlotte dont je sentais tout le temps la présence auprès de moi. Ça ne donna rien non plus.

«Elle n'a pas forcément envie de te parler», dit Raymond.

Tournant vers moi deux pauvres yeux fatigués qui n'arrivaient pas à faire un regard, Gégé entreprit de me rassurer : «C'est pas parce que ça marche pas la première fois que ça marchera jamais. Ils sont comme nous, les morts. Ils ont beaucoup de choses à faire. Alors, ils sont pas toujours là quand on les sonne.

— Y en a quand même beaucoup qui ont le temps de se montrer», dit Raymond en ouvrant un tiroir d'où il sortit un paquet de photos qu'il étala, ensuite, sur la table.

Toutes les photos avaient été prises sur des images enregistrées avec son Caméscope. Elles étaient souvent floues. Sur l'une d'elles, je découvris le visage d'un enfant dont l'expression même, angélique et lointaine, indiquait qu'il souffrait d'une maladie très grave. Sur une autre, c'était une femme d'une quarantaine d'années avec un sourire douloureux, qui paraissait perdue dans les neiges.

«Le petit, on le connaît pas, commenta Gégé. Mais elle, c'était une voisine. Elle était infirmière. Elle s'est suicidée aux comprimés.»

Sur une troisième photo, enfin, je reconnus le général de Gaulle en uniforme, avec les bras en V, comme il faisait souvent, paraît-il, pendant ses discours.

«Mais j'ai déjà vu cette photo quelque part, dis-je.

— Ça m'étonnerait, grogna Raymond.

— Elle est très connue, cette photo. En plus, ça m'étonnerait qu'il fasse des discours, là où il est. C'est complètement bidon, votre histoire.»

Et je ris. Raymond serra les dents en me fusillant du regard avant de laisser tomber : «Tu ferais mieux de la fermer. Tu ne sais pas ce que tu dis.»

J'aurais bien aimé me rattraper. Mais il était trop tard. Le mal était fait. Il ne faut jamais se moquer des rêves des gens, ni de leurs illusions. C'est souvent tout ce qu'ils ont. Si on les leur enlève, ils deviennent fous et on va au-devant des pires ennuis. Raymond, qui ne m'aimait déjà pas beaucoup, allait maintenant me haïr jusqu'à la fin de ses jours. Je compris, à cet instant, que je ne pouvais plus rester.

Pendant que je faisais la vaisselle du petit déjeuner, nous étions seuls, Max et moi. Je le convainquis de partir avec moi. Je n'eus pas de mal. Il me dit qu'il en avait assez de «travailler» et il fondit en larmes en suçant son pouce. Jamais il ne m'avait paru plus débile. Quand on leur a annoncé notre décision, Raymond et Gégé n'ont pas eu l'air étonné mais ils parurent attristés.

«C'est dommage, soupira Raymond. Vraiment dommage.»

À midi, ils nous ont conduits à la gare où on a pris le train pour Marseille. Nous nous sommes bien amusés pendant le voyage. On avait de l'argent, des bouteilles de bière, des sandwichs au jambon et, assise en face de nous, une jeune fille qui m'a tout de suite tapé dans l'œil. C'était à cause de ses épaules. Elle les avait toutes nues. Je lui ai lancé des regards, des sourires et tout mais elle faisait toujours semblant de ne rien voir. Alors, j'ai sorti de mon sac de voyage *Les Pensées* de M. Blaise Pascal et j'ai commencé à lire quelques pages devant elle, en prenant l'expression la plus concentrée que je pus trouver. Quand je veux, je peux être très impressionnant. Elle était baba. Sauf qu'elle n'en a rien laissé paraître.

29

Quand j'ai frappé, j'étais très inquiet. Il pouvait être n'importe qui, mon père. Un proxénète, un trépané ou Dieu sait quoi. Mais c'est une femme qui a ouvert. Elle portait le voile et elle avait un popotin immense comme une lessiveuse, qu'elle traînait avec un air souffrant.

«Monsieur Belkhodja, s'il vous plaît?» ai-je demandé.

La femme m'a fait signe de la suivre et elle m'a conduit devant un gros type qui mangeait des biscuits en regardant la télévision. Il avait des moustaches et l'expression ahurie des gens qui sont fatigués du matin au soir. Il y a des vies comme ça, où on est accablé, rien que d'ouvrir l'œil: pour ces malheureux, finalement, c'est subsister qui est épuisant.

«Monsieur Belkhodja?» dis-je d'une voix que l'émotion faisait faiblir.

Il hocha la tête.

«Je suis votre fils», murmurai-je en baissant la tête.

Il grogna quelque chose en arabe, que je n'ai pas compris.

«Je ne connais pas l'arabe, dis-je.

« — Alors, t'es pas arabe.

— Vous êtes mon père, insistai-je.

— T'as pas de preuves. D'abord, comment tu t'appelles ?

— Galupeau. Aristide Galupeau.

— Tu vois bien. Tu peux pas être de moi. »

Il eut alors une grimace de mépris, comme s'il avait décidé d'être désagréable, et sa femme s'éclipsa prudemment.

« Vous avez bien été ouvrier agricole chez les Galupeau dans le Vaucluse ? demandai-je.

— Non. Jamais. Je connais pas ces gens-là.

— Vous vous appelez bien Mohammed Belkhodja ?

— Non. Je m'appelle Messaoud. Pas Mohammed. »

Je compris ma méprise. Dans l'annuaire où j'avais trouvé son adresse, il y avait beaucoup de Belkhodja mais aucun Mohammed. Je m'étais arrêté à la première lettre du prénom de l'un d'eux : M. Il me faudrait donc chercher ailleurs. J'en étais là de mes réflexions quand il me lança : « J'ai un cousin qui s'appelle Mohammed. C'est pas un cadeau mais c'est peut-être lui, ton père. »

Je retrouvai Max en bas de l'immeuble et nous nous rendîmes à l'adresse que m'avait indiquée Messaoud Belkhodja. Ce n'était pas la bonne. Il y avait deux ou trois ans que Mohammed n'habitait plus là. « Il est parti à Avignon », me dit un Noir énorme avec plein de tatouages sur les bras. Après quoi, il referma brutalement la porte.

On finit quand même par le retrouver, mon père. Après des péripéties sur lesquelles je préfère passer, parce qu'elles n'ont guère d'intérêt, on s'est rendus dans une cité où agonisaient des immeubles

190

considérables qui écrasaient, de leur masse, toutes les créatures insignifiantes qui, comme moi, s'agitaient en bas. On se serait cru à Argenteuil. Mais il y avait une différence. C'était pire encore. Entre les falaises de béton, tout était sale, les gens, les murs, les trottoirs. Ils suintaient tous un mélange de graisse, de bave et d'ordure. On était souillé rien que de se trouver là.

C'était un de ces endroits où le soleil ne brille jamais. Même quand il trône dans le ciel. Je me suis senti faible et malheureux, tout d'un coup, comme si un seau d'eau sale avait été déversé sur moi. Je laissai Max en bas de l'immeuble et pris l'ascenseur pour le dix-septième.

Un garçon très mignon d'une dizaine d'années m'a ouvert la porte et, tout de suite, une odeur m'a pris à la gorge. Ça puait le pauvre, comme chez les Foucard, c'est-à-dire le graillon, la chaussure et le renfermé. Avec, en plus, des émanations d'épices et de viande bouillie. Rien que de respirer, j'avais l'appétit coupé.

« Qu'esse tu veux ? demanda le gamin, rejoint par un bébé rampant.

— Voir ton père.

— Il est pas là.

— C'est important. C'est une bonne nouvelle. »

Il me regarda d'un autre œil.

« Il est en train de bricoler, dit-il. Suis-moi. »

Le gamin m'introduisit dans une pièce qui remplissait, apparemment, toutes les fonctions en même temps : salon, cuisine, salle à manger, chambre à coucher et atelier de bricolage. Il y avait des enfants par terre partout. Aucun ne regardait la télévision qui marchait à tue-tête. Trois garçons supervisaient des combats titanesques et imaginaires qui se déroulaient sur le linoléum. Deux petites filles tripotaient une grosse poupée.

Je ne fis pas une entrée très remarquée. Après avoir jeté un œil sur moi, les enfants continuèrent à vaquer à leurs occupations. La femme au foulard qui, dans un coin de la pièce, repassait le linge, garda le dos tourné. Et je dus tousser pour me signaler à l'homme avec un énorme grain de beauté sous le nez, qui travaillait sur la carcasse d'une radio. Il posa sur moi un regard bienveillant, quoique interrogatif, en remuant les jambes, comme s'il avait des fourmis.

«Bonjour, dis-je. Je suis votre fils.»

Quelque chose se glaça dans ses yeux.

«Pardon? demanda-t-il.

— Je suis votre fils. Vous savez, celui que vous avez eu avec Mlle Galupeau.»

Il ne dit rien. Il aurait pu se jeter sur moi et m'embrasser ou bien me prendre par le collet et m'évacuer avec un coup de pied dans le derrière. Mais il m'examina de haut en bas, comme s'il allait m'acheter, tandis que la femme au *hidjâb* s'approchait de moi avec un air parfaitement ahuri. Pas par bêtise mais à cause de ce qu'elle venait d'entendre. Il était clair qu'elle n'arrivait pas à me croire.

Après avoir réfléchi, l'homme murmura en hochant la tête : «Alors, c'est toi?

— C'est moi, dis-je.

— Tu ressembles à mon père», murmura-t-il.

À son signe, je m'assis et, après que la femme m'eut serré la main avec cérémonie, nous nous regardâmes longtemps sans rien dire, mon papa et moi. J'ai tout de suite pensé que mon père était un type bien. Il n'était pas très propre, ça se sentait, mais il avait l'expression honnête des gens qui ont des grandes dents. Ils gardent toujours la bouche entrouverte, comme les optimistes.

« On voulait se marier avec ta mère, finit-il par dire. Mais ses parents n'ont pas voulu.

— Vous avez vécu ensemble ?

— Un peu. Pas très longtemps. »

Il jeta un coup d'œil à la ronde, probablement pour signaler qu'il allait dire quelque chose de confidentiel. Puis il se pencha vers moi et il chuchota : « Quand ses parents m'ont viré de la ferme, parce qu'on était tombés amoureux, ta mère m'a suivi quelques mois. Et puis, un jour, elle est partie. C'était juste avant d'accoucher. Elle a jamais voulu me revoir. »

Malgré ses grosses lèvres sensuelles, papa n'avait pas une tête de sadique ou d'obsédé. Il avait l'air bien trop brave pour ça. Entre la version de ma mère et la sienne, j'avais donc envie de trancher en faveur de mon père. Surtout que ça ne me plaisait pas du tout, vraiment pas du tout, l'idée d'être le résultat d'un viol : c'est traumatisant, mine de rien. Mais je n'excluais pas que la vérité se situe entre les deux, comme c'est souvent le cas dans la vie.

L'ennui avec la vérité, en effet, c'est qu'il y en a toujours plusieurs en même temps et qu'elles ne sont jamais pareilles. Pour ne rien arranger, il s'en invente même tous les jours. S'il n'en existait qu'une seule, ça se saurait et on serait bien plus tranquilles. On ne serait pas obligés d'écrire des tas de livres, par exemple. Un seul suffirait.

Je préférai ne pas chercher à savoir les conditions dans lesquelles je fus procréé. Comme je ne le relançai pas, mon père changea tout naturellement de sujet.

«Tu resteras bien quelques jours avec nous?» demanda-t-il.

J'aurais aimé qu'il me propose de m'installer chez lui pour la vie. Mais il ne fallait pas rêver. Il avait de petits moyens et il craignait sûrement que je m'incruste.

«J'ai un copain avec moi, dis-je.

— On lui trouvera une place.»

J'allai chercher Max avec Farid, le garçon qui m'avait ouvert la porte. Dans l'ascenseur, il me dit qu'il était le premier de sa classe, et qu'il était avant-centre dans une équipe de football qui n'arrêtait pas de gagner.

«C'est bien, dis-je sans trop y croire. Il faudrait qu'il y en ait au moins un qui réussisse, dans la famille.»

Quand nous revînmes, mon père passa, ensuite, le reste de la journée à me raconter sa vie sans me laisser le loisir de lui faire part de la mienne. Les vieux sont souvent comme ça. Ils ne vous laissent pas parler. C'est fatigant mais il faut les comprendre. Ils savent bien que le temps leur est compté.

Son laïus terminé, mon père proposa de me faire visiter Avignon le lendemain. Je refusai sous le prétexte que je ne connaissais que trop bien la ville pour y avoir vécu plusieurs mois. La vérité est que je ne voulais pas prendre le risque de me retrouver nez à nez avec pépé ou avec mémé. J'étais sûr qu'ils m'auraient dénoncé.

30

Mon père l'appelait « la patronne ». Je ne tardai pas à comprendre que Yasmina, la femme au foulard était aux commandes, dans la famille. Le matin, après le petit déjeuner, c'était toujours le même manège. Papa lui demandait, les yeux baissés ou le regard en biais, et généralement sur un ton dégagé, si elle n'avait pas un peu d'argent. Elle faisait mine d'hésiter puis sortait quelques pièces de sa poche et les donnait à regret. Mon père filait alors en lâchant un gros soupir, comme si ça n'était pas assez, et ne réapparaissait qu'à l'heure du déjeuner.

J'imaginais qu'il buvait cet argent. Mais je ne savais pas où elle cachait ses économies. C'était le grand mystère de la famille. Farid avait cherché partout, y compris dans le linge sale ou dans la chasse d'eau, et il en était arrivé à la conclusion qu'elle ne devait dissimuler que des petites sommes dans l'appartement, ce qui expliquait ses passages très fréquents à la banque où elle se rendait, en moyenne, une fois tous les deux ou trois jours. Il paraît que papa lui avait volé, une nuit, plusieurs billets qu'elle avait enfouis dans la gaine qu'elle ne quittait jamais, même pour dormir. Yasmina lui avait alors coupé les vivres pendant plus d'une semaine. Depuis, mon père balisait.

« Pourquoi c'est elle qui a tout le fric? demandai-je, un jour, à Farid.

— Parce que c'est elle qui le gagne.

— Mais elle ne travaille pas, dis-je.

— Comme elle a travaillé, elle a le chômage. Lui, y a trop longtemps qu'il a oublié de bosser. »

Papa était un fin de droits mais il prenait ça à la blague. Ce n'était pas le genre de personne à se faire du mouron pour des questions de boulot, surtout le sien. Quand on lui demandait comment ça allait, papa disait toujours la même chose, avec un sourire philosophique: «Ça suit son cours.»

Il était pourtant assez entreprenant, comme type. Il avait toujours besoin de s'occuper. Quand il ne regardait pas la télévision, il jouait aux cartes dans un bar du coin. Entre-temps, il faisait des petits boulots. Il savait réparer les radios, les toilettes et les voitures. Mais, sur ce plan, il n'abusait pas trop de ses connaissances. Il fatiguait vite, papa. Il en était conscient, car il disait souvent: «Puisse le Tout-Puissant me donner, un jour, une meilleure constitution.»

Mon père était aussi très sociable. Très populaire chez les voisins, il avait des tas de relations, parfois importantes. Encore qu'elles l'étaient toujours moins qu'il le disait. Il avait tendance à exagérer, papa. Mais ce n'était pas sa faute. Comme personne ne dit la vérité dans le Midi, tout le monde est obligé de la travestir et de l'enjoliver. À moins d'accepter de passer pour un cornichon. C'est un cercle vicieux.

Papa présentait ainsi M. Zebentoute, son meilleur ami, comme un «propriétaire». Si vous leur demandiez de quoi, l'un et l'autre prenaient un air mysté-rieux. À force de recoupements, j'avais décidé qu'il devait s'agir d'un bar : en matière de vins, l'homme, pourvu d'un nez comme une éponge, en connaissait un rayon et même une étagère. Yasmina me révéla, un jour, qu'il avait hérité d'un box de garage, tout près de la cité. Avec mon père, il fallait toujours que je tombe de haut. Il ne le faisait pas exprès.

Avec M. Zebentoute, papa avait monté, dans le temps, un élevage d'escargots. Ils les avaient instal-lés dans le box, justement. Mais ça n'avait pas mar-ché. Ils étaient morts. De faim, de soif ou de maladie, on n'avait jamais su. Le drame, avec mon père, c'est qu'il ne parvenait jamais à se concentrer longtemps sur un travail. Quand il se lançait dans quelque chose, il fallait, comme Frank Foucard, qu'il passe tout de suite à autre chose. C'est ça qui désespérait Yasmina. « Allah est grand, disait-elle, mais si ton père n'arrive pas à être sérieux, c'est pas Lui qui nous donnera à manger. »

Je la plaignais. Quelques jours après mon arri-vée, un matin que Yasmina était partie aux com-missions, papa nous demanda, à Max et à moi, de l'aider à descendre la machine à laver. Nous la por-tâmes jusqu'à la voiture de M. Zebentoute. Papa avait trouvé un acquéreur dans un des immeubles de la cité. À l'entendre, c'était l'affaire du siècle. « Elle était complètement pourrie, expliqua-t-il, et je la vends comme si qu'elle était presque neuve. »

Quand Yasmina revint à l'appartement, peu après, elle trouva cinq lapins nains dans la salle de bains. Elle piqua tout de suite une crise mais, comme elle criait en arabe, je ne compris rien de ce qu'elle disait. Papa faisait face, stoïque, en cherchant à la calmer du regard.

«Ça vaut très cher, ces bêtes-là, finit-il par dire. Et comme ça se reproduit très vite…»

Yasmina hurla de plus belle. Elle gigotait dans tous les sens. Elle ne savait plus ce qu'elle faisait.

«On peut pas rester dans cette mouise, reprit papa. Avec ces bêtes-là, je suis sûr qu'on va gagner plein d'argent.

— Mais comment qu'on va se laver? demanda Leïla, la dernière des filles.

— C'est pas ces bêtes-là qui vont nous empêcher. Y a pas plus gentil…

— Ça va sentir mauvais, insista Leïla.

— Pour ceux qui sont pas contents, y aura toujours l'évier.»

Yasmina trépignait, sanglotait et se mouchait en même temps. Papa prit alors un lapin dans ses bras et commença à le caresser en posant sur elle un regard pathétique. Je crois que ça l'apaisa.

«On va faire fortune», lui dit papa.

Elle se mit à brailler, soudain, comme si elle allait mourir. Je savais pourquoi. Jusqu'à présent, elle n'avait vu que les lapins nains. Elle venait de se rendre compte que la machine à laver avait disparu. Ce fut un cri si puissant qu'après ça, dans ses poumons, il devait y avoir moins d'air que dans une tombe.

«Ooooooooooooh, s'époumona-t-elle.

— Te fais pas de la bile, dit papa quand le cri fut dissipé. J'en ai tiré un bon prix, tu peux me faire confiance.

— Ooooooooooooh.

— Pour le linge, y aura pas de problèmes de toute façon. On a la laverie automatique. C'est très pratique, tu sais.»

Il est peu probable qu'elle entendait les explications de papa qui était resté dans la grande pièce. Mais ça ne le gênait pas. Il les donnait quand même. À tout hasard.

« Nos ancêtres vivaient très bien sans machine à laver, conclut-il. Pourquoi qu'on en aurait besoin à tout prix ? On est pas plus bêtes qu'eux. »

Sur quoi, il partit faire un tour. Je me souviens encore bien de ses yeux quand il sortit. Ils brillaient de fierté. Je crois que papa se voyait déjà en roi du lapin nain.

Les jours suivants lui donnèrent raison sur un point au moins. Les lapins nains étaient très propres. Ils faisaient leurs besoins dans un coin de la salle de bains que mon père avait couvert de sciure de bois et il était rare de trouver ailleurs une crotte ou une goutte d'urine. À leur passif, il faut dire qu'ils avaient tendance à s'échapper de leur clapier de circonstance, ce qui mettait toujours Yasmina en transes.

L'ennui, c'est qu'au bout d'une semaine, papa avait cessé de s'intéresser à son élevage. C'est Yasmina qui s'en occupait avec soin et même amour. Il est vrai que mon père n'avait plus le temps. Il s'était dégotté une nouvelle passion. Avec M. Zebentoute, il avait décidé de fonder une entreprise de recyclage de papier. Ils avaient prévu de commencer petit. D'abord, ils collecteraient en voiture les journaux et les cartons. Et puis, un jour, ils auraient leur camion. Plus tard, peut-être, leur propre usine.

« Y a beaucoup de fric à se faire là-dedans, disait papa. Si on savait, on serait étonné. »

Quand il lui fallut écouler, en plus, un stock de plus de mille cuillères qu'avait récupéré M. Zebentoute, Dieu sait comment, papa devint de plus en

plus débordé. Parfois, il était introuvable des jours
entiers.

Un soir, il arriva juste pour se mettre les pieds
sous la table. Yasmina avait cuisiné un grand plat
fumant comme si c'était dimanche. Mais c'était
lundi.

«Ça sent bon, dit papa. Qu'est-ce que c'est?

— Du couscous dindon, répondit Yasmina, laco-
nique.

— J'aime bien le dindon.

— Si t'aimes ça, tu vas être servi: Y en a pour
plusieurs jours.»

Mon père mangea beaucoup. Le travail l'affa-
mait. Quand il eut fini son couscous, après en avoir
repris deux ou trois fois, Yasmina lui dit en baissant
les yeux: «C'était pas du dindon. C'était une première.

— Une première?

— Oui. Du couscous lapin.

— Nains?

— Nains.»

Je frissonnai. Papa haussa tristement les épaules
avec, sur le visage, une grimace qui essayait d'être
un sourire. Il arrivait toujours à sauver les apparences. C'était même à peu près tout ce qui lui restait, les apparences. Ça me semblait très injuste.
Mon père n'était pas très courageux, c'est vrai,
mais il n'était pas plus bête qu'un autre. Il souffrait
même de constipation et Mme Bergson, qui le tenait
de M. Voltaire, disait que c'était le signe d'une pré-
disposition au génie. Je ne sais pas où il cachait le
sien. Il se le gardait peut-être pour plus tard. Mais
je suis sûr qu'il aurait réussi si seulement il avait eu
la chance de rencontrer la réussite.

31

Papa et Yasmina avaient une fille de quatorze ans, Fatima, qui m'avait plu au premier coup d'œil, avec ses seins comme des phares de voiture. L'extrême fragilité de son visage indiquait qu'elle était, pour l'heure, plus apte à aimer qu'à faire l'amour. Mais elle n'était pas atteinte de l'espèce de fatigue existentielle qui, souvent, accable les adolescentes. Au contraire, elle faisait consciencieusement ses devoirs de classe et lisait beaucoup, des livres de toute sorte, sans jamais négliger d'aider sa mère aux tâches ménagères. Elle avait décidé qu'elle serait stomatologue ou bien anesthésiste. Elle hésitait encore.

Quand elle m'adressait la parole, elle fixait toujours ses chaussures ou quelque chose par terre. Elle ne me regardait jamais, de peur, j'imagine, de tomber amoureuse. Je ne réussis même pas à faire vraiment sa connaissance alors que nous vivions sous le même toit et les uns sur les autres. Elle partageait sa chambre avec ses deux sœurs et les deux derniers de ses frères. Le premier soir, je rêvais déjà de pouvoir l'entrevoir dans le plus simple appareil en me rendant aux toilettes quand, sur le coup de neuf heures et demie, je vis papa fermer leur porte avec une clef qu'il fourra ensuite dans sa poche. Je lui demandai avec étonnement pourquoi il avait fait ça. Il s'approcha de moi et murmura avec un sourire un peu coincé : « Il faut que tu te mettes à ma place. J'ai des responsabilités. Devant moi-même et devant le Tout-Puissant. Je veux pas qu'elle se fasse la belle.

— Ce n'est pas son genre.

— Tu peux pas savoir.

— Elle est sage, insistai-je.

— Non. Elle veut pas le foulard.

— Ça ne prouve rien.

— C'est mauvais signe, dit-il, le doigt levé.

— Et comment elle fait pour ses besoins ?

— Comme les autres. Elle se retient. Ou bien elle appelle. »

Papa n'avait aucun contrôle sur rien, dans la famille. Sauf sur Fatima. Et pour l'embêter, il se posait là. Obsédé par l'idée qu'elle puisse traîner à la sortie du collège, il passait son temps à vérifier ses horaires. Quand elle rentrait à l'appartement, elle n'avait plus, ensuite, le droit de sortir. Même pas pour faire une course. Je ne saurais dire pourquoi, au juste, mais ça la rendait encore plus excitante.

Moi, je savais me tenir. Je n'oubliais pas non plus qu'elle était ma demi-sœur. Max, en revanche, avait du mal à réprimer ses instincts. La première fois qu'il vit Fatima, le jour de notre arrivée, il piqua un fard et changea de personnage. Il fallait l'appeler Marius, maintenant. C'était un type souriant, marin de son état, avec quelque chose d'érotique dans la voix et de gourmand dans la bouche. Il n'arrêtait pas de faire les yeux doux à tout, y compris à la fenêtre ou à la télévision, en mâchant des chewing-gums et en se caressant les cheveux qu'il avait légèrement gominés. Il n'était toujours pas beau mais il avait oublié de s'en souvenir. Il avait l'air heureux, pour tout dire. C'était son seul luxe.

Le quatrième jour de notre séjour, alors que nous dînions, papa avait pris Max à partie avec un air énervé : « Tu vas arrêter.

— Quoi ? demanda Max, innocent comme l'agneau.

— De regarder Fatima.

— J'la regarde pas.

— Tu fais qu'ça.

— J'la regarde pas, j'l'admire. »

Papa se leva d'un bond, comme s'il venait d'être offensé.

« Tu peux répéter ? hurla-t-il.

— J'ai le courage de mes opinions. Et je te le redis : j'l'admire.

— Eh bien, hurla papa, t'iras l'admirer ailleurs. »

Sur ce, il gifla Fatima qui partit dans sa chambre en pleurnichant et en se tenant la joue.

« Sale petite allumeuse », dit papa.

Il toisa alors Max avec un air qui était en même temps méchant, stupide et absent.

« Cochon de fromage d'obsédé de merde », dit-il.

C'est ainsi que Max quitta la famille. Après que papa lui eut demandé de vider les lieux sur-le-champ, je l'accompagnai jusqu'à la station de bus. Redevenu lui-même, il avait rentré la tête dans les épaules et retrouvé son expression idiote. Mais il n'était pas malheureux. Il avait de grands projets. Il avait décidé d'aller à la mer.

« Mais où, à la mer ? » demandai-je.

Il posa sur moi un regard pesant, pour me signifier que j'aurais mieux fait de me taire.

«J'sais pas, répondit-il. C'est la mer que je veux. J'ai besoin d'air.

— Moi aussi.

— On respire pas chez ton vieux. Si j'étais encore resté quelques jours de plus, je crois bien que j'aurais attrapé une maladie des poumons.»

Le bus arriva. Max me donna l'accolade et dit: «J'aimerais que tu me rejoignes, Aristide. Faut pas que tu tardes. Après, tu pourras plus et tu pourriras sur pied ici. Je t'enverrai mon adresse.»

Avant de monter dans le bus, il posa sur moi des yeux tristes, quoique secs, et murmura: «À bientôt.»

Quand je remontai à l'appartement, papa n'était plus là. Il était parti à un rendez-vous d'affaires. La vaisselle était lavée et Fatima était assise, comme presque tous les enfants, devant la télévision. Mais elle ne la regardait pas. Elle avait les yeux perdus dans la fenêtre et sans doute même au-delà. Elle pleurait doucement, comme un homme.

Le chagrin lui allait bien et je l'aurais volontiers consolée. Je m'assis à sa hauteur et me contentai, pour ne pas me mettre dans un mauvais cas, de jeter de temps en temps un coup d'œil furtif dans sa direction. Ça me suffisait. J'étais heureux comme avec une femme.

Quand le film fut terminé, Yasmina ordonna aux petits d'aller se coucher puis commença à chapitrer Fatima: «Ton père a raison, tu sais. T'es qu'une cocodette de rien. T'arrêtes pas d'aguicher les hommes.

— C'est quand même pas ma faute si je leur plais.»

Yasmina demeura un moment la bouche ouverte et les yeux écarquillés, comme si Fatima venait de blasphémer. Après quoi, elle reprit: «T'as pas le droit de te laisser regarder comme tu fais. Surtout les bras nus. C'est dégoûtant.

— J'fais rien de mal.

— Farid m'a dit qu'il t'a vue te mettre du rouge à lèvres à l'école. Tu me fais honte.

— C'est pas vrai, dit-elle.

— C'est vrai, confirma Farid sur un ton grave.

— Il m'a dit aussi que tu te coiffes devant les garçons. Tu sais bien que c'est interdit.

— Si je l'ai fait, c'est pas exprès.

— C'est pas bien quand même. Mais qu'est-ce que j'ai fait au Tout-Puissant pour avoir une fille comme ça?»

Ce soir-là, ce fut Yasmina qui ferma à clef la chambre de Fatima. Telle était la tragédie de ma demi-sœur. Tout le monde s'était ligué contre elle, papa, sa mère, son frère et les autres. Pour qu'ils soient contents, il fallait qu'elle soit malheureuse, qu'elle garde tout le temps les yeux baissés et qu'elle ne respire jamais l'air du dehors. Ils voulaient qu'elle ait, comme eux, une vie où, pour ne pas désespérer, il faut se dire qu'il y a la mort au bout. Mais j'étais sûr qu'elle s'échapperait. Elle était déjà ailleurs. Il ne lui restait plus qu'à trouver l'issue de secours. Je lui faisais confiance.

Quelques semaines plus tard, un après-midi que j'en avais assez d'attendre l'ascenseur — c'était l'heure du retour de l'école —, je décidai de descendre par l'escalier. C'est là que je tombai sur Fatima. Elle était en train de se tortiller contre un Noir qu'elle embrassait, tandis qu'un autre faisait le guet sur le palier du dessous. Quand elle m'aperçut, elle se dégagea en rougissant de honte ou de peur alors qu'une expression de surprise entrouvrait ses lèvres mouillées. Elle les essuya vigoureusement, comme si elles étaient sales. Mais je fis celui qui n'avait rien vu et continuai mon chemin avec l'air de celui qui est perdu dans ses pensées intérieures.

32

Un jour, papa me prit à part, après le petit déjeuner, et me dit : « Aristide, tu te laisses aller. Il faudrait quand même que tu songes à t'occuper. C'est pas bon de rester à rien faire, tu sais. »

Je compris qu'il m'avait trouvé quelque chose, probablement sur une idée de M. Zebentoute, et que la proposition allait suivre. Je ne m'étais pas trompé. Papa m'annonça qu'il souhaitait que je travaille pour « un artiste de niveau international » qui allait se mettre à son compte.

Nous partîmes aussitôt le rejoindre. L'« artiste » en question habitait la grande tour qui se dressait à l'entrée de la cité. Papa m'avait dit que c'était un « Roger » mais il ne s'appelait pas Roger. Sur la plaque de sa porte, on pouvait lire : « Johnny Fitzgerald Tamponnet, numéros spéciaux ».

Il était tout petit, Johnny F. Tamponnet, mais il était quand même très impressionnant. D'abord, à cause de ses yeux si exorbités qu'il devait sûrement les garder ouverts pour dormir. Il n'avait pas assez de paupières pour les fermer. Ensuite, à cause de ses lèvres qu'il avait doubles. On aurait dit qu'il avait reçu un baiser si puissant que l'autre bouche serait restée dans la sienne. C'était le genre de type à faire peur aux enfants, surtout quand il souriait.

La femme de M. Tamponnet avait une poitrine comme des fesses, des mollets très moulés et un air plein d'allant. Elle portait un maillot de bain bleu fluorescent avec des étoiles dorées partout et donnait le sentiment de descendre, à l'instant même, de son trapèze volant. Je n'ai rien pu faire. C'était plus fort que moi. Mes poumons se sont mis à brûler, ça m'est monté à la tête. J'étais encore tombé amoureux.

Tandis qu'elle nous servait du café, M. Tamponnet nous expliqua pourquoi ils venaient de quitter le cirque Mandibus : « Y avait plus un rond dans la caisse. Ou c'était les lions qu'avaient plus rien à bouffer. Ou c'était nous qu'étions plus payés du tout. Il fallait choisir. On a laissé notre argent pour les lions. Pendant six mois. Mais ça ne pouvait pas durer, vous comprenez. Un jour, on en a eu marre et on s'est tirés.

— Qu'est-ce que vous faites, comme genre de numéros ? demandai-je, tandis que papa fronçait un sourcil désapprobateur, car il n'aimait pas que je parle en public.

— Des petits, des grands, répondit M. Tamponnet avec lassitude. Toutes sortes de numéros ».

J'étais bien avancé. Une fois encore, je venais de vérifier que la meilleure façon de se faire accepter, c'est de ne pas se faire remarquer. On ne s'en souvient jamais assez.

Ce matin-là, l'organisation du « Mini-Cirque » fut mise au point. M. Zebentoute s'occuperait de la prospection dans la région. Papa, de la comptabilité, sous la direction de Mme Tamponnet. Moi, des accessoires. Nous devions, en plus, participer au spectacle en faisant un numéro de clowns. Nous n'y connaissions rien, bien sûr, mais ça n'impressionnait pas mon père. « Faire rigoler avec un faux nez rouge, c'est à la portée de n'importe qui, disait-il. Même Yasmina, elle saurait.

— Il suffit de vouloir, approuva M. Tamponnet.

— La chèvre fait du lait, dit papa. La femme fait des petits. Et le clown, il fait rigoler. »

Il était entendu que nous serions intéressés aux bénéfices et payés au noir. Mais mon père avait déjà prévu de réinvestir dans le « Mini-Cirque » la plus grande partie de l'argent gagné. « Il faut une panthère, dit-il. Noire, de préférence. Ça en jette sur les gosses. »

C'est à Cavaillon, dans une salle désaffectée et devant une assistance clairsemée, qu'eut lieu la première représentation du « Mini-Cirque ». Notre numéro de clowns fut affligeant. M. Zebentoute et mon père passèrent leur temps à me courir derrière, au milieu du public, en me jetant des seaux de farine sur la tête, en me tirant dessus au pistolet à eau ou en me bottant les fesses, ce qui déclenchait, selon les cas, un bruit de klaxon ou une sonnerie de réveille-matin. On se donnait beaucoup de mal mais, si l'on excepte quelques tout petits, personne ne trouvait ça drôle.

Heureusement, M. Tamponnet était un professionnel de première classe. Je passerai sur son lancer de poignards et ses tours de prestidigitation, somme toute assez banals, pour ne m'attarder que sur le clou du spectacle : son numéro d'avaleur. Il commença par manger une rose que ses lèvres allèrent chercher entre les deux seins de sa femme. Elle lui jeta alors une pièce de monnaie qu'il goba comme un comprimé. Elle lui tendit ensuite une grenouille vivante qu'il absorba, puis un moineau et, enfin, une souris blanche qui subirent le même sort. Chaque fois qu'il avait englouti un animal, il buvait un grand verre d'eau pour faire passer.

J'imaginais les souffrances de ces pauvres bêtes tombant dans le ventre de l'avaleur pour y être digérées vivantes. J'étais révolté par la cruauté de M. Tamponnet et j'étais fasciné par son courage. Le public, cependant, ne marchait pas. Depuis qu'ils ont la télévision, les gens ont toujours le sentiment d'avoir déjà tout vu. Plus rien ne les étonne. C'est pour ça qu'ils s'ennuient tant, même quand ils s'amusent.

Le « Mini-Cirque » donna encore cinq représentations dans la région avant de rendre l'âme. Je ne peux dire que le spectacle cessa faute de spectateurs. Il y en avait. Mais jamais beaucoup, et ils étaient encore moins nombreux à applaudir après les numéros. « C'est des racistes, décida papa. Ils voyent bien qu'on est des Arabes. »

La disparition du « Mini-Cirque » me soulagea parce que j'étais bien trop malheureux, chaque fois, pour la grenouille, l'oiseau et la souris blanche. Mais elle me chagrina aussi parce qu'elle me priva de la compagnie de Mme Tamponnet qui me jetait souvent, à l'improviste, des regards pareils à des baisers. Je suis, comme chacun sait, un obsédé de l'épaule. Elle me fit découvrir l'omoplate qu'elle avait saillante.

Après notre dernier spectacle, alors qu'elle s'apprêtait à retirer ses bottines dorées, Mme Tamponnet me demanda sur un ton détaché: «Tu peux m'aider?»

Elle crut voir une hésitation dans mes yeux.

«Tu as peur de moi? demanda-t-elle.

— Non.

— On dirait, murmura-t-elle.

— Vous savez, je n'aurais pas peur de tomber nez à nez sur vous, une nuit, dans un coin sombre. »

Elle sourit en gonflant ses narines pour attraper l'air.

« Ça serait amusant, dit-elle.

— Si ça arrivait et si je devais me méfier de quelqu'un, ce serait de moi. Pas de vous, madame. »

Je me mis à ses genoux et commençai à tirer sur une de ses bottines.

« Tu sais très bien faire ça », soupira-t-elle.

J'aurais aimé que ce moment dure toute ma vie. C'est pourquoi je pris mon temps. Mais M. Tamponnet, qui n'avait rien perdu de notre manège, fit semblant de s'impatienter : « Alors, mon garçon, on se dépêche ? »

Quand j'eus retiré la seconde bottine, Mme Tamponnet me lança, en cambrant ses rondeurs, un clin d'œil qui déclencha toutes sortes de vibrations en moi. À mon âge, on est plus sensible. Je suis un type qu'un rien excite.

Je n'ai plus revu Mme Tamponnet, depuis. Mais elle n'a jamais quitté ma tête. Elle n'est pas toute seule dedans et je suis sûr qu'elle ne s'y ennuie pas, avec tout le monde qu'il y a. Plus on vieillit, plus on a de visages dans le cerveau. Moi, j'en ai déjà trop.

Après ça, il ne faudrait pas s'imaginer que M. Zebentoute et papa se sont retrouvés sans rien. Ce n'était pas leur genre. Tout en travaillant pour le « Mini-Cirque », ils étaient repartis dans une nouvelle affaire qui s'était rapidement développée. « Il vaut toujours mieux avoir plus de paniers que d'œufs », disait souvent le paternel. Apparemment, il ne savait pas bien ce qu'il entendait par là, mais ça ne résumait pas trop mal son état d'esprit.

Avec M. Zebentoute qui avait la fonction d'assistant et de rabatteur, papa s'était lancé dans la circoncision. Il exerçait une ou deux fois par semaine et revenait souvent avec des gâteaux. Parfois même avec des cadeaux. Il était très fier de ce nouveau métier qu'il pouvait pratiquer tranquillement, sans s'angoisser, parce qu'il était en situation de monopole, comme disent les journaux. Mon père avait simplement pris la suite de M. El Haddaoui, qui coupait tous les prépuces de la cité jusqu'à ce que, un matin, il meure d'une crise cardiaque devant le rayon boucherie d'une grande surface.

«T'as des qualifications pour faire ça? demanda Yasmina, le jour où papa lui avait annoncé qu'il devenait le circonciseur de la cité.

— Tu sais bien que j'ai mon certificat d'aptitude coiffeur, répondit mon père.

— Mais c'est pas des cheveux que tu vas couper.

— Je sais. C'est des garçons. Y a moins de chichis à faire.

— T'as pensé à ce qui arrivera si tu les rates et qu'ils tombent malades? s'inquiéta Yasmina.

— Quand on les coupe, ça les retape. Après l'opération, ils deviennent increvables. Tout le monde sait ça.

— Je te laisserai jamais couper mes enfants.

— C'est pas toi qui décideras», dit papa avec autorité.

Je n'accompagnai qu'une seule fois M. Zebentoute et mon père dans l'exercice de leurs fonctions et ça m'a suffi pour la vie. C'était un soir, dans une petite maison individuelle en ciment graisseux, pas loin de la cité.

Toute la famille était rassemblée dans la grande pièce pour assister au spectacle. Quand M. Zebentoute baissa le pantalon puis le caleçon d'Omar, un garçon de cinq ou six ans, toutes les femmes se mirent à crier en même temps : «Youyouyouyouyouyouyouyou...»

M. Zebentoute prit le garçon par la main et le conduisit jusqu'au tabouret. Il saisit sa verge et la posa dessus.

Papa s'approcha alors avec un couteau à raser, sous les yeux terrifiés d'Omar que M. Zebentoute tenait à deux mains pour l'empêcher de bouger. Il prit la verge, dégagea le gland et, après avoir dit quelque chose en arabe, coupa le prépuce, en s'appliquant bien, comme si c'était un saucisson, tandis que le garçon pleurait et hurlait en se débattant.

Quand papa eut fini son boulot, la mère se précipita sur son garçon. Elle le consola, suça sa verge ensanglantée, essuya ses larmes et lécha à nouveau son gland avant de l'offrir à M. Zebentoute qui cracha dessus une mixture d'huile, de miel et de café moulu qu'il venait de mâcher. Omar avait l'air si tragique, si écrasé par le monde, que je fus, pendant plusieurs secondes, au bord des sanglots. Mais ils restèrent en moi. Il y eut juste un peu de jus de sel qui me rougit les yeux.

Après quoi, la mère emmena Omar dans sa chambre tandis que le père nous invitait à boire du thé à la menthe avec la famille. Tout le monde parlait arabe, chez ces gens-là. Je ne comprenais rien de ce qu'ils racontaient. Je ne comprenais rien non plus de ce qu'ils étaient. Apparemment, ils vivaient à côté d'eux-mêmes. Tels sont, parfois, les effets de la religion.

En sortant, je dis à papa : «Quelle plaie, ces histoires de coupe-zizis… Comme si la vie n'était pas déjà une malédiction pour nous…

— C'est quand même pas toi qui vas décider du bien et du mal, répondit mon père.

— Franchement, tu penses qu'on n'est déjà pas assez humiliés comme ça?

— Je n'ai pas envie de discuter de ça maintenant, grogna-t-il.

— C'est du blasphème, dit M. Zebentoute qui avait une haleine à tuer les mouches à cinq pas. Tu t'expliqueras sur tout ça plus tard, devant le Tout-Puissant.

— Je m'en fiche. Je n'ai pas le même.

— Mais y en a qu'Un, protesta papa.

— Non. Il n'est pas pareil pour tout le monde. Il est plus ou moins grand, par exemple. Ça dépend de l'amour qu'on lui donne.»

Chacun son Dieu. J'ai toujours été très proche du mien. Je l'emmène partout avec moi, pour me donner du courage, et je lui parle souvent. Intérieurement, bien sûr, car je ne tiens pas à passer pour un demeuré. Le Tout-Puissant de papa et de M. Zebentoute, je n'étais pas fait pour m'entendre avec lui. Il demandait à tout le monde de se taire et de se courber. Moi, j'avais trop de choses à dire et à faire.

33

Papa ne savait ni lire ni écrire. Yasmina non plus. C'est donc Farid qui remplissait les papiers pour l'administration. Il aurait été logique que ce soit Fatima, l'aînée, qui s'acquitte de cette tâche. Mais mon père n'avait pas confiance. « Elle se prend pour la poule, me dit-il, un jour. Elle n'est que l'œuf. »

Sans doute est-ce cette responsabilité considérable qui donnait à Farid son apparente maturité. Papa sollicitait souvent son opinion sur les événements en cours. Il répondait presque toujours avec perspicacité, sur le ton de l'enfant qui sait tout sur tout. Quand Yasmina le consultait, généralement sur une question d'ordre ménager, il était même de bon conseil, autant que je puisse en juger. C'était un garçon qui, comme mon père, était prédisposé à avoir un grand avenir. Mais pour ça, il aurait fallu, bien sûr, que le destin l'aide et qu'il ait un peu de succès au départ, le temps de se lancer.

Il avait déjà du succès au football. Après un match, son nom avait même été publié dans le journal. Il en avait aussi auprès des filles. Le soir, il rentrait, pour le dîner, avec des lèvres gonflées, souvent même violacées, qui ne trompaient personne. Je crus longtemps qu'il avait également du succès à l'école. Jusqu'au jour où je l'ai entendu présenter à ses parents son bulletin du deuxième trimestre. Il marchait de long en large dans la grande pièce, avec l'air inspiré des professeurs, en accompagnant ses phrases d'amples gestes des bras et en s'appliquant à ne pas se prendre les pieds dans les enfants qui étaient assis par terre.

« C'est une saloperie de peau de vache, Mlle Lacaille, dit-il. J'ai quand même 13,7 de moyenne en français.

— T'es combientième ? demanda papa.

— Ça doit faire premier, comme note.

— Qu'est-ce qu'elle a mis comme appréciation, Mlle Lacaille ? fit Yasmina en se rengorgeant d'avance.

— J'ose pas vous le dire, tellement c'est gentil de sa part.

— Vas-y, dit mon père. Fais pas le modeste. »

Farid observa un silence, pour ménager son effet, puis abaissa les yeux sur le bulletin en se mordillant les lèvres, afin, sans doute, de simuler la timidité. Il leva ensuite son index et laissa sa bouche ouverte, un instant, pour se lancer enfin : « Bon, je vous le dis. "Élève très motivé. Résultats satisfaisants." C'est pas sur tout le monde qu'elle a écrit des trucs comme ça, je vous jure. »

Quand il eut fini, je m'approchai de Farid et lui demandai de me faire voir son bulletin. Il eut d'abord un geste de recul, qu'il réprima sur-le-champ, puis il me le remit avec un sourire souffrant qui m'attendrit. Mon regard tomba tout de suite sur les observations du chef d'établissement : « Comme nous n'avons pratiquement pas vu l'élève au cours du trimestre, nous ne sommes pas en mesure de porter le moindre jugement sur son travail qui, a priori, semble nul.»

Sur la colonne du bulletin réservée aux appréciations des professeurs, je découvris beaucoup de blancs, deux points d'interrogation et cette remarque de Mlle Lacaille: «Absent ou dissipé. Se prépare des lendemains qu'on ne lui souhaite pas.»

Je regardai Farid. Il détourna le regard. C'est à partir de là, sans que ni papa ni Yasmina ne se doutent de rien, qu'il passa sous ma coupe. Il fut désormais toujours de mon avis, et il consentit même à partager tous ses secrets avec moi. Ce jour-là, par exemple, il m'apprit que, contrairement aux apparences, il n'observait pas le jeûne.

C'était l'époque du ramadan. Entre l'aube et le coucher du soleil, il ne fallait ni boire ni manger ni fumer ni se parfumer ni faire l'amour. Ni, même, bander. Ni, encore, penser à mal, c'est-à-dire rêver à quelqu'un qu'on aime. Moi, j'appelle ça se compliquer la vie. Le soir, pour nous abrutir, Yasmina nous servait un mélange de lentilles, de nouilles, de pois chiches et de ragoût de mouton. Elle appelait ça l'«harira». On s'en remplissait jusqu'en haut du gosier. Ça permettait de tenir vingt-quatre heures au moins, ça dégoûtait de tout aussi.

Après l'«harira», Farid me proposa de descendre faire un tour. Alors que nous étions dans l'ascenseur, il me chuchota à l'oreille: «Tu devrais pas t'emmerder avec le ramadan. Fais comme moi: mange dans la journée.

— Je croyais que t'étais un fidèle, dis-je, étonné.

— T'as presque raison, répondit-il en rigolant. J'suis in... fidèle.

— Comme Fatima? demandai-je, parce que je n'étais pas sûr d'avoir compris.

— Non. Elle, elle est bête. Elle est révoltée, tu comprends. Ça lui prend la tête. Moi, je suis comme tout le monde. Je fais semblant.»

Nous étions arrivés en bas. À l'entrée de l'immeuble, nous tombâmes sur Khalil, un grand garçon avec des mâchoires fermées comme des tenailles, qui faisait tapisserie contre le mur avec des copains et des copines.

«Je te l'avais pas encore présenté, dit Farid. C'est mon chef.»

Khalil me serra la main et, après avoir réfléchi, il me dit: «T'es grand, toi. T'as pas envie de travailler avec nous?

— Je veux bien. Mais je ne sais pas ce que vous faites.»

Il m'entraîna à l'écart. Farid nous accompagnait. Je me souviens qu'il regardait Khalil avec fierté.

«On pique de la bouffe dans les magasins ou dans les entrepôts et puis on la mange, chuchota Khalil. C'est pas parce que c'est le ramadan qu'on va crever la dalle.

— Y a pas de raison», approuva Farid.

Je déclinai la proposition de «travail» avec une excuse qui n'allait pas manquer d'impressionner: «J'ai déjà eu assez d'ennuis comme ça avec la police.

— En ce cas, je te comprends, soupira Khalil, la mine grave.

— Je savais pas, moi, fit Farid qui avait posé sur moi le regard qu'il réservait auparavant à Khalil.

— Tu peux quand même faire partie de notre bande, dit Khalil.

— Merci.»

Khalil me tendit à nouveau sa main. Je la saisis et la conservai longtemps dans la mienne. Je ne savais trop que faire mais je ne voulais pas prendre de risque. S'il s'agissait là d'une sorte de rite iniatique, il ne fallait surtout pas que je la retire. À tout hasard, je la gardai.

«On a tout, ici, dit Khalil en dégageant enfin sa main. Des gâteaux. Des radios. Des conserves. Des montres. On a même des gonzesses.

— Et on partage tout, fit Farid.

— On a aussi des jambons entiers», reprit Khalil.

Je ne pus cacher ma surprise : «Du jambon?

— C'est quand même pas le Coran qui va nous empêcher d'en bouffer si on aime ça, dit Khalil.

— Nous, on mange ce qu'on veut, insista Farid.

— De toute façon, tout ça finit au même endroit, dis-je, paraphrasant la parole du Christ. Dans les toilettes.

— Et puis le cochon est sûrement meilleur pour l'homme que la haine ou la connerie, fit Khalil.

— On en aurait plus mangé dans notre vie, renchérit Farid, on serait peut-être pas encore à s'enterrer là, dans cette cité de merde.»

Il avait dit ça avec plein de colère dans la voix. Il n'avait plus rien à voir, tout d'un coup, avec le garçon silencieux que je croyais connaître, celui qui courbait l'échine devant mon père.

Tel était bien le drame de papa. Il n'avait pas compris Farid ni le reste. Pour se rendre la vie plus supportable, il voulait se persuader que c'était bien pire ailleurs. Avec tous les siens, il avait donc dressé des murs partout. Il ne fallait pas que la pourriture du monde puisse entrer. Mais elle s'insinuait quand même et faisait tout le temps monter le niveau. À force, il avait fini par croire qu'il était en train d'accéder au ciel. Il n'avait pas vu que ça n'était que de la boue qui poussait, dessous. Il s'imaginait qu'il volait. Il ne faisait que patauger. Et il s'enfonçait. Il avait beau prier Allah, enfermer sa fille à clef et se faire lire le Coran par M. Zebentoute, il n'empêchait pas la saleté de pénétrer. On ne la supprime jamais. On en change.

34

Un dimanche, alors que Yasmina et Fatima préparaient le déjeuner, un homme se présenta à la maison. Il avait l'air riche et fatigué. La peau de son visage était collée aux os, ce qui lui donnait l'apparence d'une tête de mort. Ses cheveux blancs étaient si fins et si courts qu'on pouvait croire, au premier coup d'œil, qu'il était chauve. Il était accompagné d'un garçon beaucoup plus grand que lui avec un menton déjà double, une bouche entrouverte, un regard vide et une coiffure de caniche.

C'était M. Oudziz flanqué de son fils Mohand. Au physique, ils ne se ressemblaient pas du tout. Visiblement, le père avait gardé toute l'intelligence pour lui. Il n'avait laissé à son garçon que sa graisse et sa lassitude. Papa, qui s'était endimanché, leur proposa de s'asseoir en baissant cérémonieusement la tête puis il demanda à Fatima de servir le thé à la menthe préparé en prévision de la visite, quelques minutes auparavant. Il était très nerveux. Je ne l'avais encore jamais vu dans cet état-là.

« Fatima sait très bien faire le thé à la menthe, dit papa, pour engager la conversation.

— C'est déjà bien », fit M. Oudziz en hochant la tête.

Sur quoi, M. Oudziz examina Fatima de haut en bas, avec un regard plus appuyé, si ma mémoire ne me trompe pas, sur l'arrière-train qui, soit dit en passant, était important sans être excessif.

«Elle sait quand même faire autre chose? reprit M. Oudziz sur un ton qui aurait pu être ironique mais qui n'était, je crois, qu'interrogatif.

— Mais comment donc, protesta papa. Elle sait tout faire. Tout. Et, en plus, elle travaille bien à l'école.

— Pour ce que ça sert, l'école», soupira M. Oudziz.

Papa et M. Oudziz se mirent alors à parler à voix basse et je ne compris rien. À un moment donné, mon père demanda à Fatima d'aller voir dans sa chambre s'il y était et ils ont commencé à chuchoter ensemble en jetant des regards partout, comme des cachottiers. Je sus qu'ils discutaient affaires.

Yasmina se tenait debout, derrière papa, et elle écoutait la conversation sans rien dire. Avant de conclure le marché, il s'est retourné et il l'a regardée. Elle a hoché la tête. Papa a alors appelé Fatima. Elle est sortie de sa chambre avec un sourire crispé qui devait lui faire mal à la bouche. Mais, apparemment, elle ne savait pas ce qui l'attendait. Sinon, elle se serait tout de suite mise à pleurer.

«Fatima, dit mon père avec solennité.

— Oui, papa.

— Fatima, c'est décidé, on s'est mis d'accord avec M. Oudziz.»

Il y eut un silence. Le regard de Fatima passa de M. Oudziz à Mohand et inversement, avant de s'arrêter sur papa, comme si elle cherchait à comprendre.

«Tu vas te marier, Fatima, reprit papa.

— Mais je n'ai pas fini mes études.

— Je t'ai trouvé quelqu'un. Un bon mari. Très doux. Très gentil. Avec un père tout à fait remarquable, qui a une épicerie dans le centre-ville, et tu pourras y travailler, ma fille.»

M. Oudziz se tourna vers Mohand et dit: «Lève-toi, Mohand. Va embrasser Fatima. Allez, va.

— Je suis trop jeune, protesta Fatima en implorant papa des yeux.

— Et lui, il est pas jeune, peut-être? dit papa en montrant Mohand. Il faut jamais rater l'occasion qui se présente, Fatima. T'en auras sûrement plus jamais une comme ça.»

Fatima se mit à pleurer en égrenant un chapelet de mots que je n'arrivais pas à saisir. Ou bien elle les mangeait dans l'affolement. Ou bien elle les noyait dans les sanglots qui secouaient ses épaules. Son état n'empêcha pas Mohand de s'approcher et de poser sur sa joue un petit baiser rapide.

«Recommence, ordonna M. Oudziz à son fils. C'est pas un baiser, ça.

— Te crispe pas comme ça, dit papa à Fatima. Détends-toi... Tu verras le bonheur que c'est, le baiser d'un homme.»

Mohand l'embrassa une nouvelle fois, plus longtemps, à la commissure des lèvres, tandis qu'elle roulait de grands yeux apeurés. Je crois qu'il s'en est fallu de peu qu'elle ne vomisse.

«C'est son défaut, soupira papa en hochant la tête. Elle est bien trop émotive.

— Il faut toujours un défaut, murmura M. Oudziz. Si c'est que celui-là, c'est pas grave. Mohand n'est pas du tout nerveux. Ça compensera...

— Ce qu'il y a de bien avec ces deux-là, conclut

Yasmina, sur le ton de l'experte, c'est qu'ils sont très complémentaires.»

Après ça, Fatima passa la journée à pleurer dans sa chambre. Elle ne sortit même pas pour dîner. Le lendemain matin, elle partit pour l'école, le ventre creux et les yeux rougis, sans regarder personne. Je crus, en la voyant partir, que je ne la reverrais jamais. Elle revint. Mais elle avait l'air absente, désormais. Quelque chose s'était éteint en elle. On aurait dit qu'elle était moins vivante. C'était sa façon de fuir.

Ce soir-là, après le repas, je m'assis à côté de papa quand il s'installa devant la télévision et rassemblai mon courage pour lui dire: «Franchement, t'es sûr que Fatima a l'âge de se marier?

— Elle est assez vieille pour embrasser les garçons, grogna papa.

— C'est pas vrai, dis-je en simulant la surprise.

— Si. On l'a vue rouler des pelles. À un Noir, en plus. Je préfère prendre les devants avant qu'elle se mette à pondre des lardons avec tout ce qui passe, tu comprends.

— Qui c'est qui t'a dit ça?»

Papa prit un air mystérieux et dit à mi-voix, comme s'il s'agissait d'un secret: «Des gens, des tas de gens.

— T'es sûr de ça? Il faudrait peut-être vérifier...

— Quand l'œuf est prêt, il faut pas attendre. Sinon, il pourrit.»

Je n'en tirai pas davantage. Au regard qu'il me jeta, je compris que mon père préférait que je n'insiste pas. D'autant qu'il y avait un bon film, ce soir-là, à la télévision: l'inspecteur n'arrêtait pas de tuer des mecs.

Le jour suivant, mon père me proposa de l'accompagner pour chercher un mouton à la campagne. «C'est pour l'Aïd qu'on va fêter samedi, dit-il.

— Qu'est-ce que c'est, comme fête?» demandai-je.

Papa me dévisagea, comme s'il avait affaire à un crétin, puis il bougonna en regardant par terre: «On remercie Abraham pour le sacrifice qu'il a fait. Il a été bien, ce type. Faut l'honorer.

— Je ne vois pas pourquoi il faut tuer des moutons pour ça, dis-je. Ils sont coupables de rien.

— Les autres aussi, ils égorgent des moutons. Pourquoi ils auraient le droit de le faire, eux, et pas nous?»

Mon père avait marqué un point. Il sourit, content de son effet, et continua: «T'as pas notre mentalité, Aristide. T'es jamais de notre côté. Je sais pas ce que tu veux, mais je suis sûr que tu le trouveras pas chez nous.

— T'auras beau dire, papa, je resterai toujours ton fils.»

Il secoua la tête en faisant la moue: «Quand on couve des œufs, y en a parfois un qui est pas comme les autres. Il est mou et il pue. C'est un fromage. Toi, t'es le fromage.»

Après m'avoir tapoté doucement l'épaule, comme s'il voulait se faire pardonner sa comparaison, papa m'invita à le suivre. Nous allâmes donc au mouton, pour parler comme lui. Il emprunta la voiture de M. Zebentoute et nous roulâmes longtemps, jusqu'aux montagnes du Luberon, poursuivis par un soleil à faire péter les tomates. Arrivés à Mérindol, nous nous enfonçâmes dans un petit chemin qui conduisait à une ferme où l'animal nous attendait dans son enclos.

Le mouton, il avait tout compris. Il fallut courir après longtemps avant de pouvoir l'attraper. «Soyez gentil avec lui, dit M. Bocardieux, l'éleveur, tandis que je ligotais les pieds de la bête avant de la déposer dans le coffre de la voiture. Il le mérite. Depuis qu'il est né, il n'a jamais fait de mal à personne. Faites-lui une belle fin, en douceur.»

C'est alors que je croisai le regard du mouton. Il n'était ni éploré ni affolé. Il était résigné. Et il m'arracha les larmes. J'en avais tant refoulé, de larmes, et depuis si longtemps, que je ne pus en arrêter le flot. Je m'éloignai, le temps de reprendre mes esprits, car je ne voulais pas que papa me voie dans cet état.

Mais il me vit quand même. Nous étions à peine repartis qu'il me demanda : «J'ai pas compris pourquoi tu as pleuré. C'est pas à cause du mouton, j'imagine. Ça serait idiot. Un mouton...

— Si. C'est à cause du mouton.»

Papa me jeta un regard stupéfait.

«Parfois, dis-je, j'en ai marre de faire le mal.

— Mais c'est naturel, d'en faire. On peut pas vivre sans.

— J'aimerais bien, pourtant.

— C'est pas possible. Le Tout-Puissant est fait pour être obéi. Le bonbon, mangé. Le mouton, égorgé. Et le con, couillonné.»

Nous nous arrêtâmes là. Il valait mieux. Je ne suis pas expert en philosophie. Mon père non plus. Même si ce n'est pas l'homme qui apporte le malheur sur la terre, il ne fait jamais son bonheur. Elle serait sûrement plus tranquille sans lui. Rien que pour manger, il faut toujours qu'il sème la désolation, l'homme. Mais ce ne sont pas des choses qui se disent. Encore que tout le monde les pense, plus ou moins.

Sur le chemin du retour, papa fit un crochet par L'Isle-sur-la-Sorgue. «J'ai une affaire importante à régler», dit-il en guise d'explication. Il arrêta la voiture à l'entrée de la ville, devant un petit pavillon couleur noisette, et il m'annonça en sortant: «Je reviens dans une heure.

— Et le mouton? demandai-je.

— Tu le gardes.

— Il va attraper chaud, dis-je.

— Je me suis garé exprès à l'ombre.»

En attendant le retour de papa, je fabriquai un collier et une laisse pour le mouton avec de la ficelle qui traînait dans la voiture et je le sortis, ensuite, du coffre de la voiture. Après lui avoir libéré les pattes, je le promenai comme un chien sur le bord de la route où il brouta avec circonspection, en faisant le difficile, des herbes qui, pour la plupart, avaient la jaunisse.

Une heure et demie plus tard, papa n'était toujours pas de retour et je commençais à m'inquiéter. Après avoir remis le mouton dans le coffre, je finis donc par aller aux nouvelles.

Alors que je m'approchais du pavillon, j'entendis des petits rires étouffés qui provenaient d'une fenêtre grande ouverte sur un massif de lauriers-roses. Intrigué, je m'avançai à pas de loup.

«Arrête, pouffait papa.

— Non, c'est bon, disait une voix de femme en rigolant.

— Non, pas là, non...

— Et là?

— Oui, là, oui, ouiiiiii.

— M'oublie pas, hé, vilain, fit la voix de femme. C'est moi qui fais tout le travail.

— Je t'en priiiiiiie... s'il te plaît...»

La femme fut, soudain, saisie d'un rire délicieux qui déclencha une série de frissons en moi. Il y avait, dans sa voix, quelque chose d'enfantin et de sensuel à la fois.

«Là, t'as trouvé le bon truc, dit-elle quand elle eut fini de s'esclaffer.

— Encore? demanda papa.

— Allez, c'est ça, encore», gloussa-t-elle.

Je pénétrai sans faire de bruit dans le massif de lauriers-roses et entrepris, avec précaution, de regarder à l'intérieur de la chambre. Papa était couché sur un lit défait avec une femme très frisée et pourvue d'un fort embonpoint. Ils étaient plus nus que de gros vers et se pâmaient l'un contre l'autre, tandis qu'allaient et venaient sur leurs corps des escargots à coquille blanche, qui laissaient sur leur passage de longues traînées de bave. Tous deux avaient à la main des feuilles d'épinard que je crus d'abord, à tort, réservées aux petites bêtes.

La femme prit un escargot sur l'épaule de papa et le posa sur son ventre, au-dessous du nombril.

«Oh non, pas ça, roucoula papa. Pas ça.»

Papa saisit alors la jambe de la femme et commença à lui caresser doucement la plante des pieds avec des feuilles d'épinard. Elle rit aux anges.

«Je t'aime, murmura-t-elle. C'est fou ce que je t'aime.»

C'est à cet instant que la femme m'aperçut.

«Y a quelqu'un», cria-t-elle soudain.

En filant, j'entendis la voix de papa : «C'est Aristide. Ça m'étonne pas... Saloperie de vicieux de merde, il va voir sa gueule, celui-là.»

Je courus jusqu'à la voiture, m'emparai du mouton et déguerpis. Mes pieds avaient décidé pour moi que l'avenir ne marcherait pas avec papa. Je les laissais faire. Je n'avais pas le choix. Je savais bien qu'ils avaient raison.

35

Max était assis au milieu de la plage, tout seul et torse nu, avec une casquette sur la tête et une herbe à la bouche. Il avait les yeux dans la mer qu'animaient de petites ondulations, comme si des vagues cherchaient à venir au monde et mouraient avant terme. Il y avait trop de douceur partout. Elle les tuait.

J'arrivais par le côté. Max semblait bien trop occupé pour me voir venir. Son corps, tout tendu vers la mer, avait l'immobilité de la pierre. C'était quelqu'un qui avait toujours économisé son énergie. Son extrême concentration indiquait qu'il en avait trop en lui, ou bien qu'il n'en avait plus du tout. Je penchai pour la seconde solution.

«Hé, Max», criai-je quand je ne fus qu'à deux mètres de lui.

Il se tourna un peu et dit en jetant un regard en biais, comme si l'on ne s'était jamais quittés :

«Ah, c'est toi?»

Il n'avait pas changé. Il avait toujours le chic pour poser des questions idiotes.

«Oui, c'est moi, répondis-je, agacé. Tu ne vois pas?»

Quelques jours avant que je décampe, Max m'avait

envoyé chez papa une carte postale, une vue de la plage de Pampelonne au dos de laquelle il avait écrit : « Mon nouveau domicile. J'habite la Méditerranée. Si tu me cherches, c'est là que tu me trouveras. À la plage. »

J'avais décidé de rejoindre Max après la disparition de mon mouton, qui m'avait beaucoup affecté. Je suis un solitaire qui, parfois, supporte mal sa solitude. C'était alors le cas. Après avoir quitté papa dans les conditions que j'ai dites, j'avais vécu plusieurs jours de bonheur en compagnie du mouton. Je sais que je risque de passer pour un idiot mais la bête m'avait donné, à sa façon, cette tendresse qui me manquait tant, et depuis si longtemps. Il est, dans la vie, des moments où un regard suffit. Il me l'apportait.

Le premier jour, vu le tragique de ma situation, je téléphonai à Mlle Tateminette pour lui demander de l'aide. C'est pépé qui répondit. Je déguisai ma voix pour qu'il ne la reconnaisse pas.

« Mlle Tateminette n'est plus, dit-il.

— Où est-ce qu'on peut la joindre ?

— Pas ici ni nulle part. Au ciel. Elle est morte, monsieur.

— De quoi ?

— De rien, monsieur. De fatigue, je crois. Elle en faisait trop. S'arrêter, elle savait pas. »

Il y eut un petit silence, puis pépé demanda : « Vous êtes de sa famille ?

— Non. Je suis juste un ami.

— Désolé, monsieur. »

Avec mon mouton, je m'installai dans un verger, apparemment à l'abandon, dans les alentours de Fontaine-de-Vaucluse. La végétation commençait alors à se tordre sous le ciel. C'étaient les premières douleurs avant l'été. Mais il n'y avait pas encore eu de morts. Je passai des heures à regarder le mouton brouter. J'eus ainsi le loisir de m'interroger sur la fascination qu'exerce sur l'homme le spectacle des animaux, et particulièrement les herbivores, notamment quand ils sont en train de se nourrir. Sans doute est-ce parce qu'ils paissent sous notre contrôle, sur des terrains bien délimités, et qu'ils symbolisent de la sorte notre puissance sur la terre. Peut-être est-ce aussi parce qu'ils font de la viande en mangeant, ce qui remue fatalement le carnivore qui dort plus ou moins en nous.

Pour moi, la seconde explication ne tenait pas. D'abord, parce que je n'ai jamais raffolé de la viande. Ensuite, parce que je me voyais déjà vivre le restant de mes jours avec ce mouton dont j'appréciais la discrétion autant que la soumission. Je ne lui avais pas trouvé de nom — rien ne me satisfaisait vraiment — mais je lui parlais doucement et le vouvoyais pour lui marquer mon respect.

Quand je le conduisais à la rivière, pour le faire boire, je prenais soin, en outre, de ne jamais tirer trop sur sa laisse. Je crois qu'il me sut gré de mes égards, car il devint de plus en plus familier jusqu'à me laisser dormir contre lui, la nuit. Nous nous comprenions bien, finalement. C'était normal. Nous étions l'un et l'autre des fuyards qui espéraient se dérober au destin qui cherchait à les rattraper.

Mais on a beau courir, on finit toujours par se retrouver, un jour, en face de ce qu'on fuit. Car il est en même temps derrière, à côté et devant, le destin. C'est pourquoi on est toujours refait. Je l'ai moi-même été, un jour que j'étais allé m'approvisionner à Fontaine-de-Vaucluse. Quand j'avais pris congé de papa, j'avais sur moi la somme que j'avais gagnée au «Mini-Cirque» de M. Tamponnet. Connaissant les besoins et les méthodes de mon père, je ne m'en séparais jamais. Chaque matin, donc, j'allais chercher avec cet argent un litre de lait et une baguette de pain que j'accommodais, selon mes envies, de sucre, de moutarde ou de fromage blanc. Parfois, je rapportais des sablés bretons. Le mouton les adorait. Selon mes calculs, j'aurais pu tenir un mois comme ça à condition de ne pas faire de folies.

Quand je revins au verger, ce matin-là, le mouton avait disparu. Je fus tout de suite convaincu qu'il avait été enlevé mais, comme aucun indice ne me permettait de le confirmer avec certitude, je passai le reste de la journée à le rechercher dans les parages. Le lendemain matin, je continuai ma battue solitaire. Toujours rien. Le soir, alors que toute ma sueur était partie, me laissant juste la fatigue, je tombai sur un vieil homme qui sarclait un champ de pommiers à la houe. Il sentait la terre et il avait des grands yeux globuleux à force de prendre du vin et du soleil. Quand il les leva sur moi, on aurait dit qu'il n'y avait rien qui me regardait. Il voyait, pourtant. Mais il ne se laissait pas voir.

«Je cherche un mouton, dis-je.

— Perdu?

— Oui.

— Un mouton n'est jamais perdu pour tout le monde, soupira-t-il en hochant la tête. Quand on le retrouve pas tout de suite, on le retrouve jamais. C'est comme tout.»

L'ancêtre ferma les yeux, comme pour m'indiquer que c'était bien senti, ce qu'il avait dit. Il avait raison. Quand les choses sont parties, elles ne reviennent jamais. Les moutons non plus. C'est ça qui est perturbant, dans la vie. Le soir, j'essayai, ce qui n'est pas facile, de réfléchir tout en pleurant. Je n'osai penser que ce malheur me venait de la main de Dieu. Mais je ne voyais pas bien qui ça pouvait être d'autre.

C'est cette nuit-là que j'ai décidé de devenir végétarien. Il faut défendre l'homme contre l'homme. Mais il faut aussi défendre l'animal contre l'homme. Je ne vois pas au nom de quoi nous privons de leur avenir les veaux, les poulets, les agneaux et tous les autres. La vie est la même pour tout le monde. S'il n'y a pas de races, pourquoi y aurait-il des espèces?

Le lendemain matin, parce que je n'avais pas trouvé d'autre solution, je partis retrouver Max sur la Côte d'Azur.

Il avait maintenant le teint hâlé, Max, et ça lui allait bien. Son visage craquelait sous le soleil. On aurait dit une publicité. S'il n'avait eu cette bouche grande ouverte qui lui donnait cet air si niais — on comprenait, en le voyant, pourquoi les mères demandent toujours à leurs enfants de la boucler —, je suis sûr qu'il aurait pu faire une belle carrière de don Juan, sur la plage de Pampelonne.

«Les grandes vacances arrivent mais c'est encore très tranquille ici, me dit-il après que je me fus assis à ses côtés. En semaine, y a presque jamais personne.

— Tu ne te sens pas un peu seul?»

Comme il ne répondait pas, je lui posai la question différemment: «T'as des amis?

— J'en ai un, dit-il. Un grand pote. Il vient me voir de temps en temps. Quand ça lui chante. Il a pas d'heure.»

Son regard partit très loin, au fond de l'horizon,

234

et il reprit : « Il est pas très causant mais il est très rigolo.

— Qu'est-ce qu'il fait dans la vie ?

— Rien, dit-il. Des blagues. Rien que des blagues. C'est vraiment un farceur.

— Comment il s'appelle ?

— Marius. Comme celui que tu as connu. Mais c'est pas le même. Sauf qu'il aime aussi beaucoup la mer. »

Nous restâmes ensuite un bon moment à contempler la Méditerranée. Entre nous, le silence était maintenant si grand que je crus même être devenu sourd. Un cri de mouette me rassura. Comme je ne m'étais pas déshabillé, de peur d'attraper des coups de soleil, je fus rapidement en nage. Je finis donc par proposer à Max d'aller se mettre à l'ombre avec moi.

« Je peux pas, dit-il, les yeux rivés sur le bleu des vagues, au loin. J'attends Marius, tu comprends.

— Il vient par la mer ? demandai-je.

— Je croyais t'avoir déjà dit qu'il aimait beaucoup la mer », grogna Max, l'air contrarié.

Une heure au moins s'écoula quand, soudain, Max se leva en moins de temps qu'il ne faut pour le dire, et s'écria en courant à la mer : « Il est là.

— Je ne vois rien.

— C'est Marius, il est arrivé, dit Max, très excité, en se précipitant dans l'eau. Viens, je vais te présenter. »

J'aperçus alors dans la mer la nageoire dorsale d'un requin. Mais je compris que c'était un dauphin quand je vis émerger des flots une grande gueule souriante. Visiblement, c'était un boute-en-train.

« Allez, Aristide, brailla Max alors que le dauphin

venait à sa rencontre. N'aie pas peur. Tu verras comme il est sympa…»

J'entrai à mon tour dans la mer, non sans précaution, car elle était froide, quand le dauphin commença à tourner autour de Max en ouvrant très grande sa bouche de prognathe. On aurait dit qu'il riait à gorge déployée.

Max tendit alors ses deux mains et se mit à caresser Marius, qui se trémoussait à chaque contact, avec le branlement caractéristique du ressort qui se détend. Vu de loin, le manège pouvait paraître anodin. Chacun s'éclaboussait, s'esclaffait et s'éclaboussait. C'était comme n'importe lequel de ces jeux d'eau auxquels se livrent les enfants sur les plages. Mais quand je me mis à participer, moi aussi, à leur affaire, je compris qu'elle n'était pas innocente. Ce dauphin était un obsédé. Il ne s'amusait pas. Il se pâmait. Il ne riait pas. Il râlait de plaisir.

Comme tous les dauphins, Marius avait l'œil rigolard et la bouche coquine mais les frétillements de son corps pendant qu'il s'agitait autour de nous ne pouvaient laisser aucune ambiguïté sur ses intentions qu'il commençait d'ailleurs à mettre à exécution. Il était en train de prendre son pied sur mes jambes comme un caniche. J'en eus la confirmation quand je sentis m'effleurer, alors qu'il se déchaînait contre moi, quelque chose d'étiré et de pétulant. On aurait dit une grande anguille. Mais ce n'était pas une anguille. Quand ça entreprit de ramper le long de mon ventre, pour y chercher Dieu sait quoi, je fus, brusquement, saisi de panique.

«Il se masturbe, m'écriai-je.

— Et alors? fit Max. Il a pas le droit?

— Mais il se masturbe sur moi, hurlai-je.

— S'il aime ça...

— Je n'ai pas envie, protestai-je en me dirigeant vers la plage.

— T'es vraiment coincé, Aristide.

— Non. Je suis dégoûté.

— T'as tort. C'est bon. Surtout vers la fin.

— Je crois que j'en ai assez eu pour aujourd'hui », dis-je, furieux, en sortant de l'eau.

Les jours suivants, je me contentai de regarder, de la plage, les séances d'attouchements de Max et de Marius. Je dois avouer qu'il m'arriva, parfois, de jouir par procuration. C'était moins compromettant. C'était aussi plus convenable.

Quand les vacanciers arrivèrent, avec l'été, les visites de Marius devinrent de plus en plus rares. Il est vrai que Max et moi étions moins disponibles. Dans la journée, nous nous livrions à toutes sortes de petits commerces afin d'amasser un pécule pour l'hiver. Le matin, par exemple, je vendais aux touristes des cacahuètes que nous avions achetées au supermarché. Elles n'avaient pas tellement de succès mais, pour nous, le profit n'était quand même pas négligeable. Au même moment, Max proposait aux « bronzeurs », comme on les appelait, plusieurs échantillons d'épinglettes. Elles étaient très demandées, même s'il pouvait paraître incongru de faire l'article pour des objets qui se piquent dans les habits à des gens qui, pour la plupart, avaient la poitrine nue. L'après-midi, nous écoulions tous deux des fruits pour le compte d'un producteur : d'abord, des cerises et des abricots puis, plus tard dans la saison, des poires et des pommes. Nous allions d'un groupe à l'autre avec nos sacs à provision en faisant tout notre possible pour passer inaperçus. Il ne fallait pas que la police nous repère.

Nous n'avions ni l'un ni l'autre les papiers requis pour les marchands ambulants.

Les semaines passèrent et Marius cessa ses apparitions. Max en souffrit. Son caractère s'assombrit et il eut de plus en plus souvent la tête ailleurs. Mais ça ne troubla jamais vraiment la félicité qui nous envahissait, le soir, quand nous nous retrouvions dans notre cache, derrière la plage, pour dormir à la belle étoile. La nuit s'enroulait autour de nous, comme un drap, tandis que se faisait entendre, au loin, le cri du monde, avec le ronflement de la mer, des arbres et des voitures. On vivait avec le ciel, Max et moi. On habitait même dedans. C'était le bonheur.

Mais il ne dure jamais longtemps. Quand vinrent les premiers froids et les pluies de l'automne, il disparut même carrément. Le vent, soudain, semblait se lever de partout. Quelque chose d'âpre et de pénétrant tomba sur la terre, comme une pierre. C'était comme si je l'avais reçu sur la tête.

Je pris donc la résolution de partir. J'avais déjà perdu assez de temps à regarder la télévision chez papa. Je n'allais pas continuer à le gaspiller en contemplant sans arrêt la mer avec Max. Surtout dans le froid. « Il faut qu'on remonte à Paris, lui dis-je, un beau matin. On ne va pas rester là à se les geler jusqu'à la fin de nos jours.

— Il faut que j'attende Marius, répondit-il. S'il revient et que je ne suis pas là, il sera très déçu. Peut-être qu'il en mourra.

— T'en fais pas. Il trouvera toujours quelqu'un pour le caresser.

— Il m'était très attaché, tu sais, murmura-t-il. Je suis sûr qu'il est blessé et qu'il reviendra quand il sera guéri. Faudra que je sois là. Il aura besoin de moi. »

Max posa sa main sur mon genou. Mais je ne sus s'il voulait, par ce geste d'affection, m'implorer de rester ou bien me signifier qu'il était de toute façon d'accord avec ce que je ferais.

« Moi, je ne l'attendrai pas, dis-je. La vie est toujours trop courte quand on la laisse passer sans rien faire. Je voudrais que la mienne soit longue, Max. J'ai envie de faire des tas de choses. Pas toi ? »

Pour toute réponse, Max bougea les lèvres sans rien dire et en regardant, avec une expression d'espoir et de béatitude, la mer qui dansait devant nous.

36

J'étais venu à Paris avec l'idée de me réchauffer et de me trouver du travail. Mais, au bout de quelques jours, j'avais froid, pas d'emploi et, surtout, plus un rond, car j'avais tout dépensé pour l'hôtel. Il me restait juste *Les Pensées* de M. Blaise Pascal, que j'eus d'ailleurs tout le temps de méditer. Je lui donnerais volontiers raison sur le fait que, pour l'homme, les ennuis commencent quand il sort de sa chambre. Je n'aurais jamais dû quitter la mienne. On va toujours chercher dehors le bonheur, le plaisir ou la tranquillité. C'est un grand tort. On les a en soi ou on ne les a pas.

J'en fus encore plus convaincu quand je me retrouvai, le cinquième jour, à la station Halles du métro de Paris. Tous les malheureux qui glandaient là avaient aussi commis l'erreur de quitter, un jour, leur chambre. Il est vrai qu'ils n'avaient pas toujours eu le choix. Souvent, elle avait été vendue, démolie ou Dieu sait quoi. Mais ils ne pouvaient plus revenir en arrière, désormais. Ils avaient beau chercher, ils ne trouveraient rien. Ils s'étaient vidés de l'intérieur. Ils étaient devenus leur propre tombeau avec, dedans, des cadavres qui respiraient encore, dans un silence de mort.

Après avoir décidé de me rendre dès le lendemain en banlieue afin d'y chercher du travail — au noir, cela va de soi —, je m'étais arrêté à la station Halles pour y passer la nuit et faire le point sur mon avenir. J'avais le sentiment d'être arrivé au bout de mon voyage et de mon histoire. Je m'assis sur un siège, le long du quai, et je commençais à peine mon introspection quand un grand frisé arriva sur moi, avec un sourire forcé. Il portait un manteau dont les poches étaient visiblement très remplies et ça alourdissait sa démarche. Il ne s'avançait qu'avec précaution. Son visage avait cependant quelque chose de fier et d'ouvert à la fois. Une petite croûte balafrait sa joue droite et deux anneaux en acier perçaient ses oreilles.

Il se pencha sur moi et dit d'une voix éraillée :
« Salut, la vieille.

— Bonjour, répondis-je.

— Qu'est-ce que tu fais, la vieille ?

— Je réfléchis.

— Moi, j'attends. »

Comme je ne le relançais pas, il reprit, après un petit silence : « J'attends une femme.

— Elle est partie y a longtemps ?

— Très longtemps. Y a deux mois. Elle montait dans le métro. Moi, je descendais. On s'est croisés pas loin de là où t'es. »

Il mima la rencontre.

« Tu la connaissais ? demandai-je.

— Non. On s'est regardés les yeux dans les yeux et elle a souri. J'ai compris que c'était pour moi. Et je l'ai tout de suite aimée. C'est comme ça que tout a commencé. Tout. »

Je résume. Son nom était William mais on l'appelait « La Forficule ». Sa vie s'était arrêtée le jour où il avait vu cette femme, «assez grande et plutôt blonde», avec laquelle il n'avait même pas échangé une parole. Jusqu'alors, il avait un logement, assez loin en banlieue, et un emploi de manutentionnaire dans une petite fabrique de saucisses. Le lendemain, il ne retourna pas à son travail et resta posté toute la journée au même endroit de la station en espérant qu'elle repasserait. Depuis, il n'était plus jamais rentré chez lui.

«Un jour, elle reviendra, dit-il en s'asseyant à côté de moi.

— Y a pas de raison.

— Mais je m'en voudrai toute ma vie de ne pas être monté dans le métro avec elle. C'est fou ce que je peux manquer de présence d'esprit, quand j'y pense. On en a perdu, du temps d'amour, à cause de ma bêtise.

— C'est dommage, soupirai-je, par politesse.

— T'en fais pas, la vieille. J'ai tellement de volonté que je finirai par la retrouver.»

Malgré sa balafre et ses points noirs, il était très beau, La Forficule. C'était à cause de l'amour qui rayonnait dans ses yeux. Il faisait oublier les imperfections. On ne s'embellit qu'en se débarrassant de soi et il y a sûrement longtemps qu'il s'était libéré de lui-même.

Je l'admirais parce que je ne crois pas que, malgré tout mon amour pour elle, j'aurais pu attendre Nathalie comme ça, en renonçant à tout. C'est pourquoi je ne suis pas un saint. Je sais bien que je ne suis rien et je suis toujours prêt à me sacrifier pour quelqu'un ou quelque chose, mais juste dans certaines limites.

«T'as l'intention de dormir ici, la vieille? demanda-t-il.

— Je n'ai pas vraiment le choix.

— Tu devrais pas, la vieille. C'est un conseil. »

Sur quoi, La Forficule chercha quelque chose dans ses poches avant d'en sortir un paquet de biscuits, déjà bien entamé, qu'il me tendit en disant : « T'as faim, la vieille ?

— Merci », soufflai-je en prenant un biscuit.

C'est alors que s'approchèrent deux jeunes gens. Ils avaient un air maladif et se déplaçaient prudemment, en se concentrant bien sur chaque pas, comme des vieillards dans un couloir d'hôpital. L'un portait un blouson vert, l'autre, le plus grand, un imperméable gris souris. Quand ils furent devant nous, je ne respirai plus qu'à petits coups, car ils empestaient quelque chose d'âcre et de tiède. Une odeur de pissotière on aurait dit.

Ils me dévisagèrent puis le type à l'imperméable demanda : « Un nouveau ?

— Oui, répondit La Forficule. Il est encore tout chaud. Qu'est-ce qu'on fait ?

— Faudra voir.

— Ne vous inquiétez pas, dis-je. Je ne vais pas m'incruster. Je compte juste rester une nuit ici. »

Le type au blouson laissa tomber en se grattant le cou : « F'est toufours fe qu'on dit, au début.

— Moi, renchérit l'autre, j'avais prévu de rester une nuit seulement. Et de nuit en nuit... ça fait plus d'un an que je suis là.

— Défà ? fit le type au blouson.

— On n'a pas le choix, dit le type à l'imperméable. On vient là quand on ne peut plus aller ailleurs. Et puis, après, on ne peut plus sortir. C'est comme un piège à rats, ici. »

Le type au blouson ouvrit ses lèvres pour faire un

243

grand sourire. Mais c'était tout noir dans sa bouche. Il n'avait plus de dents.

« D'ailleurs, dit-il, on aime les rats, nouf' autres. F'est normal. Qui fe reffemble f'affemble. »

Une femme énorme s'avança vers nous en se dandinant. En guise de chaussures, elle portait des boules de chiffon et de papier ficelées comme des colis. Elle était accompagnée d'un berger allemand qui se mit à renifler mes jambes comme s'il y avait trouvé une odeur amie. J'étais rassuré et inquiet en même temps car je pensais à Marius le dauphin. Mais il n'alla pas plus loin.

« Ma parole, dit la femme en me toisant, il sort du berceau, celui-là.

— J'ai presque vingt ans, protestai-je. Ça ne se voit pas ? »

Mais je n'ai jamais su mentir et tout le monde s'est mis à rigoler.

« Il est trop petit pour qu'on le laisse tout seul, fit la femme. Il pourrait lui arriver quelque chose. Faut l'emmener voir Batavia. Il décidera ce qu'on doit faire.

— Quand on a un chef, faut en profiter », dit le type à l'imperméable.

Je saluai La Forficule qui ne voulait pas s'éloigner du quai et suivis les autres. Ils me conduisirent au troisième étage du Forum des Halles devant un grand barbu d'une quarantaine d'années, avec le crâne rasé, qui trônait au milieu d'une cour d'une douzaine de types, blottis les uns contre les autres. On dit toujours que c'est l'âme qui soutient nos carcasses branlantes. Apparemment, elle les avait déjà abandonnés, tant ils paraissaient avachis.

« Batavia », c'était le grand barbu. Il avait un soleil tatoué sur le haut du front, un blouson de

244

cuir marron et une chaîne à chien autour du cou. Il parlait avec autorité en clignant souvent les yeux, pour faire l'intelligent, mais on voyait tout de suite qu'il l'était vraiment.

«T'as une adresse où aller? me demanda-t-il après que le type lui eut présenté mon cas.

— Je ne crois pas, répondis-je.

— Fais gaffe. Quand on n'a plus d'adresse, on a un mal fou à en retrouver.»

Il me fit signe d'approcher. Quand je fus tout près de lui, Batavia posa sa main sur mon épaule et murmura: «Faut pas rester ici.

— Je sais, dis-je.

— On est déjà beaucoup trop, mec, et y a plus rien à voler.

— Plus rien, approuva quelqu'un.

— Il paraît que c'était mieux avant, reprit-il. Y avait plus de possibilités. Maintenant, c'est très compliqué.»

Une jeune fille, dont le visage aurait été très beau s'il n'avait été cassé de partout par Dieu sait quel chagrin, arriva, en glissant sur ses fesses, et dit à Batavia: «Il est jeune. Je suis sûre qu'il court très vite.

— Ça se peut, souffla-t-il.

— On a besoin de mecs comme ça pour dépouiller les gens.»

Batavia regarda la jeune fille avec exaspération et secoua la tête.

«Ils courent vite pendant quelques semaines, dit-il, et puis après ils se font attraper comme tous les autres.

— C'est la fatigue qui veut ça.

— Après, ce sont des charges. T'as vu les charges qu'on a?

— T'en reprends des nouveaux et puis c'est marre. Faut que ça tourne.

— Je traite pas les gens comme ça, moi, trancha Batavia. J'essaye de rester humain.»

La jeune fille repartit comme elle était arrivée, en glissant sur ses fesses, et Batavia me dit après s'être tourné vers moi : «Je pense pas que tu dois rester ici. On va t'emmener chez l'abbé Bouchignolle. Il s'occupera bien de toi. T'es tout à fait le genre de mec qui lui plaira.

— Pourquoi ?

— Parce que t'es un mec à problèmes. Il aime les problèmes.»

C'est ainsi que je fus confié, ce soir-là, au curé d'une des églises du quartier. C'était un grand gaillard chauve, avec des dents très blanches, qui chercha à me tirer les vers du nez. Je lui récitai indéfiniment la même histoire à dormir debout — mes parents étaient morts, je n'avais ni famille ni papiers — en le regardant avec l'air le plus malheureux que je pus imaginer.

L'abbé Bouchignolle ne goba, bien sûr, rien de mon boniment et il me le laissa comprendre. Mais il me proposa quand même un lit et me garda ensuite plusieurs semaines chez lui en compagnie de deux calamiteux dans mon genre, qu'il avait chargés de travaux d'entretien dans l'église. Je devins sa bonne, sa cuisinière, son comptable et, parfois, son enfant de chœur. En échange, il me parla beaucoup. De la vie et aussi de M. Blaise Pascal sur lequel il m'apprit beaucoup de choses.

Avec l'abbé Bouchignolle, je me sentais bien. Il avait cet air bon qu'ont souvent les curés et il ne disait jamais de mal de personne, même pas du

Diable, dont il ne parlait jamais. Rien qu'à le regarder vivre, la foi montait chaque jour davantage en moi. Elle finirait, je le savais, par me submerger.

En attendant, je suivais scrupuleusement les conseils de l'abbé Bouchignolle. «Il faut que t'apprennes à aimer de plus en plus les autres, me dit-il un jour. C'est comme ça que tu aimeras de plus en plus Dieu et que tu finiras par t'en approcher de très près.

— Y a pas moyen de l'atteindre directement?

— Pas vraiment, répondit-il. Ceux qui n'aiment personne n'aiment jamais Dieu. Même quand ils sont convaincus du contraire.»

Moi, je ne parvenais pas à aimer tout le monde. Mais c'était normal, à force de prendre des coups. Je suis quelqu'un comme un autre, avec des péchés dedans et, pour avancer dans la vie, une espérance au-dessus. En fin de journée, juste avant d'aller préparer le dîner, j'allais souvent faire un tour à l'église. Je m'agenouillais devant l'autel et priais Dieu. Je dois avouer que j'avais parfois du mal à continuer quand, ce qui arrivait souvent, l'image de Nathalie m'envahissait. J'étais gêné pour les deux et je m'arrangeais toujours pour ne pas choisir.

Je prenais néanmoins très au sérieux mes prières du soir. L'abbé Bouchignolle remarqua, un jour, qu'avant de pénétrer dans l'église, je remettais mes cheveux en ordre puis essuyais soigneusement la semelle de mes chaussures sur le seuil. Quand il me demanda pourquoi, je lui répondis: «Pour me mettre en condition. — T'as raison, observa-t-il, c'est bien de le faire. Mais ça ne change pas grand-chose. On est toujours sale devant Dieu.»

Il est vrai que Dieu a raté l'homme exprès quand il a décidé de ne pas le faire à son image. C'est pourquoi nous n'arrêtons pas de souffrir, depuis. C'est pourquoi nous n'arrivons pas non plus à nous faire entendre. Il ne prêtait même pas attention, je crois, aux prières et aux complaintes qui montaient sous terre, de la station Halles, à quelques pas de l'église.

Un soir, l'abbé Bouchignolle amena une prostituée chez lui. Elle s'appelait Bébette. C'était une petite blonde très fessue qui se droguait. Elle avait un œil au beurre noir, claquait des dents et disait qu'elle avait décidé de changer de métier. Sa misère était envahissante. Sans doute pour qu'on la partage, elle se plaignait à longueur de journée, d'une voix très faible.

La première nuit, parce qu'il n'y avait pas de place dans l'appartement, l'abbé Bouchignolle me fit dormir sur un sac de couchage dans le couloir d'entrée et, le lendemain, quand il m'annonça qu'il m'avait trouvé du travail, je compris qu'il me donnait congé. Il avait mis la main sur plus malheureux que moi. Je ne lui jetterai pas la pierre. Il m'avait donné quelque chose qui était sans prix. À défaut de vivre, je pouvais naviguer, maintenant.

Le jour de mon départ, je décidai d'aller saluer La Forficule à la station Halles. Mais il n'était pas là. Pensant qu'il avait pu s'absenter pour faire des courses ou autre chose, je m'assis à l'endroit où je l'avais rencontré, sans doute sur le même siège. Une heure après, il n'était toujours pas là. Je devais avoir l'air normal, désormais, car aucun clochard ne m'avait approché. Décidé à ne pas m'éterniser — je ne voulais pas qu'il m'arrive la même chose qu'à lui —, je demandai des nouvelles de William à quelques pauvres hères qui traînaient sur le quai. Ils ne l'avaient pas vu depuis plusieurs jours. En partant, je préférai me dire qu'il avait retrouvé la femme qu'il attendait. J'aime les histoires qui finissent bien, même quand ça n'est pas vrai. Ça me donne du courage.

37

M. et Mme Becquerel tenaient un magasin de bonbons, de biscuits et de chocolats à Saint-Denis. Ils avaient l'un et l'autre le teint pâle, comme s'ils ne se nourrissaient que de dragées et de pain azyme. Il est vrai que je les ai souvent surpris en train de se servir à pleines mains dans les grandes boîtes de friandises de la boutique. L'effet de cette consommation excessive se ressentait sur leur allure générale. Ils avaient tous deux un visage qui débordait de partout. Ce n'était pas le même mais il semblait malaxé dans la même matière. Ils étaient bien assortis.

Le jour de mon arrivée, je leur avais raconté la même histoire qu'à l'abbé Bouchignolle. Ils avaient paru me croire, eux. Mme Becquerel n'avait pas eu d'enfant et j'ai tout de suite compris, dès le premier regard, qu'elle m'aurait bien adopté. C'était une femme très croyante et très organisée. Elle aurait fait une bonne mère avec ses grands seins fiers et forts. Il était bien regrettable qu'ils n'aient pu être tétés par personne et, sur un autre plan, je ne suis pas sûr que son mari ait été capable d'apprécier leur beauté. Il se plaignait toujours d'un manque de sommeil alors qu'il dormait douze heures au moins.

Rien que de rester debout et de continuer à respirer, ça lui demandait un effort surhumain.

Ils m'avaient installé dans une petite chambre au-dessus du magasin. Pour les toilettes, ça n'était pas très pratique. Il fallait que je descende au rez-de-chaussée. Mais c'était la première fois depuis longtemps que j'étais aussi confortablement logé. J'avais même été gratifié d'un sèche-cheveux et d'une vieille radio par les Becquerel qui m'avaient, de plus, fourni un petit réchaud à gaz pour que je puisse me faire la cuisine. Comme je n'étais pas déclaré, je ne devais pas trop me montrer au magasin. J'avais cependant beaucoup de travail. J'étais chargé de la gestion des stocks, du ménage et des paquets-cadeaux que j'allais livrer en cyclomoteur.

Mes rares loisirs, je les passais d'ailleurs sur le cyclomoteur, à faire des tours du côté d'Argenteuil, à la recherche de Nathalie que je rêvais d'apercevoir, même de loin. Sa silhouette m'aurait suffi, je crois. Quand j'avais fini de battre la banlieue pour elle, je commençais à lui écrire de longues lettres que je brûlais ensuite, afin de ne pas laisser de traces. Même si je travaillais beaucoup le style — je faisais toujours plusieurs brouillons —, elles n'étaient pas d'une inspiration très originale. Telle est la tragédie de l'amour. On a le sentiment d'être la première personne à penser des choses et à les dire mais on ne fait que répéter les mêmes mots qui remontent à la nuit des temps. Ce sont juste les gens qui changent. Les phrases sont toujours pareilles.

Un jour, alors que Noël approchait, les Becquerel me prièrent d'aller faire une opération de promotion dans une des cités de la ville. C'était la plus pauvre mais c'était aussi la plus peuplée. Elle s'élevait sans but ni direction et partait dans tous les sens. À la première secousse d'un tremblement de terre, elle s'écroulerait, ça se voyait.

Après que j'eus enfilé mon déguisement de père Noël, M. Becquerel me déposa avec un carton de prospectus, plusieurs sacs de bonbons et une pancarte d'homme-sandwich, à l'enseigne de « La Confiserie centrale », au pied d'une grande tour, constellée de graffitis, qui dominait la cité des Airelles. « C'est un bon coin, dit-il. Il est stratégique. Y a pas mieux pour commencer une campagne de promo. » Il ne descendit même pas de sa voiture. Avant de repartir, il ouvrit la vitre, sortit un peu la tête et me confirma qu'il reviendrait me chercher deux heures plus tard.

C'était mercredi. À peine avais-je fixé la pancarte derrière mon dos et attaché les sacs de bonbons à ma ceinture qu'une nuée d'enfants de tous âges fondit sur moi en poussant des cris, de joie pour la plupart, de guerre dans quelques cas. Plusieurs mères suivaient. Elles avaient souvent un ventre considérable et on aurait dit qu'elles le portaient comme un fardeau, car elles avançaient à petits pas, la tête penchée et l'air absorbé.

« T'es venu comment? me demanda une petite fille noiraude, au type indien, en roulant sur moi de grands yeux fascinés.

— Je suis tombé du ciel », dis-je en commençant à distribuer les bonbons.

C'était impossible. Ici, il n'y avait pas de ciel ou presque. Mais la petite fille me crut et, après m'avoir lancé un large sourire, elle dit: « Tu m'emmèneras, après?

— Non, mais je reviendrai. »

Une femme qui portait des chaussures de course à pied sans lacets se fraya alors un passage jusqu'à

252

moi. Elle avait la trentaine bien rembourrée et tenait un petit garçon à la main. Après avoir pris quelques bonbons et deux ou trois prospectus, elle me demanda en me jetant un regard méfiant : « Vous faites ça pour qui ? »

Je me retournai, pour lui montrer ma pancarte, et dis : « Je travaille pour la Confiserie centrale. C'est écrit dessus. »

Elle commença à sucer un bonbon et soupira : « Ils sont pas géniaux, vos bonbons.

— Y en a qui aiment, fis-je sans me démonter.

— Pas moi, je peux vous le dire.

— Tant mieux, dis-je. Comme ça, vous ne grossirez plus. »

Elle haussa le ton : « Ça m'étonnerait qu'y en ait qui grossissent en bouffant vos saloperies, voyezvous. C'est de la merde dont personne ne veut que vous êtes en train de nous refourguer, voilà la vérité. »

Poursuivi par mon essaim d'enfants, j'entrepris de m'éloigner mais elle m'emboîta le pas. Je m'arrêtai donc quelques mètres plus loin. Elle rôda ensuite longtemps autour de moi en criant des gracieusetés, du genre : « On est pas des poubelles, faut pas croire. » Ou bien : « On va pas se laisser empoisonner comme ça, Ducon, tu vas voir les emmerdes. » Tel est le problème avec les pauvres des banlieues. Ou bien ils pensent que tout leur est dû, comme les gamins qui m'arrachaient les bonbons des mains. Ou bien ils estiment qu'on ne leur en donne jamais assez, comme la femme aux chaussures de course à pied. C'est pourquoi on a si peur, souvent, dans les cités.

Quand plusieurs garçons de mon âge vinrent se servir à pleines mains dans mes sacs de bonbons sans même me regarder, avec des mimiques étranges, et en serrant les dents, je compris que je pouvais m'attendre au pire. J'avais raison.

M. Becquerel n'étant pas encore revenu me chercher quand j'eus fini de distribuer mes derniers bonbons, j'entendis monter un grondement d'hostilité autour de moi. Le mouvement était mené par les garçons de mon âge. «Pourquoi t'as pas pris plus de bonbons? cria l'un d'eux, un Noir très baraqué, en s'avançant dans ma direction.

— Je ne savais pas qu'il en faudrait autant, dis-je.

— T'as gardé des bonbons pour toi. C'est ça, la vérité.»

Il tira sur ma barbe de coton qui partit et tout le monde se mit à rire. Je décidai de m'enfuir: c'était ce que j'avais de mieux à faire. Mais pour ça, il fallait d'abord que je me débarrasse de ma pancarte qui m'aurait empêché d'aller bien loin. C'est quand je m'en défaisais que je reçus un premier coup de pied dans le derrière, puis un second, tandis que deux garçons se saisissaient de mes bras.

«On veut encore des bonbons, hurla une métisse très colorée.

— J'en rapporterai, dis-je. Je vous promets.

— Maintenant, s'époumona quelqu'un, repris aussitôt par d'autres voix.

— T'as compris? fit le Noir en me donnant un coup de poing dans l'estomac. On en veut maintenant. Pas tout à l'heure.»

Je parvins à me dégager. Mais je fus aussitôt rattrapé puis roué de coups, longtemps, sous les sifflets et les applaudissements.

«Il a peut-être encore des bonbons sous sa robe, brailla quelqu'un, au bord de l'hystérie.

— Ça m'étonnerait pas, dit une grande perche

blanche comme le ciel. Avec la gueule de faux cul qu'il a.»

Les uns commencèrent à m'arracher ma robe de père Noël pendant que les autres me cognaient dessus. J'avais un goût horrible dans la bouche et une odeur de chou-fleur dans les narines. Quelque chose me vrillait aussi le cerveau, partout et en même temps.

«Il a eu son compte, dit soudain le Noir, la bouche pleine de bonbons.

— Faut le laisser, renchérit la grande perche.

— On le dépouille pas? demanda quelqu'un.

— C'est déjà fait. Y avait presque rien.»

Quand je me relevai — je suis quelqu'un qui se relève toujours —, plusieurs enfants étaient restés autour de moi. Deux d'entre eux m'aidèrent à me soulever, tandis que les autres me plaignaient des yeux. Je pouvais marcher, même si c'était en boitant, et je me sentais, malgré toutes mes douleurs, dans un état assez proche du bonheur. Il ne faut pas s'étonner. Le bonheur commence souvent quand le malheur est parti. Le drame est qu'il ne s'attarde jamais longtemps.

Pour me remonter le moral, une fillette me dit qu'elle m'aimait beaucoup et me donna plusieurs pièces de monnaie «pour rentrer». Elle acheva de me combler. Jusqu'à présent, je m'étais souvent dit que je serais malheureux tant que je ne saurais pas ce que je voulais. Mais je n'avais jamais su ce que je voulais. Je le savais, désormais.

Peut-être était-ce à cause des coups qui étaient tombés sur moi ou d'autre chose, mais je voyais, soudain, clair en moi. Il ne me restait plus qu'à faire sans attendre ce que j'aurais dû décider depuis longtemps.

38

Quand j'ai appelé chez les Foucard — en posant
un bout de chemise sur le combiné du téléphone,
pour qu'on ne reconnaisse pas ma voix —, c'est
Frank qui m'a répondu. «Mais Nathalie n'habite
plus là», dit-il, avec surprise, comme je lui demandais de parler à sa sœur. J'eus la présence d'esprit
d'inventer sur-le-champ un stratagème dans lequel
il tomba. «Je ne comprends pas, fis-je. Elle m'a
donné cette adresse. Je dois lui livrer une com-
mode.»

C'est ainsi que Frank me donna la nouvelle
adresse de Nathalie. Elle habitait un studio à Bobi-
gny, au troisième étage d'un immeuble qui donnait
sur l'une des rues principales. Avant de sonner, je
restai un bon moment devant la porte, à épier les
bruits derrière, car je voulais être sûr qu'elle se
trouvait seule. Quand je me décidai, enfin, mon
cœur battait comme si c'était le premier jour de ma
vie, ou bien le dernier. Elle ouvrit et resta en plan
devant moi. Une expression de surprise écarquillait
ses yeux et lui ouvrait la bouche, stupidement, sans
qu'aucun son n'en sorte.

«Mais c'est toi? finit par dire Nathalie que je
retrouvais pareille à elle-même.

— Oui, répondis-je, un peu étonné qu'elle ne me saute pas au cou.

— Tu es vivant?

— Comme tu vois.

— Tu as du sang partout, mon pauvre. Mais qu'est-ce qui t'est arrivé?

— Rien. Quelques enfants de salaud qui se sont amusés sur ma pomme.

— Entre, fit-elle en me jetant sur la joue un baiser que je lui rendis. Je vais te soigner. »

Un rapide coup d'œil circulaire me permit de m'assurer qu'aucune présence masculine ne s'était encore fixée, durablement du moins, dans le studio de Nathalie. Je me sentais trop sale pour oser m'asseoir sur son canapé et restai debout, à la regarder avec gravité, quand elle m'indiqua la porte du fond. « Va te laver, dit-elle. Je m'occuperai de toi après. »

Je m'exécutai. Tandis que je me lavais, elle me posa toutes sortes de questions derrière la porte de la salle de bains. J'y répondis avec honnêteté, en prenant soin de ne pas m'éloigner de la vérité. Encore que je ne pus m'empêcher de l'arranger quelque peu quand j'évoquai les conditions de mon départ. Pour qu'elle ne puisse m'accuser de duplicité, je lui racontai en effet que j'avais bien quitté l'appartement avec l'intention de me suicider mais que j'avais été repêché dans la Seine, après avoir tenté de me noyer, et que j'avais préféré ne pas renouveler l'expérience.

Quand je sortis de la salle de bains, je demandai à Nathalie si j'étais toujours recherché par la police. Elle se mordit les lèvres puis murmura, les yeux baissés: «Toujours. Mais je sais bien que c'est pas toi qui as tué Mme Bergson.

— Dommage que tu sois la seule à le penser.

— C'est une erreur judiciaire. Faudra se battre pour rétablir la vérité.

— Tout m'accuse.

— Je t'aiderai, souffla-t-elle.

— Merci. Je n'en attendais pas moins de toi. »

Sur quoi, je m'assis sur le canapé et m'offris à ses mains qui désinfectèrent mes plaies avec des boules de coton. Elle s'acquittait de sa tâche avec application et en éprouvant un plaisir qui, à en croire l'expression de son visage, devait égaler le mien. Elle sentait si bon — une odeur de confiture de mûres — que ça me donnait le tournis.

Pendant qu'elle me pansait, je l'interrogeai sur sa vie. Elle était coiffeuse, maintenant. Elle avait son indépendance et tout. Elle était heureuse, en somme. D'autant que la clientèle l'avait à la bonne. Elle était très demandée, Nathalie. C'était même, à ce qu'elle disait, la préférée du salon. Je comprenais pourquoi elle avait pris tant d'assurance en un an.

Quand elle eut fini de me soigner, je la regardai doucement et marmonnai : « Je t'aime beaucoup, tu sais.

— Tu es gentil, dit-elle. Très gentil. »

Je m'approchai d'elle et me caressai contre ses cheveux.

« Pas maintenant, fit-elle en se levant brusquement.

— Je voulais juste...

— Tout à l'heure, murmura-t-elle. Là, je suis encore sous le choc, tu comprends.

— Je comprends.

— Il faut que je remette mes idées en ordre. Mais t'en fais pas, Aristide. Je serai bientôt prête. »

Je lui demandai si elle avait quelqu'un dans sa

vie. Elle eut un haussement d'épaules et dit : « Y a un type qui aimerait bien y entrer, oui.

— C'est qui ?

— Mon patron. »

Quand elle me parla de M. Tauplin, le directeur du salon de coiffure où elle travaillait, elle avait un ton si gêné que je finis par dire : « Mais tu as des relations avec lui ?

— Non. Même si je voulais, je ne pourrais pas. C'est plus fort que moi.

— Qu'est-ce qu'il a ?

— Il a tout pour plaire, mais il dit tout le temps des cochonneries. Je ne supporte pas.

— Il dit quoi, par exemple ?

— Excuse-moi, fit-elle. Je n'ai pas envie d'entrer dans les détails. »

Pour changer de sujet de conversation, elle me demanda, après m'avoir tourné le dos et offert, de la sorte, sa croupe : « Tu veux dormir ici, ce soir ?

— J'ai envie de dormir avec toi », dis-je, étonné par mon audace.

Elle ne releva pas mais, par une curieuse association d'idées, me proposa de manger un morceau. J'acceptai. J'étais assis à table, attendant les deux crêpes au fromage congelées qu'elle avait mises à la poêle pour moi, quand j'aperçus, trônant sur une étagère, un grand vase bleu en porcelaine de Limoges. Je me levai, le pris et l'examinai de près. Je reconnus les marguerites. C'était bien celui de Mme Bergson.

« Il est beau, ce vase, dis-je sur un ton détaché. Comment t'as eu ça ?

— Un cadeau. »

Elle s'était retournée très vite. Je n'avais pas eu le temps de croiser son regard.

« Ça vaut cher, dis-je.

— C'est Frank qui me l'a offert pour mes dix-sept ans. »

Quand je dis à Nathalie que j'avais vu ce vase chez Mme Bergson, le jour de sa mort, elle changea très distinctement de couleur. Son sang quitta son visage et il n'y revint plus.

« C'est complètement absurde, chuchota-t-elle.

— Il a le même signe particulier, dis-je en montrant à Nathalie le bec verseur qui était légèrement ébréché.

— Ça ne peut pas être Frank. Il est incapable de ça. Incapable.

— Avant de le décider, tranchai-je, il vaudrait mieux avoir une petite conversation avec Frank. Tu ne crois pas ? »

Je sentis sa main sur mon bras puis la pointe de sa langue dans mon cou. Tout s'arrêta et l'air se figea. Je posai le vase sur la table et embrassai Nathalie, longtemps, avec un métier et une délicatesse que je n'aurais jamais soupçonnés en moi. Elle se mit, soudain, à ronronner comme un chat. Depuis que je la connaissais, c'était la deuxième fois qu'elle faisait ça. Je sus qu'elle était heureuse.

Mon œil de verre commença à couler.

« Tu pleures ? demanda Nathalie.

— Ça me gratte », répondis-je.

Elle déposa un baiser sur mon front puis murmura : « C'est l'émotion.

— Non. C'est une irritation. »

Elle prit ma main droite et en promena les doigts autour de ses lèvres avant de se mettre à les mordiller.

« Toi, il faut toujours que tu fasses l'affreux, dit-elle. Mais je sais bien que tu es un sentimental, au fond. »

Apparemment, elle en était convaincue. Si je plais aux femmes en général et à Nathalie en particulier, ça n'est sûrement pas à cause de mon physique qui, j'en conviens, n'est pas épatant. C'est sans doute parce que j'ai de la conversation et que je sais en changer souvent. Mais c'est sûrement aussi à cause de tout l'amour qui prolifère en moi. J'ai de la peine pour ces malheureux qui font leur provision de sentiments toute leur vie pour la resservir en une fois ou deux. Moi, j'en ai à ne pas savoir quoi en faire.

Si je n'avais pas connu Nathalie, je crois même que ça aurait fini par me noyer, tant d'amour pour rien.

39

Frank était devenu un homme, tout d'un coup. De loin, il faisait même impression avec ses larges épaules et son début de ventre. De près, il avait tous les signes de quelqu'un qui souffre d'une affection du système pileux. C'est sans doute ce qui lui donnait cet air de gros bébé imberbe. Je l'aurais cru sous-développé sur ce plan si Nathalie ne m'avait prévenu. Il était frappé d'une maladie grave mais pas contagieuse, la tricotilomanie, qui amène à s'arracher tout le temps les poils de la barbe, des cils et des sourcils.

Même les cheveux commençaient à déguster, notamment à l'endroit où se termine le front. Le sien avait, grâce à la tricotilomanie, bien entamé la conquête du crâne en y ouvrant de sérieuses brèches. Rien ne permettait d'imputer cette manie à un quelconque penchant masochiste. Visiblement, Frank s'aimait bien. Il était habillé avec distinction, dans la mesure de ses moyens qui, bien sûr, restaient limités. À en croire Nathalie, il avait même enfin trouvé sa vocation. Il avait décidé de devenir attaché de presse, maintenant, et il marchait avec l'assurance de quelqu'un qui a déjà un métier.

Quand il m'aperçut sur le canapé, après que

Nathalie lui eut ouvert la porte du studio, il eut un mouvement de recul ou de surprise, mais il le réprima dès qu'il entendit le son de ma voix qui disait : « Bonjour, Frank. Je suis tellement content de te revoir.

— T'es pas mort ? demanda-t-il.

— Apparemment pas, fis-je en me levant pour le saluer. Ça t'embête ?

— Tu sais bien que non, répondit-il avec un sourire qui me parut sincère.

— Je voulais te parler. »

Nathalie s'assit sur le canapé et Frank la rejoignit. Je me retrouvai tout seul debout.

« Depuis le temps, soupira Frank, on a tellement de choses à se dire...

— Oui, tellement. »

Parfois, je me disais qu'il était l'assassin de Mme Bergson. Parfois, non. J'en vins même à penser les deux choses en même temps. Je crois que Nathalie jugea que la pression dans cet endroit du studio était trop forte pour elle, car, après avoir été prise d'une petite toux nerveuse, elle se leva soudain d'un bond et nous proposa de nous servir à boire.

« Bonne idée, dit Frank. J'aimerais bien un pastis.

— Moi aussi », soufflai-je.

Un silence tomba. Je m'accroupis au pied du canapé et Frank me regarda comme le chien que l'on va caresser.

« Ça a dû être dur pour toi, tout ça, finit-il par murmurer.

— Très.

— T'as toujours la police au cul ?

— Je crois.

— Si je peux t'aider, Aristide...

— Tu peux», dis-je.

C'est alors que Nathalie apporta, dans le vase bleu de Mme Bergson, l'eau pour le pastis. Il était, avec les verres, sur un plateau qu'elle posa au pied du canapé. Elle repartit ensuite chercher la bouteille.

«Tu reconnais ce vase? demandai-je à Frank sur un ton détaché.

— Bien sûr, dit-il en souriant. C'est moi qui l'ai donné à Nathalie. Il est joli, non?

— Il appartenait à Mme Bergson.»

Frank prit un air étonné.

«Comment ça? fit-il, posément, après avoir observé un petit silence.

— Tu as bien entendu. Il appartenait à Mme Bergson.

— Et alors?

— Ne fais pas semblant de ne pas comprendre.

— T'es quand même pas en train de sous-entendre que je suis l'assassin de Mme Bergson, dit-il en haussant le ton.

— Non. Mais j'aimerais que tu me répondes.

— Je l'ai acheté, ce vase.

— Acheté?

— Oui. Je l'ai acheté à Martin Lambrule.

— Mais il est mort, dit Nathalie en commençant à servir le pastis.

— Ça tombe bien, soufflai-je.

— T'es foldingue, s'écria Frank. Complètement foldingue. Tu crois vraiment que c'est moi?

— Non. J'ai simplement envie de savoir ce qui s'est passé.»

Comme je l'ai déjà dit, Martin Lambrule faisait office de receleur, dans la cité. Il achetait et il revendait tout. Des motos, des yaourts bulgares ou des pinces à linge. Sans parler, bien sûr, des auto-radios. Quelques semaines après mon départ, il avait été retrouvé mort dans la cave de l'immeuble, avec seize coups de couteau dans le ventre, la gorge et le dos. Ses oreilles, coupées, avaient été déposées devant la porte de l'appartement de son père.

À tort ou à raison, M. Lambrule s'était cru visé. Il avait parlé de «crime politique» et organisé, dans la ville, une marche silencieuse qui avait connu un grand succès. Sa notoriété nouvelle lui avait permis de se faire élire, l'année suivante, conseiller municipal d'Argenteuil. Mais, à en croire Frank et Nathalie, la mort de son fils l'avait brisé. Il n'avait pas d'autre enfant et sa femme était morte. N'ayant donc plus personne à aimer, il avait acheté un chien qu'il emmenait partout avec lui. C'était un bas-rouge et il s'entendait très bien, paraît-il, avec son élevage de chats.

La renommée n'a pas que des avantages. Peu après son élection, un journal local avait révélé qu'il n'avait jamais été lieutenant ni même caporal et qu'en outre, il n'avait pas fait la guerre d'Algérie. C'était comme s'il avait perdu, d'un coup, toute son identité.

Je ne croyais pas que M. Lambrule aurait été capable de dire qui avait vendu le vase bleu à son fils. Ils ne se parlaient pas assez pour ça. Mais même si j'avais été sûr qu'il le sache, je ne serais jamais allé le lui demander moi-même. J'étais convaincu qu'en me voyant devant lui, son premier réflexe aurait été d'appeler la police. J'envoyai donc Nathalie aux nouvelles. Elle le rencontra à son local, sur la grand-rue, et elle revint bredouille. Elle n'en avait tiré que plusieurs prospectus sur l'immigration et une devinette qui, je l'avoue, me fit sourire : « Quelle différence y a-t-il entre un chien écrasé et un Arabe écrasé ?

— Je donne ma langue au chat, dis-je.

— Devant le chien, y a des traces de frein. »

Il fallut donc me résigner au fait que je resterais, peut-être jusqu'à la fin de mes jours, le suspect numéro un dans l'affaire Bergson. J'étais condamné à vivre dans la clandestinité, c'est-à-dire à ne pas me faire remarquer. Je m'y appliquai bien, sans en souffrir beaucoup. Une question d'habitude. J'ai toujours su me faire tout petit. Depuis que le monde est monde, il y a ceux qui vivent et il y a ceux qui survivent. Moi, je fais partie de la seconde catégorie. C'est de naissance. Je respire moins, je regarde moins et parle moins. Quand je circule en ville, il n'y a jamais personne qui me voie. Si je pose une question aux passants, il est rare qu'ils m'entendent. Je suis l'homme invisible. Ce n'est peut-être pas glorieux mais, au moins, je n'ai pas d'ennuis.

40

En plus du reste, c'est moi qui prenais le courrier
tous les matins. Il n'y avait jamais rien, sauf des
factures ou des prospectus. Un jour, Nathalie reçut
une lettre qui m'intrigua tout de suite. L'écriture,
sur l'enveloppe, ne pouvait être que l'œuvre d'un
homme, probablement assez primaire et peut-être
même demeuré. Je me demandai si ça n'était pas
un amoureux — le patron de son salon de coiffure,
par exemple — et je décidai d'en avoir le cœur
net.

J'ouvris donc l'enveloppe, mais en prenant mes
précautions, car je ne voulais pas que Nathalie
puisse se rendre compte de mon inconvenance.
D'abord, j'allumai le feu sous la bouilloire puis,
quand elle commença à siffler, j'exposai à la vapeur
qui giclait le dos de l'enveloppe qui se décolla facilement. À l'intérieur, il y avait un papier plié en
quatre sur lequel était écrit :

Il faut que tu me done ce que tu me doit. Sinon ça
pourrait aler très mal pour toi.
C'est mon dernier raverticement.

YAZID.

Comme chaque fois que j'apprends une mauvaise nouvelle, je fus saisi, soudain, d'une profonde fatigue. Elle me prit la tête, puis le dos, puis les jambes. Je ne savais ce que Yazid voulait à Nathalie mais ça m'avait tout l'air d'une lettre de chantage, comme si elle avait commis une faute dont il cherchait à tirer profit. J'eus des pensées auxquelles je n'osais même pas penser.

Je partis donc à la recherche de Yazid. Il habitait toujours avec ses parents, au-dessus de M. Lambrule. Je me postai toute une matinée devant l'entrée de l'immeuble. Personne ne pouvait me reconnaître, car, pour me cacher le haut du visage, je m'étais enfoncé la tête dans une casquette fluorescente et j'avais enfilé d'énormes lunettes noires qui, en fait, étaient bleues. Je dissimulais derrière ma main ma bouche et une partie de ma joue.

Yazid sortit à midi et demi. Pour se donner un peu d'allure, il s'était laissé pousser une petite moustache mais on aurait dit qu'elle était en chocolat, comme celle des enfants après le petit déjeuner. Je décidai de le prendre en filature. Il se rendait au centre-ville. Je le suivais depuis cinq cents mètres au moins quand il se retourna, soudain, avant de demander avec un air menaçant : « Qu'esse tu veux ?

— Moi ? Rien, dis-je, étonné.

— Pourquoi tu m'espionnes, alors ? »

Il s'approcha en soufflant très fort, comme un taureau. C'était son truc quand il voulait faire peur. J'avais aperçu la porte, ouverte, d'une cave et, en me dirigeant vers elle, je laissai tomber : « Essaye de m'attraper si tu l'oses. »

C'était son point faible. Immobile, il était impressionnant de force. Mais dès qu'il marchait ou courait, il avait l'air désarticulé et se mélangeait les pieds. Quand il arriva à ma hauteur, j'appuyai sur le cran d'arrêt du couteau que j'avais dans la main et je le pointai contre lui.

Je n'aimais pas ça mais, avec un type pareil, je ne voyais pas comment faire autrement, pour discuter.

« Les mains sur la tête, ordonnai-je, et avance. »

Quand nous fûmes arrivés dans la cave, lui marchant devant, je le collai contre un mur et le fouillai. Il avait juste une clef et quelques pièces de monnaie.

« Qu'esse t'as contre moi ? demanda-t-il.

— Je suis Aristide, répondis-je.

— Je croyais que t'étais mort.

— Je suis revenu et je veux tout savoir.

— Sur l'assassinat de Mme Bergson ?

— T'as tout compris.

— Ça tombe bien. Je sais tout. »

Je lui demandai de se retourner, pour voir ses yeux, et je dis en les fixant bien : « Comment ça s'est passé ?

— Je peux te dire que c'est pas toi.

— Merci du renseignement. Je m'en doutais. »

Il soupira et me fit signe d'éloigner le couteau. Je secouai la tête.

« Il faudrait que t'arrêtes de me menacer, dit-il. Ça me lourde, T'as rien à craindre de moi, franchement. J'en ai bavé beaucoup. Et j'ai changé, tu sais.

— Moi aussi. »

Quelque chose s'était cassé, dans son visage. Il n'était plus effrayant, comme avant. Il faisait de la peine. Mais il ne le savait pas.

« Je n'ai pas confiance en toi, dis-je. Si tu bouges,

je t'éventrerai. Je te mordrai aussi. Et t'auras le sida. Avec une hépatite en plus.

— T'as pas le sida, protesta-t-il. Le type qui t'a mordu la fesse, il l'a jamais eu. C'était une blague.»

Je le savais bien mais, après avoir serré mes mâchoires, en signe de détermination, je laissai tomber: «Tu prends tes risques, mon vieux.

— T'as pas la rage aussi, pendant que tu y es? ricana-t-il.

— Si on veut.

— T'as tort de me chercher comme ça. J'assure plus.

— T'as des problèmes? demandai-je, faisant subitement semblant de m'intéresser à lui.

— Tout le monde a les siens.»

Il n'avait pas envie de s'étendre davantage sur le sujet. Je n'insistai pas. D'autant moins que j'avais hâte d'en arriver au fait. J'y allai donc tout droit: «Ce n'est quand même pas Nathalie qui a fait ça?»

Il me regarda bizarrement et dit: «Je crois qu'on devrait aller parler au café. Ça risque d'être long tout ce que j'ai à te raconter.»

Je poussai mon couteau contre son ventre pour lui confirmer ma résolution et reposai ma question, mais différemment. Il répondit en fronçant les sourcils: «Il faut que je commence par le début. Sinon, je sens que je vais tout mélanger.

— Commence maintenant.»

Il se gratta la gorge, sans doute pour gagner du temps, puis dit à voix basse, comme s'il se parlait à lui-même: «Ça s'est passé exactement comme ça. Quand Nathalie est sortie de chez Mme Bergson, j'étais sur le palier.

— Tu la surveillais?

— Nathalie? demanda-t-il, feignant la surprise. Non. Je l'avais vue entrer chez Mme Bergson et j'attendais qu'elle sorte pour parler. J'avais des choses à lui dire.

— Quoi?

— Des choses. »

Il laissa passer un silence en prenant un air très absorbé. Il paraissait mâcher quelque chose. On aurait dit qu'il se mangeait la langue.

« Elle est ressortie vingt minutes plus tard, reprit-il. Elle avait l'air d'avoir très peur. Je lui ai demandé ce qui s'était passé. Elle s'est mise à pleurer et elle est partie en courant. J'ai essayé de la rattraper. Elle m'a griffé et traité de "gros cochon" et de tas d'autres trucs du même genre. Je l'ai laissée filer mais j'avais les boules. Parole. Rien que d'y penser, ça me broute le chou. J'aime pas qu'on m'insulte, tu comprends. »

Quelques secondes s'écoulèrent, que Yazid mit à profit pour se manger à nouveau la langue. J'interrompis son plaisir en le relançant : « Et alors?

— En sortant, Nathalie avait laissé la porte ouverte. Je suis donc entré chez Mme Bergson. Elle était affalée dans son fauteuil.

— Morte?

— Morte. Elle avait la bouche ouverte. Comme ça. »

Il mima la bouche de Mme Bergson morte.

Yazid recula pour se dégager de la pression du couteau. Je la maintins.

« Tu veux dire que c'est Nathalie qui l'a tuée? demandai-je.

— Tu crois ça? dit-il avec un sourire mais en se tortillant, car j'avais dû lui faire mal.

— Je te demande.

271

— Non. Mme Bergson est morte de sa belle mort.

— Pourquoi est-ce que la police a cru qu'elle avait été assassinée alors?

— Parce que j'ai tout fait pour. J'ai serré très fort le cou de Mme Bergson avec une corde que j'avais ramassée dans la cuisine, pour qu'on croie qu'elle avait été étranglée. Et puis j'ai appuyé un oreiller sur sa tête...

— Je ne vois pas l'intérêt, fis-je.

— C'est pourtant simple. Je voulais donner une leçon à Nathalie.

— Pour être réussi, c'est réussi, raillai-je.

— Y a trop longtemps qu'elle me crachait dessus, tu comprends. J'accepte pas qu'on me crache dessus.

— C'est toi qui as volé les affaires de Mme Bergson?

— Bien sûr que c'est moi.

— Même le vase en porcelaine de Limoges?

— Même le vase en porcelaine que tu dis.

— Y avait des cendres dedans. Qu'en as-tu fait?»

Il me regarda avec lassitude, comme si je venais de sortir une énormité qui signifiait une bêtise inguérissable.

«Des cendres? fit-il, étonné. Y avait pas de cendres. Y avait de la terre.

— C'était M. Bergson.»

Il prit un air ahuri. Je répétai sur un ton accablé: «C'était M. Bergson. Où l'as-tu mis?

— Je sais pas. Faudrait que je réfléchisse.

— Réfléchis, insistai-je.

— Quelle idée il a eue de se faire enterrer dans un vase, ton M. Bergson...» Trois grandes rides barrèrent le front de Yazid puis il dit avec une expression de soulagement : « Je crois que j'ai mis la terre dans le pot du ficus à ma mère.

— Il faudra que tu le récupères.

— Je peux pas. Le ficus est mort. On l'a jeté à la poubelle.

— Le pauvre, soupirai-je.

— Mais il était mort.

— M. Bergson est mort, je sais, dis-je avec autant d'ironie que d'agacement.

— Le ficus aussi. »

Il se pencha, soudain, avec cette vigueur qui le rendait si dangereux.

« Garde les mains sur la tête », dis-je en appuyant la pointe du couteau contre son ventre jusqu'à ce qu'elle lui arrache un petit cri de douleur.

En me penchant à mon tour, je constatai que la lame avait déchiré sa chemise. Mais je ne lui dis rien afin de ne pas lui donner une nouvelle raison de se baisser.

« C'est répugnant, soufflai-je.

— J'ai rien fait de mal. J'ai juste dépouillé quelqu'un qu'était mort. Y a pas d'embrouille là-dedans.

— Je ne te critique pas, dis-je. C'est toute cette histoire qui me dégoûte.

— Moi, c'est tout qui me dégoûte. Tout. Rien que de vivre, ça me donne envie de dégueuler.

— Bon, fis-je. Je crois que je vais rentrer. »

J'avais trop contenu ma peur. Elle explosait de partout, maintenant. Ma nature reprenait le dessus et je sentais venir le moment où je me mettrais à trembler de tous mes membres. Je suis un type qui peut être courageux, mais jamais très longtemps. Il fallait donc que je parte d'urgence. Juste avant de prendre congé, je dis à Yazid en m'efforçant de garder une voix aussi naturelle que possible : « Et maintenant tu laisses Nathalie tranquille. Compris ?

— Elle me doit de l'argent, protesta-t-il.

— Non. Tu vas la laisser tranquille. Sinon, t'auras des ennuis. Je sais où est le vase. Les flics sauront le faire parler. Et tout ça retombera sur toi. »

Sur ce, je partis en courant.

Le soir, quand elle rentra du travail, je n'osai parler à Nathalie de ma séance d'explication avec Yazid. Je me contentai d'amener, pendant le dîner, la conversation sur ses relations avec Mme Bergson. Elle s'en ouvrit facilement.

« Je la voyais souvent, dit-elle.

— Elle te donnait des livres ?

— Non. On se parlait. Elle m'apprenait la vie.

— À moi aussi, soufflai-je.

— J'allais la voir en cachette. Mes parents ne voulaient pas que je la voie.

— Pourquoi tu ne m'as jamais dit que tu la connaissais bien ?

— Parce qu'elle m'avait demandé de ne pas te le dire. Ni à toi ni à personne. Elle et moi, c'était un secret. »

Un sourire passa sur le visage de Nathalie. Je ne compris pas bien ce qu'il signifiait et n'osai le lui demander. Mais je savais maintenant pourquoi elle n'avait prévenu personne, sur le moment, de la mort de Mme Bergson.

Le lendemain, pris de nostalgie, je suis allé me recueillir devant la tombe de Mme Bergson au cimetière d'Argenteuil. Le jour d'après, je suis allé saluer Charlotte au cimetière du Père-Lachaise, à Paris. Le samedi suivant, parce qu'il fallait quand même que je prenne aussi des nouvelles d'elle, j'ai été voir maman, mais de loin, bien entendu. Je l'ai guettée du trottoir qui est en face de la porte de son immeuble et, à midi, elle est sortie au bras d'un monsieur beaucoup plus âgé qu'elle. Il portait un cache-nez et un manteau de fourrure. Je me suis dit qu'elle ne le garderait pas longtemps. Elle a toujours prétendu qu'elle préférait les jeunes. Elle avait même fait une moyenne. Pour lui plaire vraiment, un homme devait avoir huit ans de moins qu'elle. Celui-là en avait bien quinze de plus.

Maman avait dû subir une nouvelle opération de chirurgie esthétique parce que son sourire lui prenait toute la figure, maintenant. On ne voyait plus que ça et il me fendait le cœur. J'ai eu beaucoup de peine, ce jour-là. Pas seulement à cause du rictus de ma mère mais aussi à cause de toutes les choses qui me sont revenues quand je l'ai vue passer à quelques mètres de moi, sur le trottoir d'en face. J'aimerais bien, parfois, laisser ma mémoire de côté. J'en ai trop. Elle me mange la tête. Je suis sûr que je vivrais beaucoup mieux sans. Mais je suis un type qui se souvient absolument de tout, même de ce qui ne lui est pas arrivé.

41

Je n'ai encore jamais osé l'avouer mais, depuis longtemps, je rêvais de devenir romancier. Personne ne lit plus, de nos jours. Ça se comprend. C'est très fatigant. Avec les histoires que j'ai dans la tête, et que j'aurais racontées, je suis sûr que la littérature serait revenue à la mode. C'est M. Blaise Pascal qui m'a détourné de ma vocation. À cause de lui, j'ai décidé de devenir penseur.

Je l'aime beaucoup mais il m'énerve souvent et je ne veux pas le laisser tout seul sur le marché. Quand je lis dans *Les Pensées* de M. Blaise Pascal : « Nous sommes si présomptueux que nous voudrions être connus de toute la terre », je me marre. Qu'il vienne me voir, ce monsieur, qu'il fasse un tour dans les cités, qu'il parle avec les gens et il sera moins définitif. Il s'apercevra très vite que tout le monde n'est pas si bête. Je ne suis pas le seul à avoir compris que le soleil qui se lève finit toujours par se coucher. Que l'avenir n'est rien d'autre que du passé qui va venir. Que l'homme, parce qu'il est mortel, n'est que vanité.

J'ai beaucoup d'autres points de désaccord avec M. Blaise Pascal. Je ne comprends pas, par exemple, qu'il ait pu écrire que l'homme s'abaisse en adorant les bêtes. C'est le contraire, justement. L'amour ne se divise pas. Il va à tout le monde, à commencer par Dieu, ou bien à personne.

Comme je trouve absurde de garder mes réflexions pour moi tout seul, j'ai décidé d'écrire, pour lui répondre, *Les Pensées* de M. Aristide Galupeau que je compte proposer, dans trois ou quatre ans, aux éditions du Seuil qui publient M. Blaise Pascal. C'est un gros travail. Je suis comme un pêcheur qui aurait jeté des lignes dans son cerveau. De temps en temps, ça mord et j'attrape quelque chose. Pour ne pas prendre le risque de l'oublier, je l'écris alors sur mon cahier.

Parmi les pensées dont je suis le plus fier, il y a celles-ci :

La gloire la plus grande durera toujours moins longtemps que ses propres décombres.

Il faudra expliquer, un jour, pourquoi l'homme s'intéresse tant à son destin après la mort et si peu à son destin avant la vie.

Dieu étant tout, je ne suis rien, forcément. Mais les autres non plus. Souvent, ils ne le savent pas.

Réussir sa vie, c'est apprendre à mourir.

Quand j'écrase un brin d'herbe, c'est comme si j'écrasais l'univers tout entier, Dieu compris.

Tout être humain étant condamné à aller aux toilettes plusieurs fois par jour, l'orgueil n'a pas d'excuse. Il est même une preuve d'inconscience.

Il faut savoir prendre son temps. De toute façon, ça ne change rien. Il nous échappe toujours et on ne le retrouve jamais.

Si les gens croyaient en Dieu, ils seraient moins méchants. Je me demande s'il ne faudrait pas leur envoyer une nouvelle fois Jésus-Christ, pour les convaincre. Mais il ne voudra jamais revenir.

À la longue, je me suis rempli de sagesse. Je n'ai aucun mérite à ça. La sagesse vient toujours quand on a le temps. J'ai le temps. Je passe l'essentiel de mes journées à écrire et à attendre le retour du travail de Nathalie.

On s'aime beaucoup, elle et moi, mais on ne se parle guère. Notre conversation pourrait se résumer aux deux questions qu'elle me pose quand elle arrive du salon de coiffure, la tête enfarinée : « Qu'est-ce qu'on mange ce soir ? » et « Qu'y a-t-il à la télévision ? » Qu'il y ait presque toujours quelque chose à voir, ça ne nous empêche pas de nous regarder, tous les deux. Même quand le film est bon, on n'arrête pas. C'est fou ce qu'on peut faire passer comme sentiments à travers les yeux.

Parce que je veux pouvoir la contempler tout le temps, j'ai toujours des photos d'elle sur moi. Dans la rue ou dans le métro, il m'arrive souvent de m'arrêter et d'ouvrir mon portefeuille pour jeter un coup d'œil dessus. L'amour, ça fait passer la laideur autour. Parfois même, ça la cache. Depuis que je vis avec Nathalie, je ne me demande plus sans arrêt, comme Mme Foucard et la plupart des gens : « Est-ce que ça sera comme ça jusqu'à notre mort ? »

Nous allons tous dans le même sens et au même

endroit, comme les fleuves. C'est notre tragédie. Mais je vis ça de mieux en mieux. Je me laisse porter par le cours des choses sans rien regretter ni rien espérer. Personne n'a voulu de moi, ni maman, ni papa, ni les autres. Mais ça tombait bien. Moi non plus, je ne voulais personne. Sauf Nathalie, bien sûr.

J'ai ce que je voulais. Je n'ai donc rien à chercher. Pour moi, le bonheur finit derrière les murs de notre studio. Quand je ne travaille pas sur mes *Pensées*, je fais le ménage, je lave le linge et je prépare à Nathalie des petits plats qu'elle adore. Je suis ainsi devenu le roi de la lasagne. Je l'accommode à ma façon, avec des aubergines et des fromages de chèvre. Il m'arrive aussi de la servir en dessert avec de la crème, des amandes et des abricots. C'est une recette de mon invention.

Sans doute est-ce ma cuisine qui m'a permis de me réconcilier avec M. et Mme Foucard. Ils viennent très souvent chez nous, pour le repas du dimanche, avec Toutou qui, bien qu'à moitié aveugle, a paru me reconnaître, lors de nos retrouvailles. Je doute qu'ils bénissent mon concubinage avec Nathalie mais je suis sûr qu'ils ne me dénonceront jamais. Ils ne sont pas assez méchants pour ça, ni assez courageux. Le vin, la viande et le pain, dont ils ont tant abusé, sont en train de se venger d'eux. Leur peau commence à péter de partout. Ils ont donc peur de bouger et restent tout le temps assis, avec un air accablé.

Nathalie et moi, nous sommes convaincus que nous ne serons jamais comme eux. L'allure se travaille. C'est une question de volonté. Au lieu de baisser la tête en se bâfrant, on regardera en haut aussi souvent qu'on pourra. Parce que l'humilité rapproche de Dieu, on n'oubliera jamais non plus d'observer les étoiles ni de sourire aux mendiants ni de nous agenouiller pour prier ni de donner ce qu'on a au premier venu. Je crois que nous aurons aussi beaucoup d'enfants.

En attendant, nous en avons adopté deux. Ils sont très agités et ils ont tout le temps faim. Je ne cesse de déplorer qu'ils se dérobent à mes câlins, allant même jusqu'à me mordre lorsque je les prends dans mes bras. Mais c'est normal. Les hamsters sont aussi ingrats que les enfants et le reste de la création. C'est pourquoi j'attends tout de Nathalie et rien des autres. Je compte bien que la vie m'apprendra que je m'étais trompé sur eux. J'ai déjà trop vécu pour être revenu de tout.

DU MÊME AUTEUR

Aux Éditions Gallimard

LE VIEIL HOMME ET LA MORT, 1996 (Folio, n° 2972).

MORT D'UN BERGER, 2002 (Folio, n° 3978).

L'ABATTEUR, 2003 (« La Noire » ; Folio Policier, n° 410).

L'AMÉRICAIN, 2004 (Folio, n° 4343).

LE HUITIÈME PROPHÈTE ou Les aventures extraordinaires d'Amros le Celte, 2008 (Folio, n° 4985).

UN TRÈS GRAND AMOUR, 2010 (Folio, n° 5221).

DIEU, MA MÈRE ET MOI, 2012 (Folio n° 5624).

LA CUISINIÈRE D'HIMMLER, 2013.

Aux Éditions Grasset

L'AFFREUX, 1992. Grand Prix du roman de l'Académie française (Folio, n° 4753).

LA SOUILLE, 1995. Prix Interallié (Folio, n° 4682).

LE SIEUR DIEU, 1998 (Folio, n° 4527).

Aux Éditions du Seuil

FRANÇOIS MITTERRAND OU LA TENTATION DE L'HISTOIRE, 1997.

MONSIEUR ADRIEN, 1982.

JACQUES CHIRAC, 1987.

LE PRÉSIDENT, 1990.

LA FIN D'UNE ÉPOQUE, 1993 (Fayard-Seuil).

FRANÇOIS MITTERRAND, UNE VIE, 1996.

Aux Éditions Flammarion

LA TRAGÉDIE DU PRÉSIDENT, 2006.

L'IMMORTEL, 22 balles pour un seul homme, 2007. Grand Prix littéraire de Provence.

LE LESSIVEUR, 2009.

M. LE PRÉSIDENT, 2011.

Aux Éditions J'ai Lu

LE JOUR DE GLOIRE EST ARRIVÉ, avec Éric Jourdan, 2007.

COLLECTION FOLIO

Composition Interligne
Impression Novoprint
à Barcelone, le 17 décembre 2013
Dépôt légal : décembre 2013
1ᵉʳ dépôt légal : juin 2008

ISBN 978-2-07-034445-1./Imprimé en Espagne.